短編ホテル

集英社文庫編集部 編

集英社文庫

目
次

短編ホテル

青い絵本

桜木紫乃

桜木 紫乃

さくらぎ・しの

1965年北海道生まれ。2002年「雪虫」で第82回オール讀物新人賞を受賞。07年同作を収録した単行本『氷平線』でデビュー。13年『ラブレス』で第19回島清恋愛文学賞、同年『ホテルローヤル』で第149回直木賞、20年『家族じまい』で第15回中央公論文芸賞を受賞。他の著書に、『硝子の葦』『起終点駅(ターミナル)』『裸の華』『緋の河』『俺と師匠とブルーボーイとストリッパー』などがある。

木曜の夜、美弥子は玄関先で男を見送った――

男が明日の仕事を終えたあと電車で三時間半かけて向かう函館には、妻がいる。ときどき、神経質な男が持ち帰る洗濯物の枚数が合わないことに、彼の妻は気づかなかったのかどうか。あと二か月弱で再び函館勤務に戻る男とは、この日を最後にした。

――今日で、おしまいにしようか。

――うん、いいところだね。

どちらが先に切り出してもおかしくないくらいの関係に落ち着いていたのだった。

五十の男と四十五の女が、お互いの環境を飲み込んだ上での関係は、とうとう泥沼も見ずに終わった。一年という長さ、あるいは短さのラッピングを元に戻す。あっけなさを装う夜更け、何度かあった恋とも呼べない都合のいい関係の終わりは、いつだって普段の貌をしている。

美弥子は玄関の鍵を閉めて、リビングに戻った。パネル型集中暖房の目盛りを下げる。

寒さに弱い夏生まれの男は部屋の温度が下がると、美弥子が気づかぬうちに目盛りを上げたままにしておくのだった。それも今夜が最後だった。

暖房の目盛りを下げて、仕事部屋にしているクローゼットルームに戻った。漫画家のアシスタントで収入を得ている今、美弥子の内側には心に思い描けるほどの将来はない。もうずいぶんと長いこと、漫画家が喜んでくれる背景を描いて暮らしてきた。丁寧に、一切の手を抜かず。いつの間にかそれが経済的な自立を得る作業になっている。

漫画家が現地で撮ってきた写真は、橋の向こうに広がる港の景色だった。液晶タブレットに取り込んだ写真を加工して、指示どおり背景に不要なものを取り去り、写真ではなく「絵」として完成させる。

漫画の背景だけにクオリティを要求してくることのないベテランの依頼は、全力で取り組めるのと、仕上がりゆく過程を楽しめるくらいに充実している。

これで良かったのか――良かったはずだ。自分はここにいていいのか――いいに決まっている。漫画家からの、背景指示のメールを読み返してみる。

『今回は、水の質感を大事にしようと思ってます。二年間の連載も今回で無事最終回。ほんとお疲れさまでした。おかげさまで、夏の終わりには上下巻で売り出すことが出来ます。ミヤちゃんの水は職人芸。毎回編集者が驚愕(きょうがく)してましたよ。わたしも、本当にありがたかった。ラストまでもう少し、どうかよろしく頼みます』

漫画家にデジタル環境を整えてもらったことで、どこにいても仕事は出来るようになった。もう、漫画家の自宅に泊まり込んで徹夜で作業をする時代ではないのだった。

パソコン画面を見ていたそのときスポンと音を立てて一通、メールが入った。

「高城好子」

ふっと横隔膜の位置が持ち上がるような、不思議な感覚になる。美弥子は三畳のクローゼットを照らすダウンライトを見上げた。首の付け根が少し痛い。

高城好子——たかぎよしことという本名の、読み方を変えてひらがな表記にしただけで、別人になる。

絵本作家、たかしろこうこ。

十歳からの三年間、美弥子の三番目の母だった人だ。自分が父から生まれたわけではないと知ったのは、二番目の母がやってきたときだった。

当時美弥子の父は脚本家と役者という二足の草鞋(わらじ)を履いていたが、生来の頑固さが災いしてか人間関係に複数のトラブルを抱え、妻と別れたところで結局北海道に戻ってきた。

三歳の美弥子を連れての再出発は、北海道に演劇集団を立ち上げるところから始まった。弟子たちとともに自給自足の生活を送り、王国を治めることで、中央主体へ反旗を翻したのだった。

王になる場所さえ確保してしまえば、太陽はその集団を明るく照らす。街おこしという名で肥大していった王国は、いつしか彼のハーレムになった。

札幌の高校に進学して、私立大学を卒業してからの美弥子は、父と連絡を取っていない。ときどき新聞のインタビューに出たり、ローカルテレビのドラマ脚本を書き、不意に現れる父はすっかり老いて、細ってゆく王の風格と比例するように侘(わび)しい気配を漂わせていた。

今も誰か、彼に心酔する弟子が身の回りの世話をしていると思えば、美弥子の心もそう痛まなくて済んだ。自分は、王女ではない。

美弥子にとって三番目の母で最後の母だった高城好子は、当時東京から父の元へとやってきた塾生だった。

人の世の酸いと甘いを経験してからの移住だった彼女は、若い塾生たちの姉のような立場になってゆき、やがて王の妻となった。けれど、その役も三年で解かれることになる。

王の妻となって三年経(た)ったころ、高城好子はこつこつと描きためていた絵本が認められ世に出た。喜んでくれるとばかり思っていた王は、自分以上の扱われ方をするだろう妻を、その座から降ろしたのだった。

美弥子は十三歳。勉強を重ねれば父の元を離れられることに気づいてからは、試験に受かる勉強しかしなかった。

子供に向けているようで大人に寄り添う淡い絵と短い詩の組み合わせで、たかしろこうこの絵本は充分世の中に浸透している。読み聞かせのCDとセットになったシリーズは、ずいぶん売れた。やがて彼女が自分より注目されると危惧した父の目は確かだったのだ。

手紙のやりとりがメールに替わったものの、お互いの近況を年に数回報告しあって、もう三十年以上の付き合いになる。

美弥子が父の納得するような偏差値の高校に進学するためには、昼も夜もない勉強漬けの日々が必要だったが、そんな日々を手紙で支えてくれたのも彼女だった。

社会に出てからは、ほとんどの報告を好子にしてきたし、そういう意味では親よりも親らしい存在だった。ふたりの間には、周囲の人間が愚痴をこぼすような身内としての寄りかかりがない。父と別れて他人になったことで、お互いほどよい距離を摑んだのだろう。

専門学校、就職、結婚と流れてゆく美弥子の日々で、ひとつだけ手放さなかったものは、好子が教えてくれた画材だった。美術専門学校ではイラストと作画の勉強をしたものの、オリジナルで漫画家を目指せる才に恵まれなかった美弥子は、札幌で漫画を描く先輩のアシスタントとして重宝された。漫画原稿も手書きではなくなった今は、三人の作家を掛け持ちして、ときどきイラストのバイトもしながら生活している。

やり残した作業をするかメールを開くか迷ったが、指先が少し冷えていることを理由にしてメールを開いた。

『ミヤちゃん
元気にしてますか、好子です。そちらは寒さも極まっているころでしょうか。今日はお誘いのメールです』

なにかと思えば、北海道の温泉に行きたいという。

好子からの簡潔なメールを一行一行目で追っていると、唐突に「絵本を書きたい」とあった。

『今回の絵本は、五年も空いてしまって、シリーズも途絶えているので、変化するいいチャンスのような気がするの。少しぼんやりしたいので、北海道に行きます。たまには、わたしに付き合ってくださいな。いい温泉宿を紹介してもらったので、二泊三日、わたしに時間をちょうだい』

候補日がふたつあった。月末の三日間なら依頼のあった背景が仕上がっているころだろう。久しぶりに会う好子と、温泉で語らいながら――そこまで考えて、遅まきながらメールの内容が頭に入ってくる。

少しぼんやりしたいので――

絵本作家として一時代築いた「たかしろこうこ」が、ぼんやりしたいとはどういうことだろう。

室温が下がってきたのか、少し寒い。着る毛布を羽織って、もう一度読み返してから返信画面を開いた。

『好子さん、こんばんは。こちら、毎日雪がちらついていますが、ご想像どおり静かな毎日です。温泉？　好子さんから温泉に誘われたの、何十年ぶりだろう。二泊、ＯＫ。後者の日程だと、背景も仕上げも終わってる頃です。飛行機が決まったら、教えてね。空港までお迎えに上がります。あ、どこの温泉でしょう。来るまで内緒ですか？』

母と娘ではなくなってからのほうが、好子の天真爛漫な性分が露わになった。ふたりとも、父のそばにいるときはどこか遠慮と束縛が絡み合った空気の中にいたのだ。

送信する一瞬前、美弥子の脳裏に自分はどうだったのかという思いが過ったが、好子のメールが前に出て来た途端、それも流れた。

月末の三日間、それまでには美弥子の描いた背景に漫画家が人物を入れてくるだろう。仕上げまで入れても――終わる。なにか、愉快な気持ちが美弥子を包んだ。自分たちは本来、曜日で生活するような人間ではなかったことが思い出された。

これが終わったら、甘いものを食べに行こう。これが終わったら、ゆっくりしよう。これが終わったら、温泉に浸かろう。休みを設定するのは自分で、その休みも自ら取りにいかねば手に入らぬものだった。

ああ、とひとり頷いた。

基準は父だった。人生塾に集ってきた若者の時間を農作業と説教と稽古で埋めた王は、彼らのいったい何が欲しかったんだろう。無休と無報酬は無農薬と無添加という言葉に変換されたが、王は決してそれらを自分の口に入れなかった。

去ってゆく若者の口から、刑務所という言葉が飛び出したとき、暖房もろくにない宿泊施設は内側から大きな球体になって、緩やかな坂を転がり始めた。内紛も解散も、美弥子は父が迎えた王国の終焉を、新聞とテレビのニュースで知ったのだった。

洗脳という言葉も飛び交った「北国の王様」にまつわる記事は、いっとき週刊誌に取り上げられもしたが、北海道のちいさな話題で、誰が得をしたり損をしたりという話題でもなかったため告発もコメントもどこか牧歌的で、話題性も長続きはせず今は静かだ。

生まれながらに染みついた曜日感覚は学校に通っていたころも同じで、どちらにも居場所のない生活は、美弥子の内側から「対話」を奪った。言語化できるようになったのは、つい最近だ。

年を取るということは、言葉を得るということでもあるのだろう。たいがいのことは、言葉で納得できるし、言葉になる。だから——言葉にしないことも覚えたのだった。

雪解けかと思えば三十センチ積もり、溶けたと思ったら凍る二月の終わり、十三時台に到着の便で好子がやってきた。紫色のキャリーケースを引きずり、背中には同色のリュック、ゆったりとした黒のワンピースに鮮やかなピンク色のストールを合わせていた。ストールと同色のライトダウンを羽織った好子が到着口から現れると、その場だけぱっと華やいだ気配が漂ってくる。四十代から髪を染めたことのない好子の、見事なプラチナ色の髪のおかげで、マスクをしていてもすぐ分かる。美弥子が手を振ると、すぐに気づいたようだ。

「大きくなったわねえ、元気だったのね」

高校に合格して札幌の下宿に引っ越す際、札幌にやってきたときも、開口一番そう言った。ただそう言う好子は、美弥子が大きくなったと錯覚するくらい、ちいさくなっていた。

「好子さん、ちょっと縮んだ？」

「ほんの少しね」

悪戯っぽい笑顔はまだ六十五歳だというのに老婆のような皺に埋もれている。美弥子は次の言葉が浮かばない。キャリーケースを受け取ろうとすると、好子が品のいい仕種で制した。

「これ、けっこう楽なのよね。杖をつくとババアに見えるじゃない。それもなんだか嫌なのよ」

　たしかに、と笑ってはみるものの、気持ちは穏やかではないのだった。好子になにがあったのか、美弥子の脳裏には嫌な想像しか浮かばない。それを訊ねるのはお互いに酷に思えた。

　好子はバングルのようにゆるくなった腕時計を見て「そろそろ迎えが来ている頃だ」と言った。美弥子はまだどこへ行くのかを報されていないのだった。

「ミステリーツアーなの？　まだ行先を教えてもらえないのかな」

「すぐそこ。一時間もかからないって聞いてる。近いけど、別天地よ」

　ほら、と言った好子の表情がぱっと明るくなった。

　好子の指さす先に、「高城様」と書かれたパネルを持った初老の男性が立っている。グレーと紺色のツインカラーで、落ち着いた色合いのスーツを着ていた。

　空港送迎付きの宿なのかと驚いたのはまだ序の口だった。挨拶を終えて案内された車停めには黒く光る八人乗りのワンボックスカーがあり、乗り込むのは好子と美弥子のふたりだけだという。

　トランクボックスに荷物を積み込み、上機嫌の好子が先に乗り込み、運転席のすぐ後ろの席に座った。美弥子はたっぷりと余裕のあるシートに体を沈めた。乗り込む際に手を貸した好子の体はワンピースの幅の半分もなく、手も骨張って皺だらけだった。

もはや好子の体に異変があったことへの疑いは拭えず、体調を訊ねることさえはばかられる。大病には、見れば分かるやつれ方というのがあるのだった。

　空港を出て少し走り、車は千歳駅前の道を左へと曲がった。青い道路標識に「支笏湖」の白い文字を見て、なるほどと頷いた。自分たちは支笏湖方面の温泉宿に向かっているのだろう。空港から近いというのも納得だ。

「やっぱり北海道はいいわねえ」

「何年ぶりになるかな」

「講演会で呼ばれて札幌に来て以来だから、五年くらい経ったかな」

　そうだった。好子が還暦の記念に真っ赤な絵本を出してからもう五年が経っている。あのときは、頬に張りがあった。エッセイ本が出ていたので、まさか体調が悪いとは思ってもいなかった。考えてみれば、エッセイは今まで書かれたものをまとめた一冊ではなかったか。

　美弥子は好子から届くメールの陽気さにすっかりごまかされていたことを知って、うまい笑顔も浮かばない。

　フロントガラスの前には、ただただ真っ直ぐな道が続いていた。市街地を抜け、道は苫小牧市に入ったり千歳市に戻ったりしながら、春を感じさせる空の色に向かって進んでゆく。

緩やかなアップダウンも、なにやら旅の気分を後押ししているが、不安は拭えなかった。

「ほら、見て」

左の窓を指さし、好子が微笑んでいる。車は湖のそばへとやってきたようだ。

「このブルーを見に来たの。ミヤちゃんと、ここの景色のなかで美味しいものをいただいて、ぼんやりしたかったのよね」

この人はどんどん若返ってゆくと、好子に会うたびに思っていたのだった。おそらく最も老けて見えたのは、父の塾に入ったころだったろう。穏やかさも、落ち着きから来るものではなく、物事に対する反応が本来の輝きを失っていたせいだったと、今ならばわかる。

木々の間に見える湖は、晴れ上がった空の色を吸い取り、青を溜めていた。

湖畔から道路を挟んだ小高い場所にある建物の車停めに着いた。温泉旅館というよりは、大衆を拒むようなヴィラだった。

扉のそばにさりげなく「碧の座」の文字がある。美弥子がその存在を知っているのも、高額所得の漫画家がときどきひとりで利用するという話を聞いたことがあるからで、自分に縁のある場所ではないと思っていた。

羨ましいとも思わなかったのが、ここが特別と言われる所以だろう。おそらく、一泊すれば美弥子の住むマンションの一か月分の家賃が飛ぶ。

運転手のスイッチで車のドアが開いた。先に降りて、好子の介助をする。素直にこちらの手を握ってくれるのがありがたかった。

晴れた空の下、木製の自動ドアの前で振り返り湖を臨んだ。どこまでも深い青が横たわっている。知らず、ため息が出た。

開いたドアの左右では、出迎えの男性ふたりがうやうやしく頭を下げる。その品の良さに気後れしながら、美弥子も頭を下げた。

好子がにっこりと笑って「いいところね」とつぶやいた。その体調を気にし始めれば、朗読で鍛えた声すらも、以前とは違って聞こえるのだった。

温泉でぼんやりという言葉から、ひなびた宿を想像していた。嬉（うれ）しさよりも不安を抱いて案内人の後ろを歩く。頼みのキャリーケースがない好子と腕を組んだ。

好子は「ふふっ」と笑いながら、素直に寄り添って歩く。回廊のような入口の、角を曲がるともうそこは美弥子が知る北海道とは別の場所になった。

手指の消毒、検温――入館の儀式を済ませる。目立たぬ造りのフロントでチェックインをする好子の後ろで、ふと足下を見た。床はすべて琉球畳（りゅうきゅうだたみ）だった。吹き抜けの天井を仰いだ。漆喰（しっくい）なのか土の風合いを残した壁が巨大な絵のように美弥子を見下ろしていた。

壁にはさりげなくアイヌ紋様や工芸品が飾られている。見ると額にちいさく作者の名が記されていた。末席とはいえ絵を生業(なりわい)にしている美弥子には、それが値の付かぬ芸術作品だということが分かる。

いったいここは——

異世界とひとくちに言ってしまえば簡単だが、客のために揃(そろ)えたにしては置かれた彫刻はさりげない。これらは芸術品の価値を気にせずにいられる者のために在るらしい。仕事柄持っていた美術品へのわずかな知識によって、ふるりと胸の内側が揺れた。

廊下もエレベーターも、床はすべて琉球畳が敷かれていた。案内された部屋は四階の中ほどにある405号室。

「いちばん眺めのいいお部屋をお願いしたの」

一歩入れば、正面のテラスから向こうに支笏湖が見える。一色ではない青が、空の機嫌でくるくると表情を変えると言われている湖だ。

「このお部屋、うちのマンションより大きいよ、好子さん」

高いよ、と言いそうになり慌てた。

「しばしの贅沢(ぜいたく)よ。たくさん話しましょう」

畳二畳分の露天風呂も、ジャグジータイプの浴槽も、間近で見たのは初めてだ。いちいち驚いているうちに、卑屈な心持ちが面倒になってきた。好子が贅沢をしたいのなら、全力で付き合う。

ええい、と切り替えてゆくときの大きくてぬるい風の塊を感じて、肩から力を抜いた。

室内の、ひととおりの説明を終えた客室係が、ウエルカムドリンクを訊ねた。好子は迷わぬ様子でシャンパンと答えた。館内で頼む飲食はすべて宿泊料に含まれるという。メニューを開けば、普段は口にすることもない酒の名が連なっていた。うやうやしく礼をして客室係が部屋を出て行った。

「ミヤちゃん、ごらんなさいよ。やっぱりこんな景色は北海道にしかないと思うわ」

サンルームになっている窓辺の部屋からは、湖を囲む山々が一望できる。右側には恵庭岳（えにわだけ）が迫り、左側には風不死岳（ふっぷしだけ）が白く見事な尾根をなびかせており、その向こうには台形の置物のような樽前山（たるまえざん）の姿があった。

「住んでいると気づかないのよね。こうしてみると冬場の山もきれいねえ」

「表情があるのよ、道が閉ざされるから。お天気がいいと、これ以上の景色はないと思うくらいの美しさねえ」

好子が人生の活路を求めて北海道に渡ってきたとき、自分はまだ八歳だった。十歳で母になり、十三歳で再び他人になった。五年間の北海道生活で高城好子は絵本作家の「たかしろこうこ」として自分を生み直した。

自分を生み直せ──

ここで、新しい自分を手に入れろ──

それが父の口癖で、若き塾生たちの合い言葉にもなっていたのだった。

「お父さんとは、連絡を取っていないの？」

美弥子の考えていることを見透かしたように、好子が訊ねてくる。「うん」と愛想良く答えた。父になにかあったとしても、おそらく美弥子には連絡が来ないのではないか。自分は、王女ではないのだ。彼ももう、自身が思うほど王の権威を持ってはいない。夢破れた老人になんの感情も持てない美弥子のことを、好子は否定しない。

客室係が去ってから五分もしないうちに、チョコレートの入った陶器とフルーツの盛り合わせ、シャンパンが部屋に届けられた。

好子の体調を心配するも、本人にまったく気にする様子がない。語り合って何ら良いこともないように思え、美弥子は自分からはなにも訊ねないことに決めた。

トリュフチョコとシャンパンは、日常がどこにあったのかを忘れるくらいに美味しい。

「アシスタントの仕事は、順調なの？」

「まあまあ。最近はみなさんデジタルだから家で出来るし、うちの先生たちは背景の指定がしっかりしてて余裕を持って資料も揃えてくれるので、何も困らない。もう、ひと部屋に雑魚寝で三日三晩徹夜なんていう時代じゃないみたい。あの時代を経験出来たのはありがたかったけれど」

「ミヤちゃん、ずっと絵を描いてきたのねえ」

「好子さんにもらったパステルと画材のおかげ。自分の名前で世には出られなかったけれど、絵を描いて暮らせることはありがたいと思ってるの」

「お互い、独り身も長くなったわねえ」

短く「うん」と答えると、笑みが返ってくる。ああ、何もかも気づかれている。好子はこんなとき決して深追いしない。

六畳ほどあるテラスルームの向こう側には、傾いてゆく太陽とその光に合わせて色を濃くする湖が見える。雪を抱いた山々は黒みをつよくして、太陽に従順だ。

「昼間のお酒は酔うわ」

ゆったりとそう言うと、好子がソファーのクッションに背を預けた。長く部屋へ差し込んでくる日差しが、細った彼女の顔に影をつくる。好子が甘えるような仕種で手を伸ばした。グラスにシャンパンを注ぎ入れ、その手に渡す。

好子は満足そうな笑顔で言った。

「最後の絵本になるの。仕上げたら、本当にのんびりできるの。手伝ってくれないかしら」

絵を描けばいいのかと問うと、そうだと返ってきた。心は弾まず、ただ彼女の申し出を受け容れている。迷う余地もなければ、不安に思うこともない。ふたりのあいだに限られた時間があるのみで、すべての感情は時間の箱へと吸い込まれてゆくようだ。

「どんなお話なの」

そうね、と好子がテーブルにグラスを置いた。さっきより更に翳った湖は、青から黒へと近づきつつある。

「線よりも色が前に出るような、色が主体の一冊がいいわねえ」

「色――たとえば？」

「ここの湖、一度来てみたかったんだけれどね、宿の名前にもなるくらい『碧』が美しいの。空と水が力を合わせないと、こんな色にはならないと思うの――そんなお話よ」

分かるような分からぬような。素直にどういうことかを訊ねた。

「タイトルは『あお』です」

すっきりとした口調でそう言った好子は、居住まいを正して美弥子に向き直る。

「ひとの心はいつだってブルー。華やかなブルーもあれば、重たく沈むブルーもある。心が晴れやかなときのブルーには、どんな暖色も真似の出来ない喜びがあると思ったの。わたしのタッチでは出来ない仕事が見たいな。この世にたかしろこうことミドリミヤコの合作が一冊くらいあったって悪くないと思うのね」

好子が嬉しそうに語る新作の説明は、美弥子を長く一緒に仕事をしてきたような気持ちにさせてゆく。

一度は母と娘になった。再び他人になった自分たちにとって一生に一度の合作を持つことは、血の繋(つな)がりなどよりはるかに濃い関係の、ひとつの到達点に思えた。

美弥子は、丁寧な仕事を重宝がられる漫画家アシスタントとしての自分を横に置いた。好子の新作について話している自分は、彼女が選んだ作品のパートナーである。怯(ひる)んではいられないのだった。

「ブルーを、たくさん揃えなくてはいけませんね好子さん。青から緑まで、日本には数限りない色がありますよ」

「うん。だから、この湖の色をできるだけ見ておこうと思うの。日本でいちばん気高いブルーを目に焼き付けましょう」

トリュフチョコとフルーツを平らげて、シャンパンもおおかた飲み干して、女ふたりの会話は続く。

太陽が沈んだ。湖は黒に近い。山々も闇に沈もうとしている。ほの赤い稜線(りょうせん)も夜を急いでいた。

好子が拳をひょいと上げて、張りのある声で言った。

さて、当初の目的、温泉に入ろう――

すっかり痩せ細った好子を風呂に誘うのが忍びなくて、美弥子からは言い出せずにいたのだった。

「一緒に浸かろうよ。畳二畳分もある露天風呂だよ」

美弥子は「よぉし」とクローゼットルームでネックレスやイヤリングを外した。バスローブを羽織り、ゆったりふたり分の洗面ルームを通り、室内ジャグジーを抜けて、最後のドアを開ける。

「ひゃぁ、寒い。塾の五右衛門風呂を思い出すなあ。真冬の外気温はマイナス。こんな経験なかなか出来ないよね」

好子の浮き立つような心持ちが伝わってくる。父が暮らす稽古場付きの自宅は広く、集中暖房で常に暖かかったが、塾生たちは時代錯誤な自給自足だった。

人生をやり直す、生まれ直す、新しい自分を見つける。そんな言葉で彩られた北国での生活は、自ら絞めた鶏を料理することだったり、木株の残る土地の開墾だったり、時代をふたつも遡ったような作業ばかりだった。

バスローブを取った好子の体は、思ったとおり骨と皮だった。もともとが痩せ気味で小柄なひとだったが、骨の浮いた体は薄い皮膚に包まれて、ダウンライトの下でただ青白い。

「みっともない体になっちゃって、恥ずかしいことねえ」

どこがどう悪いのかを訊ねる気持ちにはならなかった。聞いたところで、なにが出来る。哀れみなど、お互い欲してはいないのだ。

「好子さんの体も、青く見えるよ」

「ああ、それは良かったかな。今日と明日、あさってまでの間に、思いつく限りの青を探しましょう」

目の粗い紙に、すっとひと刷毛入れただけで、心が晴れてゆくような絵を想像してみる。

「好子さんが思い描くような絵が描けたらいいんだけど」

外気にさらされた顔を空に向ければ、硝子（ガラス）張りの屋根の向こうから丸々とした月がこちらを窺（うかが）っていた。

好子が歌うようにつぶやいた。

月も青――
月が照らす湖も青――
月を見上げるわたしたちも青――

月と稜線と湖が、閉じた瞼（まぶた）の裏いっぱいに広がってゆく。美弥子は湖の真ん中に頭だけ出して浸かっている自分を想像する。音のない世界だった。

好子が手すりにつかまりながら湯船を出てゆく。美弥子の気持ちは湯の中の体と同じく、いっとき揺れ、そして鎮まった。

露天風呂から出ると、クローゼットルームで水色の作務衣に藍染めの羽織を重ねた好子が、左右に体を振りながら鏡を眺めていた。

「いいわねえ、これ」

はしゃぐ好子の後ろで、美弥子も同じ館内着を着る。ほのかに香の匂いがした。

個室での食事は、あらかじめ量を少なめに頼んでおいたというが、美弥子でも驚くくらい品数が出た。美しい器に盛り付けられたものに、好子は少しずつ箸をつける。厚みのある「のどぐろ」の刺身、大人の親指ほどもある「ぶどうえび」、脂ののった本マグロのトロ。ゆっくりとひとつずつ、白ワインで流し込むようにして食べている好子は、客室係がやってくるたびに「ありがとう、美味しいです」と口にする。

ああ、こういう人だった——

人生塾の誰もがこの人の気遣いと、痛みを知る微笑みと優しさに甘えていた。それは美弥子の父も同じだった。王とてあらがえない包容力を持っていたにもかかわらず——誰も彼女を抱擁できなかった。誰も、彼女がなぜ都会の暮らしを捨ててまで不自由を承知で父の主宰する塾とは名ばかりの場所にやってきたのかを、知らない。

理由を問わないのが塾の決まりだったとしても、みな何かしら機会を得ては自分の話をしたがった。

好子の皺だらけになってしまった頰に向かって、美弥子は今夜しかできない問いを口にした。

「好子さんが北海道に来たときの理由を、誰も知らなかったんだよ。語らぬ決まりっていっても親しくなるとみんななんとなく口にするし、理由次第で仲良くなったりならなかったり。わたし、あんなに規律だの規則だの言ってても、人間って結局それを破ることでしか人と知り合うことが出来ないんだって思った。手紙にも書いたけれど、好子さんが父と別れて東京に戻ってから、なんとなくみんなばらばらになり始めたの」

今まで、疑問には思っていても決して訊ねたことはなかった。訊ねれば自分も傷つく気がして出来なかったのだ。好子はヒレ肉と百合根(ゆりね)を時間をかけて飲み込んだあと「なんだったかしらねえ」とつぶやいた。

「若さといえば格好いいけどねえ」

酒の勢いがそうさせるのか、いま訊(き)かねばいけないという気持ちになる。人の心の在処(ありか)など深追いしたこともない美弥子だったはずが、どうしたことか。

「やってきたときもふわっとしてて、東京に帰るときもふわふわしてたよ、好子さんは」

そして「さようなら」とはひとことも言わなかった。自分が持っていた画材と、デビュー作の「小鳥のサリー」と、ありったけのスケッチブックを美弥子に渡し、言ったのだ。

「いつでも、おいで」

最後の決断を自分がしなくてはいけないところで、美弥子は怖じ気づいた。父から離れることは叶っても、北海道を出て東京へ行くことは出来なかった。

好子はもう母ではなかったし、東京で試せる腕などないことに気づいていた。なにより父が追われた街で、自分がなにに成れるとも思わなかった。

好子は「うぅん」と明るく唸りながら、次の言葉を選んでいる。百合根を口に入れれば、極上の白ワインが更にふくよかな味へと変わる。

「東京でOLやっている限り、何も変えられないと思ったんじゃないかな。結婚したときは、なにか変われたかもと思ったんだけれど。離婚は、いま思えば正解だったねえ。ミヤちゃんとこうやって温泉に来られたし」

そのあとぽつりと「じゃないとお父様と一緒にわたしもあなたに捨てられたと思う」と続けた。

そんなことは——言いかけたが、好子の言うとおりかもしれない。あの日、父といち早く縁の切れた人として、好子がより近くなった気がしたのだった。

「好子さんが、そんなに変わることを求めてたなんて知らなかったな」

「生まれ直す、っていう言葉に強烈に惹かれたのは確かだったの。生まれ直したつもりでいたら、捨てられちゃったけどさ」

飄々と言ってのけたところで、好子のグラスが空いた。ちいさな彩りおむすびに出汁を注いだ雑炊の次はデザートで、フルーツに見守られるように盛り付けられたガトーショコラが出て来た。好子は胸までいっぱいだと言って、ショコラを半分残した。

バーに立ち寄り、ホテルのエントランスで揺れている等間隔の炎を眺めながら宿の名が付いたカクテルを一杯ずつ飲んだ。なにもかも静かだったし、自分たち以外に客がいるのかどうか不思議になるくらい、人と会わない。うまく時間と場所を回しているのだろう。

美弥子といえば、そんな気遣いのひとつひとつも宿泊費に入っていることに気が咎めてしまうくらいには肝がちいさい。

カクテルは、フルーツの香りがする青い飲み物だった。窓の外の炎を見ていると、いっそう「今」が遠いところに在るような気がしてくる。記憶が遠くへ運ばれて、美弥子は好子の娘だった日々に戻ってゆく。

「ミヤちゃんとは、今までどんな手紙もメールも、現在とそれ以降の話しかしてこなかったよね」

「言われてみれば――意識的にではなかったろうけれど」

「そのミヤちゃんが、わたしが人生塾に入った理由を訊ねたんだよ、さっき」

なにか悪いことをしたような気持ちになり「ごめん」とつぶやいた。訊くなら今日だろうと思った気持ちのすぐそばに、もしかしたらの悪い想像がある。好子に見透かされた思いの裏側には、今以降の話をすることに畏れがあったからだった。

「ご覧のとおりなの。この体はもうそんなに長くない。自分なりに期限を切って考えたんだけれど、絵を描く体力は残ってないみたい。だから、これはお誘いじゃなくてお願いなの」

うん――自分の耳に入るか入らぬかの声で応える。現実は、謙遜している時間すらもったいないのだった。

「再発してからは、早いものねえ。絵本はなんとしても完成したものを見てからと思っているから、時間がなくて申しわけないんだけれど、五月いっぱいでお願い出来ないかしら」

三か月――

アシスタントの仕事のほかに、昼夜を惜しまず進めなければ間に合わないだろう。好子の本はページ割りにもよるのだろうが多くて三十、少なくても二十四枚は必要だ。

「もう、お話は出来ているんですか」

カウンターに両肘をついて支えていた顎をこちらに向けて、好子が「もちろん」と笑う。絵本作家たかしろこうこは、あとは絵を探すばかりにして、最後の旅にやってきたのだった。

「アシスタント仕事のおおかたは細かな線ばかりなの。色の感覚が鈍くなっているかもしれない。使ってこなかった筋肉が必要だよね」

「そこは心配してないの。今のミヤちゃんが思う色を使ってちょうだい。湖の色が変わるように、人だって変わってゆくし、時間が経てばどんな鮮やかな色も褪(あ)せて、心になじんでゆくものよ」

好子らしい言い回しだ。美弥子のグラスが空いたところで、部屋に戻った。

好子は少し疲れたと言ってベッドに横になった。乾燥が気になるので、ベッドサイドに水を入れたコップを置く。

酔いが半分醒(さ)めたところで、ひとりでテラスの露天風呂に入った。どこまでも体にまとわりついてくるような、ぬめりのあるお湯に浸かる。湯から出ている部分が氷点下なので、湯あたりも遠い。絶えず注いでくる湯の音に、宿の外にあるあれやこれやを流してみたくなる。

母親か——

親の死期が近いというのは、こんな気持ちだろうか。美弥子はぬめるお湯を手のひらに掬(すく)っては指を広げた。会ったことも会いたいと思ったこともない実の母は、生きているのかどうかさえ分からない。

父の言う「生まれ直す」が実際にあることならば、と思った。一緒に暮らした時間はたったの三年だけれど、共有してきた時間は実の父親よりも長い。親よりも長い時間、好子は美弥子を見てきたのだった。

湯船の真ん中で立ち上がってみた。湖面に満月が光を落としている。光は白く、辺りは黒い。青は、どこにあるんだろう。瞬く間に外気が体を冷やしてゆく。美弥子は再び湯に体を沈めた。

翌日、朝食のあと部屋に戻った好子が、ソファーに座り、革張りのテーブルに角封筒を置いた。

「ページ割りもしてあります。気負わないで、楽しい気持ちで描いてちょうだい。たぶんそれが正解だから」

窓の向こうには、何色もの青をたたえた湖がある。ラグに膝を崩していた美弥子は、正座し直して原稿の入った角封筒を受け取った。

クリップでまとめた紙の束は三十枚あるかないかの薄さだ。タイトルを付した表紙には、手書きで「あお」とあった。姿勢を正し一枚ずつ目を通す。

あなたは　しっているのだ
あおい　あおい
みずうみのむこうぎしを

あなたは　しっているのだ
ほそい　ほそい
みちのむこうにあるせかいを

あなたは　しっているのだ
あさひの　のぼるまえ
どんなにせかいが　しずかなのかを

あなたは　しっているのだ
こころ　やすらぐ
ひとりのたびを

知っている、から知っているだろうか、へと冒頭の一行は変化してゆく。心を移ろわせてゆく介添人のように、たかしろこうこの問いは続く。そして最後のページだ。

あなたは　しっているのだ
こころと　こころの
まじりあう　こうふくなしゅんかんを

静かに、心の介添えとしての立ち位置を崩さず、彼女が最後の一冊と決めた「あお」の全文を読み終えたとき、既に美弥子の頭の中には水彩のあらゆる青に分類される色番号が浮かんでいた。

筆を握ったときに、ベストなものを手に取っているような、根拠のない自信も立ち上がってくる。

この絵本は、好子の遺言なのだ。

二度読み返しても、その印象は変わらなかった。変化があったとすれば、青から蒼（あお）、碧へと体の内側で複雑な色合わせが始まっていることだった。美弥子は原稿の束を留め直し、もう一度手書きの表紙を見た。

「あお」

ふたりのあいだに、いつよりも静かな時間が横たわっている。美弥子の静けさは、母を知らず、父を遠いところへ置いてのものだ。好子の穏やかさは、咎めるわけでなく、赦すでもなく、ただ美弥子を「ひとりにしない」ことに注がれ続けている。

「五月まで、だったね」

「早いのはぜんぜん構わないよ」

引き延ばしたら、そのぶん生きていてくれるのだろうか。それなら何年かけたっていい。美弥子はほんの少しの夢をみて、夢を現実にするため、描くことにした。往く場所は湖の向こう岸だ。

湯に体を預け、スイーツに合うシャンパンを飲み一日、空とともに変化する湖の色を眺めて過ごした。好子は上機嫌で、つられて美弥子も朗らかだ。話しながら笑えるところを無意識に探していた。

また、山の端があかね色に染まり始める。どちらともなく、ふたりテラスの露天風呂に浸かった。

「人生最高の贅沢ねえ」

好子がため息交じりにつぶやいた。

「相手が必要な贅沢ですねえ」と返した。

温まってゆく体に、好子の書いた一行が沁みてゆく。

あなたは しっているのだ――

湯船の中の、一段高くなったところに腰かける。二の腕から上が湯から上がる。熱を溜めた体の芯はなかなか冷めない。

好子が言った。

「描き上がるころには、ミヤちゃんの世界が変わってる、きっと」

「うん、そんな気がする」

昨夜と同じく、月はただ青かった。

人生最後の旅を終えた好子は、空港から真っ直ぐホスピスへ向かうという。

「長くお世話になっている版元が、ここなら大丈夫って紹介してくれたところなの。蓄えはぜんぶそこで遣いきれるみたい。身寄りもないし、手続きさえ済ませておけば身仕舞いはわりと簡単。連絡先は担当者なの」

だから、いなくなったときは編集者から連絡が行くけれど気にする必要はないのだという。面倒はかけないつもり、と言われると「わかった」としか応えられない。ここから先はもう、好子の美学に付き合うしかないのだろう。

幼いころから、聞き分けのない子だと言われたことはなかった。いつも、受け容れて受け容れて、体から流して生きてきた。ここで一度くらい、わがままを言ってみるのもいいだろう。美弥子は「一度、ホスピスを訪ねてもいいだろうか」とつぶやいた。

「そうねえ、気が向いたら」

好子は知っているのだ、心安らぐ、ひとりの旅を――

美弥子は札幌に戻り、その足で画材店へと向かった。新しい絵筆と絵の具とスケッチブック、そしてキャンソンの水彩画用紙を何束か買う。両手に画材を抱えてマンションに戻ると、見慣れぬ文字の封筒が届いていた。差出人は、「S出版児童書部　小澤理加」とあった。

暖房の目盛りを上げて、カーテンを開いた。たった二日空けただけなのに、埃(ほこり)のにおいが立ちこめている。空気を入れ換え、食卓椅子に腰を下ろし手紙を読んだ。

――既にお聞き及びとは思いますが、たかしろ先生のお体は現在休養を欲していります。わたくしたちも先生のためにできる限りのことを、と思い動いて参りましたが、あまりお役に立てることもなく申しわけなさでいっぱいです。ただ最後に、娘と（そう表現されておりました）絵本を一冊作りたいとのことでした。それならば、と社長以下全員が先生への協力を惜しまないことで意見が一致しております。お原稿がお手元に渡ったころと思います。改めましてこの度の絵本「あお」のイラストをご依頼申し上げます。先生はいつまでに、と仰(おっしゃ)ったでしょうか。これは本来聞き流していただくところなのですが、なんとしても先生に完成した一冊をお届けしたく思います。我々の作業をぎりぎりにしてもやはり四月末までに初稿をお願いしたく、どうかよろしくお願い申し上げます。ご不安、迷いなどございましたら、いつでもわたくしにご連絡くださいませ。精いっぱいのサポートをいたします。

手紙に添えられていた名刺を、作業場のピンボードに留めた。

最後まで絵本作家でいることを選んだひとの「娘」になる。そう決めたあとは不安も迷いも――とにかく立ち止まっている暇はなくなった。

二十四時間を自分のために使えるのは、一か月間、三月いっぱいだ。削れるものは睡眠時間と決めてからの一か月、美弥子の生活は昼夜がどこにあるのかわからなくなった。思い浮かべるのは、好子とふたりで眺めた湖と空の色だ。山の陽(ひ)は陰るのも早い。表情を変えるごとに、残された時間が迫ってきた。

仮眠、作業、食事、作業。四時間通しで眠ったあとは、二十時間通しで作業をする。テレビを眺める時間も、音楽を聴くことも、映画館に足を運ぶことも、スーパーへ行くこともほとんどなくなった。

ついこの間まで身近にあった他人との関わりも、別れもすべて棚上げされている。イラストがすべて出来上がってからゆっくり振り返ればいい。仕上がったときはもう、なにもかもがどうでもいいことになっていたにしても。

心の棚は便利な場所で、美弥子を苦しめもしないし救いもしない。ただ便利な場所として視界の斜め上にあった。棚上げが便利なのではなく、目の前にある「やらねばならぬこと」が生きる救いなのだ。

一ページにつき十枚のスケッチと色入れをして、使えそうなラフが一枚あればいい方だった。ぴたりと文章に寄り添うようなイラストにするには、黄金の配置がある。その高みに向かっているとき、美弥子の裡は無色透明で一切の濁りがなかった。

取り憑かれたように「あお」と格闘しながらも、ときどき訪れる解放感に気づくことがあった。それが一枚の完成であると気づいたところで、シャワーを浴びるようになった。熱い湯を浴びると、一度丸まった感覚が復活して尖る。

ラストのページまで走りきった日の夜明け、太陽が青く見えたので、美弥子は満足した。三月が終わり、窓の外にはもう雪がなかった。

すべてのイラストが乾き、マスキングテープを外して四隅が現れたところで、美弥子はS出版の小澤理加に電話をかけた。

「ひととおり、描き上げました。一ページにつき、三枚まで絞り込んであります。お時間のあるときに、見ていただきたいのですが」

電話の向こうの小澤は一瞬の間を空けて礼を言った。見えない場所にいる美弥子にさえ、腰を折った気配が伝わりくる。一か月で出来る仕事ではなかったはずだ、と言われ美弥子は黙った。

出来る出来ないの判断はやってから、と思えた理由は好子が持った時間の少なさである。急ぐほどにそれを認めることになるのだが、急がねばならないと、時間が美弥子に警告するのである。

小澤理加が静かに言った。

「一緒に、たかしろ先生の元にお持ちしませんか」

移動にかかった費用は領収書をお持ちください、と彼女は言った。

翌日、緩衝材で梱包（こんぽう）した絵をいちばん大きなバッグに詰めて、美弥子は羽田に降り立った。到着ロビーに現れた小澤理加は、声の若さとは印象が異なって、美弥子よりもひと回りは上に見えた。丁寧な挨拶に頭を下げ通したあと、駐車場に停めた車へと乗り込んだ。

「電車ですと少し不便な場所に在るんです。神奈川の人里を離れたところなんですよ。うちの会社の先代もそちらにお世話になったんです」

車内にはギターとピアノのアンサンブルが流れている。小澤理加は決して多弁ではないが、思い出すままぽつぽつと「たかしろこうこ」との時間を話して聞かせた。美弥子の知らない好子の姿が浮かび上がる。

穏やかで優しいひとだけれど、そればかりでもなかった仕事への取り組みかた、強情なところ。好子との日々が小澤理加に与えたものは、ここにきて更新され「潔い幕引き」へと変わりつつあるのだという。

沿道に見える木々は満開の桜で、目を和ませてくれる。この花が、命の目安に使われていることの不思議が胸をかすめてゆく。

好子は富士山の見える山間の中腹に建つホスピスにいた。美弥子が訪ねてくることは昨日のうちに報されていたといい、ロビーの日だまりで車椅子に座って待っていた。

「いらっしゃい。このあいだ会ったときより少し顔がすっきりしちゃってるわねえ。無理したのじゃないの？　ちゃんと寝てるの？」

好子に労われると居場所に困る。ちいさく頭を下げた。

「いいところね、ここ」かろうじてそう言うと、好子の皺が深くなる。

「ザワちゃんがお世話してくれた、終の棲家よ。景色もいいし、空気もきれい。とても気に入ってるの。それにほら」

指さす先にある大きな窓には、雪をたたえて空を背負った富士山が見える。

「もったいないくらいの眺めだと思うの」

小澤理加が頭を下げた。

一階の庭に面したワンルームの部屋は、簡素な佇まいだった。ベッド周りに多少の生活感があるほかは、ちょっとしたヴィラだ。部屋自体は狭いけれど、ものの配置は支笏湖の宿に似ている。開け放したテラス窓から、いい風が入り込んできた。外気が二十五度を超えた日は夕刻まで外の空気を取り込むという。

テラスのテーブルに車椅子を着ける。小澤理加が簡易キッチンで湯を沸かしハーブティーの準備を始めた。美弥子は好子に請われるまま、バッグの中から梱包した絵の束を取り出した。

「お茶が来る前に、見せてちょうだい。ザワちゃんが急がせたのね。もう少し大丈夫よって言ってあったのに」

好子が笑うと、陽光とともに長いレースのカーテンも揺れた。

一ページごとに三枚の絵を広げた。テラスのテーブルにそれを並べると、好子の表情が柔らかさとつよさに引き締まる。三枚同時に視界に入れ、真ん中の一枚を持ち上げて膝にのせる。好子は残りの二枚を美弥子に返した。

美弥子は無言で次のページの絵を並べる。ものの三秒で右端の一枚を手にして、膝にのせる。三ページ目――広げてから五秒を待たずに、一枚を選んだ。好子は、ひと言も喋（しゃべ）らない。並べたら数秒で一枚を選び取る。

そして、ラストの一枚を瞬間で決めて、一冊分の絵が決定した。気づくとお茶の用意を終えた小澤理加が、すぐそばでにこにこと微笑んでいる。音を立てずに拍手の仕種だ。

「ミヤちゃん、ありがとう。いいものになりそう。わたしには描けない絵だと思うわ」

どのイラストも、筆のタッチだけで輪郭は一切ない。光はとことん白く、闇は黒く、水も空も人の心も縦や横、あるいは斜めに走らせた筆の跡で表現してゆく。

薄かったり濃かったり、碧を帯びていたり赤みが差していたり。

青や藍、紺、碧、タイトルに負けぬようなブルーをふんだんに使った。

「素人の背伸びかもしれません」

半ばいいわけのような言葉が口から滑り出る。好子は否定しなかった。そして、絵を選ぶときのつよい眼差(まなざ)しを手放して愉快そうに言うのだった。

「素人もプロも、背伸びしないで描ける絵(もの)なんてないのよ」

小澤理加が、絵を示し「こちらへ」と両手を伸ばした。好子は二十五枚の絵を理加に渡した。彼女は一枚一枚ベッドカバーの上に並べたあと、好子の車椅子をその前へと移動させた。

「ザワちゃん、言ったとおりでしょう」

「ええ、いいお嬢様をお持ちですね」

長い時間を共にしてきた後ろ姿に、言葉にならぬ祈りを送る。安堵(あんど)とかなしみが同じ勢いで美弥子の裡へと流れ込んできた。

好子が枕のそばにあった一枚を指さした。

「そうですね、わたしもこれかなと思いました」

嬉しそうに顔を見合わせるふたりは、この世に数えるほどしか存在しない、理想的な姉妹のようだった。

東京へ戻る際、小澤理加が言った。

「我々も、できる限り急ぎます」

ホスピスに流れていたゆったりとした気配は、あの場所の持つ魔法みたいなものだという。

「ご飯が入らなくなったら、あとは時間の問題なんです。先生はマンションと家財道具を処分して、この後のこともすべて手続きを終えてから、美弥子さんに会いに行ったんです。湖が美しくて、最高だったと——今まで見たこともないような笑顔でお戻りでした。わたし、あの日から先生にちゃんと食べてますかと訊ねるのはやめました」

黙るしかない会話というのがある。ときどき湿る彼女の言葉に、ただ頷いている。流れてゆく景色にも、来たときとは違って夕時に向かう気怠さが漂い始めた。都内に入ったところで、それまでの湿った空気を振り払い小澤が言った。

「絵本の献本先にご実家——お父様のお名前があります。差し支えないでしょうか」

美弥子は言葉に詰まったが、それを好子が望むのなら反対する理由はない。

「わたしは、構いません」

「そうですか。では、発送しますね」

絵と文字の配置デザインが決まって印刷を終えるまでには二か月近くかかるという。

「いつまでも、だらだらと作業していたいんですよ、本当は」

はい——もっと違う返答もあったはずだが、こぼれ落ちたのは、それだけだった。


刷り上がった「あお」が美弥子の元に送られてきたのは、七月のこと。長期予報よりも少し涼しい日が続いていた日の、午前のことだった。

絵本はとても上質な紙を使い、コットンの目地が見えるような印刷に仕上がっていた。

美弥子は半日、開いては閉じ、閉じてはまた開いてを繰り返して過ごし、食事の支度をしながら飲んだワインが効いてうたた寝をした。

夢か現か（うつつ）わからない時間——

玄関で誰かが靴を脱ぎ洗面所に向かう音がする。起き上がるにはもう少し目覚める必要がありそうだった。音だけが美弥子の脳裏に届く。台所を抜けて美弥子が横になっているソファーのそばまでやってきた。

すっかり、男と別れたことを忘れていた。

「ごめん、いま起きるから。ちょっと寝不足だったみたいで」

「寝てなさい、だいじょうぶ。心配しないで」

その声にハッと目覚めた。部屋の中を見回すが誰も居ない。立ち上がり、寝室から洗面室、風呂場からトイレまで、くまなくドアを開けたが誰もいなかった。

ああ——

逝ったのだ——

リビングテーブルの上にある絵本を手に取った。

この一冊は、父の元にも送られている。王はなにを思いながら表紙をめくるのだろうか。

台所に置きっぱなしになっていたスマートフォンが震えだした。小澤理加だ。

——先生が、さきほど。

——いろいろ、ありがとうございました。

印刷が間に合ったことと、美弥子に次の仕事が与えられたことをひとつの慰めにして、通話を切った。それが好子の遺言なのだった。

美弥子はハイボールをふたつ作って、ひとつを絵本の隣に置いた。

「一緒に飲もう」

美弥子はグラスを上げ好子に礼を言い、乾いた喉に流し込んだ。泣きも笑いもできない夜、ひとりで居ないで済む幸福もあるのだろう。

おかあさんが、死んじゃったんだ――
好子さん、わたしのおかあさんだったんだ――
声も姿もなくしたひとが、絵本になって美弥子を見つめていた。

あなたは　しっていたのだ
こころと　こころの
まじりあう　こうふくなしゅんかんを――

錦上ホテル

大沢在昌

大沢 在昌
おおさわ・ありまさ

1956年名古屋生まれ。79年『感傷の街角』で第1回小説推理新人賞、91年『新宿鮫』で第12回吉川英治文学新人賞、第44回日本推理作家協会賞、93年『新宿鮫 無間人形』で第110回直木賞、2004年『パンドラ・アイランド』で第17回柴田錬三郎賞、10年第14回日本ミステリー文学大賞、14年『海と月の迷路』で第48回吉川英治文学賞を受賞。『毒猿』『絆回廊』など新宿鮫シリーズのほか、『欧亜純白』『烙印の森』『漂砂の塔』『悪魔には悪魔を』など著書多数。

映文社の外山から電話がかかってきたのは、書き下ろしの短篇アンソロジーのアイデアを思いつけず、二時間以上机の前で呻吟していたときだった。複数の作家に同じテーマで短篇を書かせ、文庫で売りだすというものだ。

若い頃さんざん短篇を書かされ、できるならそういう仕事は受けたくなかったのだが、パーティ会場で会った売れっ子美人作家の桜井志穂に、

「兄さんもいっしょにやろ！　ね、ねっ」

とせがまれ、つい頷いてしまった報いだった。たてつづけに賞をとり作品が映画化もされている桜井に、「兄さん」と呼ばれて悪い気がしなかったせいもある。

「もしもし」

私の声は相当不機嫌だったのだろう。

「すみません。かけ直しましょうか」

外山は申しわけなさそうにいった。

「かけ直すくらいなら、集源社を燃やしてくれ」

「え？　集源社とトラブっているんですか」

外山は心なしか嬉しそうな声でいった。

「別にトラブっているわけじゃない。軽率の報いを受けているだけだ」

「あっ、例のアンソロジーですか。伊多々田先生は逃げちゃったらしいですよ。桜井さんに喉をくすぐられてつい受けたけど、よくよく考えたら、集源社には毎月三百枚書いているのだから、この上読み切りの短篇なんて書く余裕はないって」

外山はさらに嬉しそうにいった。

「伊多々田先生は逃げられても俺はそういうわけにいかないんだよ」

答えながら、心の内で桜井志穂を罵った。あのオヤジ作家殺しめ。

「そうですか。けっこういいメンバー揃えているなって思っていたんですが、こりゃあ原稿集めが大変そうだな」

「よその仕事の邪魔をするためにかけてきたのか」

「ちがいますよ。うちの上野さん、今年定年なんですよ。定年になったら送別会やろうって、前におっしゃっていたじゃないですか」

外山の言葉を聞き、私は唸った。

「そうか、今年か。昔から老けていたから、いつかなと思っていたが」

上野はほぼ同世代のベテラン編集者で、ミステリをこよなく愛し、私も売れていない頃から注文をもらい、酒や食事もいく度となく馳走になった。どんな売れっ子、大家だろうと無名の作家だろうと分けへだてなく接するので、若手作家には人気があった。が、その若手もじょじょに売れ、ベテランになってくると、歯に衣着せぬ作品評をする上野を煙たがるようになる。同時代を併走してきた作家でも、売れっ子になれば多少はちやほやされたいのが人の常だ。それを、

「最近は、先生のお作もちと息切れ気味ですな」

などといってのける。私も売れない時代は励まされ、売れてからはチクチクとやられた。しかし恩人であるし、戦友ともいえる上野が会社員生活を終えるとなれば、何かしらせずにはいられない。

「上野さんの送別会をやるなら、幹事をするとおっしゃってましたよね」

「ああ、確かにいった」

「伊多々田さんも上野さんにはお世話になったから、ぜひでたい、と。上野さん本人は嫌がるかもしれませんが、つきあいのある作家の方に打診してみていいですか。幹事としてのお名前はお借りしますが、実務はこちらでやります」

「そうしてくれるなら頼むよ」

「了解しました。それで場所なのですが、前々から上野さんにリクエストされていると

ころがあるんです。新宿の錦上ホテルってご存じですか」

「なつかしいな！　まだあるのか、おい」

思わず私は声を上げていた。

今を去ること三十年前、私を含めた若手のミステリ作家で「目高の会」というのを結成し、半年に一度パーティを開いていた。

パーティといえば文学賞の受賞式というのがお約束の出版界で、文学賞に縁がなく、呼ばれても肩身のせまい若手ばかりで集まりをもとうじゃないかというのがきっかけだった。会費制で、若手の編集者を対象に案内状を送り、編集長クラスなどはめったにこなかった。

「とかく目高は群れたがる」を、自ら認じた会で、メンバーは二十代から四十代までの、デビュー五年以内くらいの無名のミステリ作家ばかり六人で始まった。切磋琢磨や編集者との交流を目的とし、結成から五年で会員は二十人近くまで増えた。そこから超売れっ子になったり、大きな文学賞を受賞する者も十人を超した。

今から十年前、結成から二十年で「目高の会」は解散された。かつての中核メンバーが忙しくなり、パーティなどの幹事をする余裕がなくなったのがその理由だ。一方で、メンバーの中には、書店や雑誌ですらその名を見かけることがなくなった人もいる。浮沈の激しい業界で、三十年生き抜くのは容易ではない。

その「日高の会」が毎度、パーティ会場として借りていたのが、錦上ホテルだ。新宿といっても若松町に近い位置にあり、地下鉄の新線が開通するまでは、新大久保駅や早稲田駅から十分以上歩かなければならない場所にあった。しかも当時でも築四十年はたっていそうな古い建物で、エレベータは狭いわ小さいわ、でてくる食事も正直おいしいとはいいにくかった。だが格安料金で会場と料理を提供し、酒類のもちこみもＯＫという太っ腹は、他のホテルにはなかった。

「そういえば錦上ホテルを見つけてきたのは上野さんじゃなかったかな」

私がいうと、外山は意外そうに答えた。

「そうなんですか。僕が入社したときには『日高の会』は、結成されてから十年くらいたっていて、錦上ホテルでパーティをやるのはお約束になっていました」

「確か、学生時代にバイトをしていた縁で、錦上ホテルの社長を知っていて、格安でやらせてもらえるように話をつけたのじゃなかったかな」

「なるほど。そういう事情だったんですね。錚々たるメンバーが集まった会がなぜこんなボロいホテルでパーティをやるんだろうと思っていたんですが」

「錚々たるメンバーも、かつては食うや食わずだったのさ。俺だって、あの会のおかげでがんばれたようなものだ」

「伊多々田さんもそれはおっしゃっていましたね。『日高の会』の創設メンバーの大半は上野さんが担当されていたとか」

「当時は売れないミステリ作家を担当したがる編集者は珍しかった。ミステリマニアの上野さんじゃなけりゃありえなかったろう。そういう意味では恩人だよ」

「僕らには厳しい先輩ですけどね。ミステリの話をすると、『なんだ、あれも読んでないのか』って、始終怒られます」

「ああいう人はもうでてこないな」

そういってから、自分をひどく年寄りくさく感じた。

「じゃあ錦上ホテルと交渉していいですか」

「ああ。会費制でやってくれよ。世話になった作家ができるのはそれくらいだ。記念品をプレゼントするなら、その費用も負担するから」

万事にそつがない外山になら任せられるだろうと、私は告げた。


外山の働きで、上野の送別会はそれから半年後の金曜日に決まった。幹事は、私とやはり「目高の会」の創設メンバーだった伊多々田氏、仇坂(あださか)氏の三人になった。これにあと三人を合わせた六人が集まって飲んでいたのが「目高の会」を結成するきっかけだった。

あとの三人のうち二人は鬼籍に入っている。二人とも私とそう年が離れていたわけではないが、やはり長生きはできない商売のようだ。

残りのひとりは、消息が不明だった。

送別会の前月、外山から電話がかかってきた。

「おかげさまで、作家、編集者をあわせて五十人以上の方から出席のご返事をいただきました。ただ、連絡先のわからない作家の方がいらして、我が社にある住所にご案内をだしても宛先人不明で戻ってきてしまっているんです」

「誰だ？」

「栗橋冬一郎（くりはしとういちろう）さんです」

私は息を吐いた。栗橋冬一郎が消息のわからない、六人の中の唯一だった。

「栗橋さんか。俺もわからない。年賀状も、だいぶ前に戻ってきたきりだ」

私より二つ三つ年上で、恋愛とミステリをからめた、ロマンチックな作品を書いていた。文章に独特の艶があり、それが評価されてデビューしてから二作目の長篇で大きな文学賞の候補になり、受賞は逃したが話題になった。

会って驚いたのは、作風に似合わない風貌とシャイな人柄だった。面長の顔はどこか馬を思わせ、喋（しゃべ）り方もひどくのんびりとしている。一八〇センチ以上ある体を、申しわけなさげに縮め、周囲に気をつかってばかりいた。

当時で四十近かったが独身で、恋愛経験もほとんどなく、「片想（かたおも）いばかりですよ」と寂しげに笑う姿を覚えていた。

小説家の多くは願望を作品でかなえる。そういう点では、栗橋もそういう書き手なのかもしれないと当時思ったものだ。

「実は栗橋さんのことを僕はよく知らないのですが、デビューは弊社だったのですね」

「ああ。確か上野さんが担当した書き下ろし長篇だ。新人賞の冠も何もなかったが、文章がいいっていうんで少し話題になった。二作目がN賞の候補になり、依頼が殺到した。やさしい人だから注文を断われず受けていたんだが、もともと量産がきかないタイプで、連載を落としたりしているうちに、波がひいてしまった」

波がひくとは、原稿の注文がこなくなることをいう。特に昨今は、一気にきて一気にひく、といわれている。作家と二人三脚でじっくり作品を作る余裕が編集者にもないのだ。

化けそうな新人が現われたらとりあえずツバをつける。依頼する側は保険のつもりだろうが、される側はそれが五社だ十社だとなると嬉しいのを通りこして不安になる。果たしてそれだけの量をこなせるだろうか、期待に添えなかったら干されるのではないか。

私にもそんなときがあった。甲羅に苔(こけ)が生えた今ならわかる。注文すべてに応えようとは考えず、一作ずつでもていねいにこなしていけばいいのだ。作品がでつづけていれば、編集者は順番を待つ。プレッシャーに潰れ書けないとなると、離れていく。

書かない、あるいは書けない作家に時間を割くほど彼らは暇ではない。

「真面目すぎるくらい真面目な人でな。書けない自分を責め、後回しになる社に申しわけなくてまた自分を責め、どんどん苦しくなっていった。気にせず、自分のペースでやればと何度も励ましたんだけどな」

私だけではない。伊多々田氏も仇坂氏も、ことあるごとに励ました。が、それがかえってプレッシャーになっていたと気づいたのは、「脱会届」なる手紙が、栗橋から我々のもとに届いたときだった。

あれは「目高の会」を結成して五年目くらいだった。伊多々田氏や仇坂氏が文学賞を受賞して売れっ子になり、遅ればせながら私もようやく賞の候補になった。それとともに会員が増え、マスコミからも「有望な若手作家の集団」と注目されるようになった。

その矢先に栗橋は「目高の会」を脱会したいといってきたのだ。理由は想像がついたが、手紙にはただ一身上の都合、としか記されていなかった。

創設当初こそ最も嘱望される新人だったのが、次々と他のメンバーに文学賞で追い越され、注文も減り、気後れを感じていたにちがいない。が、それを愚痴ることも妬むこともせず、会を辞めるというのだ。

文学賞のパーティでも、その一、二年、栗橋の顔を見ることがなくなっていた。

栗橋から「脱会届」が届いた数日後、たまたまパーティで、私は伊多々田氏や仇坂氏と会い、どうしたものかと話し合った。

引きとめ励ますべきだという意見と、本人のやりたいようにさせるべきだという意見がぶつかり、結局は静観することになった。

会を離れ、プレッシャーから解放されれば、書けない状態から抜けだせるかもしれない。そうなったらまた会に誘えばいい、今は黙って見守ろう、年長の仇坂氏がいい、私と伊多々田氏も頷いた。

「でも書かれなくなってしまったのですね」

外山がいった。

「わからない。書いたものの、もちこんだ先で断わられたのかもしれない。そのあたりのことまではこっちにもわからない」

私は答えた。「目高の会」の全盛期に所属していた二十数人のうち、今でも名前を見るのは十四、五人だろう。栗橋に限らず、書かなくなった人はいる。書かなくなったのか、書けなくなったのか、書いても活字にはならないのか。

いずれにしても、他人にはどうすることもできない。作品がすべての世界だ。

栗橋どうよう、パーティに現われなくなり疎遠になっていく。だが、住所まで不明になる者はめったにいない。

「そうですか。じゃあ栗橋さんはお呼びしないということでよろしいですね」

「お呼びできないのだからしかたがない。もしかすると上野さんなら連絡先を知っているかもしれない。もし上野さんが呼びたいと思ったら、自分で連絡するのじゃないかな」

「なるほど。そうですね。案内状を何枚か、上野さんにお渡ししてあります。そうされるなら、それで問題はないわけですから」

「ああ。もしきてくれるならなつかしいがな」

答えながら、なつかしいのは我々だけだ、と思った。栗橋には苦い思いしかないかもしれない。

誓っていえるが、迷い苦しんでいる栗橋を嗤ったことも憐れんだこともなかった。いつ自分も書けなくなるか、その不安は何十年つづけていようと背中合わせだ。

明日は我が身だと思うからこそ、栗橋には苦境を脱してほしかった。再び筆をとる日がくれば、自分たちも希望をもてる。


送別会の日がきた。その前の数カ月、上野はたまった有給休暇を消化しているとかで、会社にもパーティにも現われていなかった。

有給休暇とボーナスだけは、文字を見ても腹が立つ制度だ。

それなら出版社の社員になればいい、といった編集者がいたが、そこまで学業優秀だったら小説家なんかになるか、といい返してやった。

十年ぶりの錦上ホテルに私は赴いた。以前なら、早稲田駅から歩いたものだが、今はタクシーで向かえる身分だ。だがたいていのホテルの所在を知っている筈のタクシーの運転手に「錦上ホテル」と告げても、首をひねられ、結局、カーナビゲイションに頼ることになった。

錦上ホテルは、初めて足を踏み入れた三十年前とかわらず、あった。周辺こそがらりとかわっていたが、当時から古めかしく、伝統とオンボロが同居するたたずまいはそのままだ。

重厚だが、ところどころが欠けた石段を登り、私はロビーに足を踏み入れた。

入ってすぐに「本日の御宴会」という黒板がおかれ、かつてはそこに「菊の間　日高の会様」と記されていた。藤の間、松の間、竹の間などもあって、結婚式や研究会などの催しが記されていたものだが、その日はただひとつ、「菊の間　上野さんを送る会」とあるだけだ。

もともと薄暗く、シックといえなくもなかったロビーは、今ではところどころ電球の消えたシャンデリアのせいでホラーゲームの舞台のようだ。

錦上ホテルがいつ建てられたのかは知らないが、戦後すぐであってもおかしくない。

それならば築七十年以上だ。石とコンクリート製の堅牢な造りでなければ、とうに崩壊していただろう。

「菊の間」は三階にある。さすがにエレベータだけは、新しくなっていた。以前はシャッター付きで、階数も時計のような文字盤で表示されていた。ギシギシと音をたて、弾みながら上下動する箱に、私も恐怖を感じたし、閉所恐怖症の伊多々田氏などは決して乗ろうとしなかった。

「菊の間」にはなつかしい景色があった。

正面にマイクスタンド、白いクロスを張ったテーブルに、オードブルや寿司、蕎麦などの軽食。そこここに、知った顔、それも皺の増えた顔ばかりが並んでいる。

「よう！」

「よう」

「久しぶり」

「おっす」

挨拶を交しながら、私は正面に向かった。

発起人の挨拶は仇坂氏がやることになっている。仇坂氏のかたわらに伊多々田氏がいて、私を見るなり、

「遅えんだよ」

と頬をふくらませた。

司会は外山だ。

仇坂氏がまず喋り、つづいて私と伊多々田氏が上野をはさんで壇上に立った。乾杯の発声を頼まれている。

「上野さんにはずいぶんいじめられたな」

マイクを手にすると伊多々田氏がいった。

「上野さんには持論があるんだよ。『糟糠の編集者は切られる』」

私はいった。伊多々田氏と私がかけあうと、昔から漫才になる。

「じゃあ切らなかった俺たちは偉いじゃないか。切るどころか送別会まで開いて」

伊多々田氏がいうと、上野がマイクをひったくった。

「もう戻ってくるなって意味でしょう。お前に原稿とりされるのは飽き飽きだって」

笑いが弾けた。

「それはいえる」

「上野さん、もう俺らの原稿なんて興味ないでしょう。昔から、有望な新人を見つけるのが得意だから」

私がいうと、

「そうか。もう俺らみたいなロートルの原稿はいらないか」

伊多々田氏が頷き、

「すぐ書いて下さい！」

会場の編集者が、お約束のつっこみをしてくれた。全員が上野を見る。

上野はとぼけた顔で、

「まあ、正直、おふた方ともいささかお腹いっぱいですな」

と答え、大爆笑になった。

乾杯の音頭をとり、壇上から降りた。しばらくは歓談の時間だ。

会場には、かつての「目高の会」の写真がパネルにされて飾られていた。もう会えない作家や編集者が、若い私と写っている。

グラスを手に見入った。

「今日はありがとうございました」

かたわらに上野が立った。あらたまった口調でいう。

「やめなよ。そういうの」

私は首をふった。上野がいった。

「なつかしいですな」

「なつかしい」

私は亡くなった創設メンバーのひとり舟木戸(ふなきど)の写真を示していった。

「いわれたんだ。『売れっ子になっても態度のかわらないお前は立派だ。だが考えてみたら、売れる前からお前の態度はでかかった』って」

「楽しかったですよ。つきあっていて、こんなにエネルギーを感じる作家さんたちはいませんでした」

「ひとりだけ、気になる人がいる」

私はいった。肩を組む舟木戸、伊多々田、私などの背後に、控えめな笑みを浮かべて立つ栗橋が写っている。

「栗橋冬二郎」

上野がつぶやいた。私は頷いた。

「どこでどうしているのだろう。ずっと気になっていた」

上野は私を見た。

「そういえば、このホテル、ついにとり壊されるみたいです」

「ついに、か。建て替えられるのかな」

「いいえ。これで廃業だそうです。なので、ここを使ってほしかった。反対されたらどうしようかと思いました」

「感謝こそすれ、反対なんてするわけがない」

私は首をふった。

「あとでここの社長が挨拶にくるそうです。長年の愛顧を」

「社長……。そういえば上野さんの知り合いだったね」

上野は頷いた。

「私がアルバイトをしていたのは先代の社長のときで、今はその娘さんが社長です。娘さんといっても、私と同じ年頃ですが」

「そうか……」

「ミステリがとてもお好きな方でしてね。『日高の会』に格安で会場を貸して下さったのも、その娘さんの口添えがあったからなんです」

「それはお礼をいわないとな。あの頃だってサイン本くらいはさしあげられたのに」

私がいうと、上野は微笑(ほほえ)んだ。

「一番お好きだという方のサイン本はお渡ししていました」

「そうなんだ。誰なの？」

上野が答えようとしたとき、外山が壇上にあがった。

「さて皆様、ご歓談中ではございますが、ここでお知らせがございます。ここにおられるほとんどの方にとってはなつかしい、この錦上ホテルは、今年の十二月三十一日をもって閉館することになっているそうです」

え、そうなのと声を上げたのは伊多々田氏だ。

「はい。そこで、長年のご愛顧に、この錦上ホテルの社長がひと言、ご挨拶をされたいということなので、お呼びしてよろしいでしょうか」

拍手が起こった。

「では、お呼びします」

外山が控えているウェイターに耳打ちをした。ウェイターが会場の入口に立つ、別のウェイターに合図を送る。

「菊の間」の扉が開かれた。車椅子に乗った婦人が見えた。品のいいスーツを着て、両手を膝の上においている。背の高い白髪の男に押され、車椅子は会場内に入ってきた。再び拍手がわいた。女性ははにかんだように笑みを浮かべ、左右に会釈をしている。

私は車椅子を押す男に目を奪われた。黒いスーツにネクタイをしめ、うつむき気味に顔を伏せている。車椅子が壇の手前まできても、男が顔を上げることはなかった。

「上野さん、あれは――」

私はいいかけた。上野が無言で人さし指を口に当てた。

外山がマイクを車椅子の婦人に手渡した。

「突然のお邪魔、失礼いたします。当錦上ホテルの社長、菅原トシ子と申します。皆様がたにおかれましては、当館をご愛顧下さったこと、心よりお礼申し上げます。『日高の会』を始めとする作家の先生がた、各出版社の皆様にお越しいただき、当館はたいへん光栄でございました。このたび、諸般の事情で閉館いたしますが、皆様にご利用いただいたことは当館の輝ける歴史です。若く才能に溢れた先生がたと出版社の皆様のご交流の場を提供できましたのを、誇りに思って参りました。さらにわたくしごとを申し上げますと、生涯の伴侶とも出会うことができました。どれほどお礼を申し上げても、申し上げたりない思いで、本日ここにお邪魔したしだいです」

「まさか！」

伊多々田氏も気づき、声を上げた。車椅子のかたわらの直立不動の男を見つめている。

「お久しぶりです」

小さな声でいい、男は頭を下げた。

「私からお話しします」

上野がいった。車椅子の婦人からマイクを受けとる。

「本来、こういう場で編集者がでしゃばるべきでないことは承知しております。ですが、本日は私のために開いて下さった会でございます。どうかご容赦下さい」

ひと呼吸おき、上野は仇坂氏や伊多々田氏、私の顔を見回した。

「お気づきの方もいらっしゃると思いますが、こちらにおられる錦上ホテルの社長のご主人は、作家の栗橋冬一郎さんです。栗橋さんは、『目高の会』の創設メンバーでしたが、五年ほどで脱会されました。その後、縁があってこの錦上ホテルに住まわれるようになったんです」

驚きの声が上がった。

「そのあたりのことは栗橋さんご本人から語っていただきましょう」

いやいや、とあわてたように手を振る栗橋に上野はマイクを押しつけた。

「栗橋さんには、説明する義務があります。ここにおられる何人もの方が、栗橋さんの心配をしていたのですから」

上野にいわれ、マイクを受けとった。

「あの、突然のことで……。申しわけございません。栗橋冬一郎と申します。といってもこれはペンネームでして、今は菅原一郎と申します。お察しの通り、婿に入りました」

切れ切れに喋った。

「そんなことより、ここに住んでいたというのは本当なんですか」

私はいった。面長の顔は前にも増して柔和で、まっ白になった頭が品の良さを加え、社長の婦人とは似合いの雰囲気だ。

「はい。ご心配下さった皆さんはご存じだと思いますが、もともと非才なところにたくさんの注文を受けてしまい、私はプレッシャーに潰れてしまいました。締切りは落とす、編集者の方からの電話が恐い、で住んでいたアパートから逃げだしたんです。いき場のない私の頭に浮かんだのが、錦上ホテルでした。というのも、社長の娘、つまり今の家内が私の読者で、上野さんにいわれ本をさしあげたことがあったのです」

上野が横合いからいった。

「当時、皆さんの本をさしあげたいと申し上げたところ、他の方の本はいらない、でもどうしても栗橋さんのサイン本はほしい、と今の社長がおっしゃったのです。まあ、編集者としても、そこは頷けるところがございました」

「ひでえな、おい」

伊多々田氏がいうと、どっと笑いが起こった。仇坂氏が苦笑しながら頷いた。

「ま、わからんでもありませんがね」

空気がほぐれ、栗橋はほっとしたような表情になった。

「あり金をもってこのホテルに参りました。自分が泊まっていることは秘密にしてほしいと頼み、そうですね、ひと月ほどたったとき、ばったりロビーで上野さんに会ったんです」

「私は『目高の会』の定例の忘年会の打ち合わせにきた帰りでした。連絡がつかなくて各社が騒いでいる栗橋さんがいたので驚きましたが、事情は何となくわかりました」

上野はいった。

「それでどうしたの？　何かアドバイスしたの？」

私は訊ねた。上野は首をふった。

「何も。何もしません。気がすむまで、隠れていたら、と申し上げただけで」

「えっ」

「そうなんです。私と会ったことは誰にもいわない、あなたの気がすむようにすればいい。そしてまた書けるようになったら、書けばいい、と上野さんはいって下さいました」

私は上野を見つめた。厳しい原稿とりで知られた上野の言葉とは思えなかった。

「追いつめられたら何かができる人と、追いつめられると何もできなくなる人がいます。作家の方の大半は前者です。しかし栗橋さんはちがいました。この人は追いつめられたら、死ぬこともあると思いました」

上野がいった。栗橋は頷いた。

「アパートをでてからずっと、私はいつ自殺しようかと、そればかり考えていました。このホテルに泊まりつづけ、お金が底をついたら、電車にでも飛びこもうと決めました。そんなある日、家内が部屋を訪ねてきたんです。父親と話をつけた、もう少し小さな部屋に移ってくれたら、お金はいらない、いたいだけいてくれていい、といってくれたんです」

「条件はもうひとつありましたよ」

婦人がいった。栗橋は頷いた。

「書くのはやめないこと。いつまでかかってもいい、気が向いたらでいい、また作品を書いてくれ、といわれました。そのときはだしてくれる出版社などないといっても、それでもかまわないから、と」

私は無言で上野と目を見合わせた。

「できあがれば、だすとこはあるさ」

伊多々田氏がいった。

「そうかもしれません。でも私は書けなかった。情けない話ですが、追われないとわかったとたん、書こうという気持が消えてしまったんです。そのときはっきりとわかりました。自分の器はここまでだ、と。底の見えない壺から才能をかきだし、作品にしてきた。その壺は空っぽになっていたんです。この上書かなければならないとなれば、クズのようなものしか書けない。そんなものを発表して仲間たちに蔑まれるくらいなら、死んだほうがマシでした」

会場が静まりかえった。私と伊多々田氏、仇坂氏は黙っていた。それは「日高の会」に属していた全員が心秘かに思っていたことだった。

「そうこうしているうちに月日が過ぎていきました。居候でいるのがつらく、私はホテルの仕事をさせてくれと家内に頼みました。ただし『目高の会』の人がくるときは部屋から一歩もでない」

「『目高の会』を辞めるよう頼んだのはわたしでした。苦しんでいる主人を見ているうちに、これは本当に作家をやめると本人が決心すべきだと思ったんです。そのほうが皆様にもご迷惑をかけないし、本人も楽になるだろうから、と」

「それで『脱会届』を？」

私の問いに栗橋は頷いた。

「私はずっと悩んでいました」

上野が口を開いた。

「栗橋さんに隠れていればいいといったのは正しかったのか、と。あのときは無理強いできるような状態ではなかったかもしれませんが、落ちついたらまた筆をとるよう、強く迫るべきではなかったか。私の早まった一存が、栗橋冬一郎という才能を埋もれさせてしまったのではないだろうか」

「そんなことは決してありません」

栗橋がいった。皆が再び沈黙した。

「大切なことはひとつだよ」

不意に仇坂さんがいった。

「今、栗橋さんが幸せかどうか、だ」

「幸せです」

即座に栗橋がいった。

「三年前、家内が病を得て歩けない体になりました。以来、ここの経営にも携ってきました。それはそれで充実した日々でした」

「閉館を決めたのは栗橋さんですか」

私が訊ねると、

「いえ、わたしです」

婦人が答えた。

「錦上ホテルの役割は終わったと思ったんです。あとは皆様の心に錦上ホテルの思い出が残ればいい。ただ、それにあたっては主人のことをきちんとお話ししなければならない、と思っておりました」

ふうっと伊多々田氏が息を吐いた。

「ここでやってよかったな。上野さんにやられたような気もするが」

「拍手だ」

私はいった。満場が拍手に包まれた。

聖夜に

下村敦史

下村 敦史
しもむら・あつし

1981年京都府生まれ。2014年『闇に香る嘘』で第60回江戸川乱歩賞を受賞し、デビュー。他の著書に、『生還者』『失踪者』『告白の余白』『黙過』『刑事の慟哭』『絶声』『ヴィクトリアン・ホテル』『白医』などがある。

1

2008年12月25日午後6時40分

マリカ・サントスはホテルを見上げると、萎縮した。入り口上部の看板には、流麗なアルファベットで『Victorian Hotel』と書かれている。

ヴィクトリアン・ホテル——。

一体何階建てだろう。

目で数えていく。

七階——。

本当にここなのだろうか。フィリピンの貧しい地区から逃げるようにやって来た二十二歳の女にはあまりに不釣り合いで、興奮よりも恐怖を覚えた。

入ったとたん、拘束されそうに思える。観光ビザで正規に入国しているにもかかわらず、そんな妄想に歯止めがかからない。異国の警察や入管は未知で、怖い。

マリカは恐る恐る足を踏み出した。

出入り口の前に立つ制服姿の男性がにこやかな笑みを浮かべ、「ようこそ、お客様」とドアを開けた。

物語の中のお姫様のように扱われ、マリカは戸惑った。

この二年間は常にモノのように扱われてきた。自分の身体(からだ)はお金に代える道具だった。

「……アリガト、ゴザイマス」

日本語を返し、ホテルに足を踏み入れた。

そこは夢の国だった。艶やかに輝く床、流れ落ちる豪奢(ごうしゃ)なカーテンのような扇状の大階段、猫の脚を思わせる茶褐色の花台、クラシックなキャビネット、装飾的な壁面に濃緑色の落ち着いた王冠模様の壁紙――。

マリカは目を瞠(みは)った。

これが日本の一流のホテル――。

エントランスロビーには赤黒い数人掛けのL字形ソファが向かい合うように配置され、花瓶が置かれた丸形のガラステーブルを囲んでいる。利用客たちが談笑していた。

「――困りましたわ」お姫様を連想させる上品な花柄のワンピースの上に赤色のファー付きコートを着た女性が、対面の中年男性に話しかけている。「すぐにでも売却してください」

「しかし、それでは損が出ますよ」

「抱えていても損害が増えるだけですわ」彼女は左手でコーヒーカップを取り、口に運んだ。人差し指には大きなダイヤの指輪が嵌められている。「被害は最小限に抑えるべきでしょう？」

「そうですね、社長」

「じゃあ、後はお任せしますわ」

会社社長と部下なのだろうか。

他の利用客たちの馴染み方を見ると、自分が不釣り合いな場所に迷い込んだのではないかという不安に苛まれる。

実際、そのとおりだ。

マリカはフィリピンのマニラ北部にある町で生まれ育った。弟が三人、妹が二人の大家族だ。

フィリピンでは、家族を一人でも多く大学へ行かせ、海外へ出稼ぎに行ってもらうことが重要だった。だが、サント・トマス大学――アジア最古の大学の一つ――やフィリピン国立大学に入れるほどの学力は当然ながらなく、十六歳で社会に出た。中等教育(ハイスクール)は四年間なので、卒業すれば十六歳から大学生になれるのだ。

飲食店で働きながら、稼ぎの大半を家に入れる日々――。

カツべと出会ったのは二年半ほど前。二十歳の聖週間(セマナ・サンタ)の時期――フィリピンで最も暑い四月だった。聖金曜日、十字架に磔(はりつけ)にされたイエス・キリストの受難を再現した行列が町を練り歩いていた。ローマ兵に扮(ふん)した者たちが十字架を掲げ、運んでいく。群衆に紛れて儀式を眺めていたときだ。マリカは背後から誰かにぶつかられ、よろめいた。振り返ると、素知らぬ顔で男が歩き去っていくところだった。

内心でため息を漏らしたとたん、突然「おい！」と怒声が響き渡った。

一人の日本人が突き進み、男の手首を鷲摑(わしづか)みにして腕を引っ張り上げた。その手には古びた財布が握り締められている。

「私の財布――」

唖然(あぜん)として声が漏れた。

男はスリだったのだ。

日本人は財布を取り返してくれた。鋭角的な顔立ちで、長めの黒髪は後ろで結んでいる。口髭(くちひげ)を生やしており、襟元が汗で黒ずんだシャツと短パン姿だ。

「スリには気をつけな」

片言のフィリピン語だった。

「ありがとうございます」

日本人は軽く手を上げて応じ、「じゃあな」と歩き去った。

その日本人と二度目に顔を合わせたのは、働いている飲食店だった。カツベの姿に気づいたとき、「あっ」と声が漏れた。彼はココナッツの蒸留酒『ランバノグ』を何杯も飲み、大盛りの焼きビーフン(パンシット・ギサド)を食べていた。

「あんたはこの前の――」

彼は覚えていてくれた。

「あのときはありがとうございました」

「たまたま目に入ったからさ」日本人は『ランバノグ』を口に運んだ。「俺はカツベ。君は？」

「マリカです。あなたは観光客ですか？」

「いや、こっちに住んでる。もう六年になるかな。クソッタレの日本社会に絶望してね。今はNPOで働きながら、まあ、ぼちぼち、楽しく生きてるよ」

台詞(せりふ)に反して仄暗(ほのぐら)い闇を湛(たた)えた瞳が『ランバノグ』の液体に落ちる。自嘲の薄笑みが唇に刻まれていた。

彼は一体何を抱えているのだろう。

その日から彼は毎日店にやって来て、少しずつ話をするようになった。フィリピンの貧しい家で生まれ育った人間としては、日本は経済的に恵まれていて、憧れの国の一つだったが、彼は母国よりフィリピンに魅力を感じてくれているようで、それが嬉しかった。

「――フィリピンの自由さに惹かれてね。こっちは親切な人間が多いし、いいよな。何より、こうしてマリカに出会えたしな」

日本食をほとんど食べたことがないと言うと、カツベは日本料理――〝SUSHI〟や〝TENPURA〟――のお店に連れて行ってくれた。チョコレートが載った〝SUSHI〟や、バナナの〝TENPURA〟しか食べたことがなかったので、美味しさに驚いた。

「それはエセ日本料理だよ」

カツベはそう言って笑った。

〝SUSHI〟も〝TENPURA〟も美味しかったが、一番のお気に入りはある屋台の名物料理だった。

「俺、お金あまりないからさ」と申しわけなさそうに謝ったカツベは、屋台の〝TAKOYAKI〟を買った。日本人のおじさんが「本場の〝TAKOYAKI〟だから美味いよ」とサービスしてくれた。

〝TAKOYAKI〟を食べながらカツベと歩いていると、人ごみで男性にぶつかられ、〝TAKOYAKI〟が二個、紙皿からこぼれ落ちて転がっていった。マリカは「あっ」と声を上げた。〝TAKOYAKI〟が誰かの靴に踏み潰される。

「てめえ!」カツベはぶつかった男に食ってかかり、声を荒らげた。「謝れよ、おい!」

フィリピン人男性は困惑しながら、謝罪を繰り返した。

自分のために怒ってくれたカツベに頼もしさを感じた。

ある日、カツベから告白され、交際をはじめた。それが人生で初めての恋人だった。

だが――。

優しかったのは最初だけで、カツベは次第にその本性を現しはじめた。

彼を怒らせてしまうと、「自分の何が問題だったか考えろ」と反省を強いられる。「馬鹿だろ」「お前には知性がない」「そんなことも理解できないなんて頭が悪い」と人格も含めて全否定される。あんまりな言い草に口答えをしようものなら、「論点をずらすな!言い方は関係ないだろ」「発言の内容じゃなく、口調を問題にするのか!」「俺が怒鳴るのには理由がある。それを理解しろ!」と返される。怒鳴り声を聞かされるたびにすくみ上がり、彼を怒らせないためにはどうすればいいか、そんなことばかり考えるようになった。

大切な女性のために正義感で怒ってくれる頼もしい人――という印象は思い込みの誤

りで、実際は自分が不快なことがあると怒鳴らずにいられない自己中心的な人間だったのだ。感情を抑えられず、些細なことで爆発する姿を付き合う前に見たときに彼の本質に気づくべきだった。だが、関係を持ってからでは遅かった。

カツベに怒鳴られるたび、自分は取るに足らない人間だと思うようになった。

後に判明したのだが、彼はマリカの実家より貧しく、ベニヤ板で造った掘立小屋に住んでおり、常にお金に困っていた。懇願されて仕方なくお金を渡すようになると、だんだん要求する金額が上がっていった。

やがて飲食店の給料だけでは足りなくなった。

「俺のためにやれよ」

カツベが紹介したのは風俗街にある外国人相手の売春宿だった。中国人の中年夫婦が経営しており、同じ中国人女性やベトナム人女性が働いている。

身体を売る行為に抵抗はあったものの、そのときはもうカツベに逆らえなくなっていて、結局、売春宿を紹介された日から客を取りはじめた。アジア系の客が多かった。韓国人、中国人、日本人——。

稼いだ金は全てカツベが管理していた。彼は一人でいい服を着て、いい料理を食べ、いいアクセサーを身につけていた。

カツベの贅沢な生活のために身体を売る日々——。

マリカは悪夢の追想を終えると、狭苦しい売春宿の一室とは比べ物にならないホテル内を改めて見回した。

本当にここに部屋がとってあるのだろうか――。

自分は騙されているのではないか、と疑心が芽生えてくる。『ヴィクトリアン・ホテル』はそれほどきらびやかだった。

マリカは大勢の利用客が集まっているエントランスロビーに落ち着かなくなり、廊下の先にある女子トイレへ向かった。

2

2008年12月25日午後6時50分

勝部太志は都内の一等地に建つ『ヴィクトリアン・ホテル』に足を踏み入れると、文字どおりヴィクトリア調のロビーを見回した。逆さまのY字のようになった大階段が目を引いた。装飾的なアイアンの手摺りが豪華さを醸し出していた。赤を基調に黒の花模様が入ったダマスク柄の壁紙、大理石の床、アンティークと思われるキャビネットやコンソール、流麗なデザインの猫脚のチッペンデール・チェア――。

人生で初めての超高級ホテルは、ヨーロッパのお城を思わせる内装だ。

何年ぶりの日本だろう。

勝部は彼女の姿を探した。

――マリカめ。俺から逃げやがって。

勝部は怒りを嚙み殺し、エントランスラウンジに並ぶ猫脚のソファのあいだを歩き回った。座って談笑している利用客たちの顔を確認していく。

だが、マリカの姿は見当たらなかった。

――もうチェックインして男と部屋にしけこんでいるのか?

腹の奥底で渦巻く憤激が込み上げてくる。

俺のモノを横取りしやがって――。

マリカが日本人の客と通じていたとは思いもしなかった。

許すことはできない。

感情のまま日本まで追いかけてきた。旅費もかかった。余計な手間をかけさせた間男には、相応の慰謝料を払ってもらわねば割に合わない。

勝部は歯嚙みした。

日本に住んでいたころは女をとっかえひっかえしていた。外見こそ中の上くらいだったが、お洒落に力を入れ、優しい言葉をかけて相手の悩みや価値観に共感さえ示してやれば、モテた。

　女はネットで物色した。愚痴を言っている女に寄り添えば、簡単に女の心に入り込めた。一番写りがいい自撮りをアイコンにしていたから好印象で、すぐ出会いまで持ち込めた。

　そのうち、出会った女たちに売春（ウリ）を斡旋（あっせん）するようになった。

　二十人ほどの女を従えた売春グループの元締めのように扱われたが、収入はよかった。汗水垂らして働いて受け取る低賃金より、何倍もの大金を得られる。

　だが、女たちの中に未成年が含まれていて、親にバレたのがきっかけで警察の魔の手が伸びはじめた。

　——逮捕されて惨めな思いをするなんて耐えられない。

　勝部は金を持てるだけ持って、フィリピンへ逃亡した。

　日本で稼いだ金を使って最初のころは贅沢な暮らしを送り、豪遊できた。

　だが、金持ちの日本人がいるという情報は、インクの染みのように広がっていたらしく、ある夜、ほろ酔い気分でクラブから帰る道中、拳銃を持った二人組の強盗に襲われた。バンに引きずり込まれ、拉致された。

　どこかの古びた薄暗い倉庫で殴られ、蹴られ、金の保管場所を吐かされた。

　全財産は一瞬で奪われてしまった。金を強奪されても命まで奪われなかったのは幸運だったかもしれない。

不法滞在の逃亡犯の身だから、フィリピン警察に駆け込むことはできなかった。とはいえ、今さら日本へ舞い戻るわけにはいかない。おめおめと手錠をかけられるつもりはない。

その後は、フィリピンで珍しくない〝困窮邦人〟として生きてきた。金がなければ女にも相手にされず——むしろ、日本人なのに金がないのか、という目で見られた——、モテた日本のようにはいかなかった。

無一文で異国の地で生きていくのは容易ではなく、日本で暮らしていたころよりも鬱屈した思いを抱えていた。

身分を尋ねられると、NPOで働いている、とデタラメを答えるようにしていた。名乗るだけならタダだし、相手も深くは追及してこないから、便利な肩書きだった。それなりに信用も得られる。

フィリピンでその日暮らし——。

何年が経（た）っただろう。日銭を稼ぐのに限界があるときは、人ごみで観光客の財布をスッたりもした。

二年前の聖週間（セマナ・サンタ）のときもそうだった。無防備な獲物はいないか、周囲に目を配りながら物色していた。大勢の見物客が集まるイベントは狙い目だ。

獲物を探していたから、自分と同じように他人の財布を狙うスリの存在が目に留まった。

ターゲットはどうやら同じだった。

男に先を越されたとき、反射的に「おい！」と声を上げていた。獲物を横取りされた怒りがあった。

男をとっ捕まえて財布を取り返した。そのまま自分の物にすることも考えたが、当の被害者に気づかれていてはそれも難しく、善人を装った。

「スリには気をつけな」

内心で残念がりながら立ち去った。その日は何の収穫もなかった。

女と飲食店で再会したのは偶然だった。彼女の視線に気づき、すぐスリ被害者の女だと思い出した。

フィリピンに来てからの数年間で外見はずいぶん衰えていたものの、スリから財布を取り返した正義漢としての好印象も相まって、女に少なからず好感を抱かれているのが分かった。

あえて嫌われるメリットもなく、人当たりよく会話した。久しぶりに他人から好意を向けられた。

マリカと自己紹介した女は美人で、なかなかのスタイルをしていた。告白して付き合いはじめたものの、金がなくては満足した生活は送れない。

そこで売春を提案した。彼女が自分に惚れ込んでいる確信があったから、断られないと思っていた。実際、マリカは売春宿で働きはじめた。

だが——。

二年が経った今、マリカは客の男にたぶらかされ、日本へ逃げてしまった。

だからこうして母国まで追いかけてきた。

勝部は目を細め、改めてホテルのロビー内を見回した。

マリカの姿は見当たらない。どこにいるのだろう。

注意深く目を這わせ、奥へ進んだ。男女のトイレがある。その先にはエレベーターが四基。

3

勝部はふいに尿意を覚えた。

成田空港に着くなり、すぐさまタクシーを拾って『ヴィクトリアン・ホテル』へやって来た。一度もトイレに行っていない。

勝部は尿意をこらえながら、男性トイレに駆け込んだ。

2008年12月25日午後7時10分

マリカは女性トイレから出ると、深呼吸した。人目から解放された数分間で少し気持ちが落ち着いた。

エントランスホールへ向かう。

フロントでは三人の客が列を作っていた。まだ話しかける覚悟が決まらなかった。

マリカはL字形のソファが設(しつら)えられたエントランスラウンジへ行き、空いているところに腰を下ろした。吹き抜けの天井を見上げ、息を吐く。

フィリピンの売春宿から――そして、カツベから逃げる決意をさせてくれたのはノリだった。

ノリと出会わなければ、はるばる日本まで来ることはなかっただろう。世界の国々の中では比較的近いとはいえ、フィリピンの貧困地域で生きてきた女に日本は遠すぎる異国だった。

ノリの誠実さを信じたからこそ――。

マリカは彼を想(おも)った。

カツベに命じられて売春宿で体を売り続ける日々の中、ノリは客としてやって来た。

彼は小太りで、シャツの上からでも腹の脂肪が盛り上がっているのが分かった。顔立ちは平凡で、常に伏し目がちだ。カツベとは何もかも対照的で、冴えない外見の中年男性——。

カツベとの同棲生活で日本語は覚えていた。日本人の客とはある程度のコミュニケーションがとれる。そういう理由もあり、日本人の客をあてがわれることが多かった。

「実はこういう場所に来るのは初めてなんです」

「ソウナンデスカ」

「日本にもこういうお店はあるんですけど、抵抗があって、利用したことはありません。でも、異国のお店ならその場かぎりで、後腐れもないし、平気かな、って思ったんですけど——。実際に顔を合わせてみると、やっぱり緊張します」

マリカはうなずいた。

うぶを装う客はしばしばいたが、彼は演技ではなく、本当に不慣れなようだった。

「あのう……どうしてもしなきゃ駄目ですか？」

店は先払いなので、すでに代金は支払われているはずだった。歩合制だから取り分が減るわけでもない。

マリカはかぶりを振った。

「そうですか……」日本人は眉を垂れさせるようにして、安堵の表情を浮かべた。「良かったです」

むしろ、行為をしなくてすむならありがたい。前の客が乱暴で、体がぼろきれになったように感じていた。

しばらく沈黙が続いたとき、日本人がおずおずと口を開いた。

「少し話をしてもいいですか……?」

「ハイ」

「僕のことは、ノリ、って呼んでくれたら嬉しいです」

「ノリサン」

「ノリでいいですよ」

「……ノリ」

ノリがはにかんだ。

「ありがとう。嬉しいです」

「ワタシ、マリカデス」

「マリカさん。いい名前ですね」

「アリガトウ、ゴザイマス」

ノリは突っ立ったままだった。

マリカはベッドを指し示し、「ドウゾ」と言った。「スワッテクダサイ」

「あ、はい……」

ノリは当惑気味にうなずき、ベッドの縁に腰を下ろした。所在なさげに部屋の中を見回している。ところどころ塗装が剝げた壁、靴の汚れで変色した絨毯(じゅうたん)——。部屋にあるのは簡素な木製ベッドとサイドテーブルだけ。

「あ、マリカさんも座ってください」

ノリに促され、マリカは彼の隣に腰掛けた。彼が尻の位置を少しずらし、距離を取った。

また沈黙が降りてきた。

「アノ……」

沈黙に耐えきれなくなり、マリカは口を開いた。だが、何を話せばいいか分からない。約二年間、ただただ客たちと行為に及ぶだけで、普通の会話はほとんどしてこなかった。

そんな内心を読み取ったのか、ノリのほうから話しかけてきた。しかし、その声は弱々しかった。

「ごめんなさい、オジサンで——」

ノリは四十代半ばだろうか。あるいはもう少し年上か。心の底から申しわけなさそうな顔をしていた。

「……ゼンゼン、ヘイキデスヨ」

ノリは顔を上げた。

「ありがとう。マリカさんは優しいですね」

優しい——？

そんなふうに言われて戸惑った。客は年配の男性が多いし、彼くらいの年齢の客は珍しくなかった。五十代、六十代の客も頻繁に相手にしている。

だが、そういう事実を口にするのははばかられた。こんな自分を優しいと言ってくれたことを間違いだと思われたくなかった。

「アリガトウ、ゴザイマス」

ほほ笑みを返しながらお礼を言うと、ノリはなぜか嬉しそうに笑った。

褒め言葉が通じて喜んでいるのだと思い至るまで、ほんの少し間が必要だった。

「僕は日本でトラックの運転手をしています。日本全国を回っているんです」

「トラック——デスカ」

「はい。一日じゅう運転しているから、人に会って話をしたりすることがないんです。荷物を受け取って、積み込んで、運転するだけ——。アパートに帰っても一人で、コンビニで買ったお弁当やおにぎりを食べて、適当にテレビを流して、お風呂に入って、寝る毎日です」

ノリは孤独に打ちひしがれた表情で床を睨(にら)みつけている。

「マジメニガンバテルヒト、ナンデスネ」

彼が「え?」と驚いた顔をマリカに向けた。

「シゴト、ガンバテルヒト。ソウオモイマス」

「……ありがとう。少し元気づけられました」

ノリは規定の時間、ただ話し続けた。言葉を交わせる相手がいるだけで人生に救いが生まれたかのように——。

彼には家族もいないという。一人っ子で、両親も三十二歳と三十四歳のときに病気で亡くしている。一人暮らしをしているうちに死に別れた。死に目には会えなかった。それほど仲が良くなかったとはいえ、もう一生会えないと思うと、喪失感で胸が苦しくなった、と語った。

孤独——。

「結婚でもしていたら、って思ったけど、女の子とどう付き合ったらいいか分からないし、こんな僕を好きになってくれる女性がいるとも思えないし、それからずっと一人で生きてきたんです。全てを諦めて」

ノリは本業のトラック運転手がつらくなり——上司の人格否定の罵倒が原因だ——、有休を取って日本を飛び出したという。フィリピンを選んだのはたまたまで、この売春宿に足を踏み入れたのは強面(こわもて)の客引きに捕まって断れなかったから、と話してくれた。

ノリの瞳には寂しさと後悔が渦巻いていた。

「寂しい……」

ノリはぽつりと言った。その声は台詞どおり寂しげで、胸が締めつけられた。

「……こんな僕の話を聞いてくれてありがとう。嬉しかったです。よければまた話をするために来てもいいですか？」

マリカはノリの目を真っすぐ見つめた。

「ハイ。モチロン」

その日からノリは毎日やって来た。指名され、個室のベッドで彼と隣り合って他愛もない話をする。

「マリカさんはスポーツは観ますか」

「どんな音楽を聴きますか」

「家族とは仲がいいですか」

質問するのはもっぱらノリのほうだった。それに答えると、彼が自分の話をする。

「……こうして話し相手になってくれて嬉しいです」

「フツウノコト、デス」

「そんなことないです。こんなモテないおじさんの話に付き合ってくれて――」

そんなことで感謝されることに驚いた。

ここは売春宿で、女は金を貰って身体を売る。客の男たちは誰もがそれだけを望み、やって来る。

「マリカさんはどうしてこういうことをしているんですか――?」

マリカは部屋の隅へ顔を向け、視線を落とした。自分の境遇を誰かに話したことはない。誰も興味を持たなかった。

「カレガ――」

気がつくと、マリカは片言の日本語で自分のことを吐き出していた。

ノリは黙ったまま話を聞いてくれた。カツベのことを語ると、彼は渋面になった。

「俺がこんな口調で怒っているのは、怒らせるほうに責任や問題がある――なんて、典型的な〝モラハラ〟の手口ですよ。僕も職場の上司がそんなんだから、マリカさんの苦しみ、よく分かります。僕ならマリカさんを傷つけたりしないのに……。大好きだから」

こんな自分を好きと言ってくれることが嬉しかった。

「しかも、マリカさんをこんな場所で働かせて〝ヒモ生活〟なんて、日本人の面汚しです」

「ヒモ――?」

聞き慣れない単語に訊き返すと、ノリは説明してくれた。働く女性のお金で怠惰な生活を送る男をそう表現するという。

「なんとか逃げられないんですか？」

　ノリは心から心配そうに尋ねた。

「……ムリデス」

「どうして？」

「カレハ、ドコマデモ、オイカケテキマス」

　カッペは現地のＮＰＯで働いていて、フィリピンじゅうにつてがあると豪語していた。どこへ逃げても必ず見つけ出せる、と脅された。

　マリカはそう語った。

　ノリの顔に暗い影が落ちる。彼が自分のことのようにうな垂れたのだと分かった。

「そうですか……」

　ノリは深刻な表情で黙り込んだ。

　マリカは彼の横顔を見つめた。

　自分の話にこんなに真剣になってくれるなんて――。

「アリガトウ、ゴザイマス」

　ノリが「え？」と顔を向けた。

「ダレモワタシノジジョウ、キョウミヲモッテ、クレナカッタカラ……」

「マリカさんのことなら何でも知りたいです。でも、そんな事情があるなら――救いたいです」

「アナタモマキコンデ、シマウシ、フィリピンニイルカギリ、カレカラハニゲラレマセン」

「日本に逃げてくるのはどうですか？」

「ニホンニ？」

「そうです。僕と一緒に――」

豊かな日本へ――。

その言葉は甘美だったが、非現実的だった。日本で真っ当な仕事をして仕送りできたら、どんなにいいだろう。しかし、肩書きも資格もない外国人に働き口があるはずもない。

マリカはそう説明した。

「ニホン、タイザイシテモ、スグキゲンキレマス。ワタシ、ニホンニスムシカク、アリマセン」

ノリは下唇を噛んでうな垂れ、真剣に思い悩んでいる表情を見せていた。

「だったら――」ノリは決然と顔を上げた。「日本で僕と結婚しませんか」

「エ？」

「ごめんなさい。こんなおじさん、嫌ですよね。分かってます。いい年して女の子と話すのも苦手だし、トラックの運転手をしながらコンビニバイトを二店、掛け持ちして、日々の生活に追われている孤独なおじさんですから。でも、マリカさんを想う気持ちは本気です。マリカさんが大好きなんです」

胸がきゅっと締めつけられた。

自分に自信がなくて、真っ当に働いているにもかかわらず、そのことに負い目を感じているノリ。乱暴な言葉遣いもせず、優しく、気遣ってくれるノリ。

守ろうとしてくれているのに、逆に救いたい、支えになりたい、と思わされるほど、ノリに孤独を感じた。

しかし——。

「ゴメンナサイ」

マリカは謝った。そのとたん、ノリの表情が打ち沈んだ。顔がくしゃっと歪(ゆが)む。

「そう——ですよね。僕みたいなおじさんがこんなこと言っても気持ち悪いだけですよね。ごめんなさい」

「チガウンデス！」マリカは慌ててかぶりを振った。黒髪が乱れる。「キモチ、ウレシイデス。デモ、カンタン、チガイマス」

「……忘れてください。変なこと言いました。でも、マリカさんを大好きな気持ちは本物です」

された。

「アリガトウ、ゴザイマス」

結局、ノリの提案には応じられなかった。その後、帰国日が明日に迫っていると聞か

「ごめんなさい。だから、マリカに会えるの、今日が最後です。僕はもう日本に帰らなければいけません」

「ソウデスカ……」

寂しさが胸に去来した。思えば、ノリは常に気遣って、大事にしてくれた。何日も通ってくれた彼とは一度もしていない。

ノリが「それじゃ――」とベッドから腰を上げた。マリカは反射的に手首を摑もうとし、腕を引っ込めた。

次の客が待っている。引き止めることはできない。

立ち上がったノリの表情は半泣きのように見えた。

「寂しいよ、マリカ」

マリカは黙ってうなずいた。

そもそも、ノリは孤独を抱えて異国のこんな店にやって来たのだ。最後まで何も癒してあげられなかった。初めて客を一人の人間として見ていることに気づいた。それは相手が同じように自分を人間として見てくれていたからかもしれない。

ノリは表情を隠すように背を向けた。

「パアラム」

ノリはタガログ語で別れの挨拶をつぶやいた。堅苦しく、現地人はあまり使わないが、その分、丁寧さが感じられて、その心遣いが胸に染み入った。

ノリは黙ってサイドテーブルに紙幣を置き、ドアを開けた。部屋の外に出ると、そこで振り返り、泣き崩れそうな感情を抑え込んだ顔で言った。

「頑張れ、マリカ、頑張れ……」

ぐっと胸が詰まった。

ノリの言葉には切実な感情が滲み出ていた。自分自身が苦しみを抱えているにもかかわらず、応援してくれた。そこには思いやりがあった。

自分は何もしてあげられなかったのに――。

ノリが去っていった。

その日は二人の客の相手をした。女を乱暴に扱うアジア人だった。会話などはなく、ただ欲望を吐き出すだけ――。

一日が終わり、賃金を受け取って売春宿を出ようとしたときだ。経営者の中国人妻から「預かってるものがあるよ」と手紙を差し出された。

マリカは首を傾げながら手紙を受け取り、開封した。見慣れない文字が――おそらく日本語が書かれていた。

何て書いてあるのだろう。日本語を聞き取ってある程度は話せるが、読み書きはできなかった。

困りながら店を出たとき、ふと思い出し、〝TAKOYAKI〟の屋台に向かった。

日本人の彼なら――。

マリカはおじさんに事情を話し、手紙を差し出した。彼は快く内容を読んでくれた。片言のタガログ語で言う。

「……〝僕は日本に帰国しますが、マリカを愛している気持ちは本物です。クリスマスに『ヴィクトリアン・ホテル』に部屋を予約しています。プロポーズは本気です。部屋に残したお金は飛行機のチケット代ですが、迷惑だったらあれで美味しい物でも食べてください。堀之内忠則(ほりのうちただのり)〟」

そこで初めて彼の本名を知った。

ノリ――。

マリカは後日、売春宿の仲間の女性に相談したものの、逃げるのは好ましくない、と反対されただけだった。

だが――。

最後まで迷ったすえ、思い切って決断した。

　マリカは『ヴィクトリアン・ホテル』内を見回すと、大きな柱に背中を預け、息を吐いた。

　ノリの手紙を信じ、思い切って日本までやって来た。先進国の日本で働けたら、真っ当な仕事で家族への仕送りも――。

　人生に希望の灯火が灯ったような気がした。

4

2008年12月25日午後7時30分

　勝部は目を細め、『ヴィクトリアン・ホテル』内に視線を走らせた。睨みつけるような眼差しになっていたらしく、目が合った中年夫婦が嫌悪の顔つきでさっさと去っていった。

　苛立ちが込み上げ、勝部は舌打ちした。

　マリカが無断で仕事を休んだと知ったのは、昨日の夕方だった。経営者の中国人夫婦と話したとき、マリカが日本の『ヴィクトリアン・ホテル』で男と逢引するつもりだ、と教えられた。マリカから話を聞いた売春婦が中国人経営者に密告し、知るところになったのだ。
従順だったマリカの突然の裏切りに腸が煮えくり返る。
日本での売春斡旋の罪が時効になっていることに思い至り、日本行きを決めた。
売春婦仲間の話を聞くかぎり、マリカが日本人客にたぶらかされて日本へ逃げたこと
は間違いなかった。腕を引っ摑んでフィリピンへ連れ戻してやる――。
そのためには、マリカを見つけなければ何もはじまらない。もうすでに男と部屋にし
けこんでいるなら、どうやって見つければいいのか。
だが――。
勝部は出入り口のガラスドアに目を向けた。
もしマリカがまだ『ヴィクトリアン・ホテル』に着いていなかったとしたら――?
二人が出会うことを妨害する手段があるかもしれない。
勝部は緊張を感じたまま、フロントに歩み寄った。顎鬚を撫でながら黒髪の女性に話
しかける。
「予約している堀之内ですけど――」
「ホリノウチ様ですか。少々お待ちください」フロント係の女性はパソコンを打ち、顔
を上げた。「ご予約いただいています。本日よりご一泊ですね」
「そうなんですが、実は急用ができまして――。キャンセルしたいんです」

5

2008年12月25日午後7時45分

マリカは深呼吸すると、フロントに歩み寄った。カウンターの向こう側に制服姿の男女が立っている。

フロント係の女性は、白人の老人と英語でコミュニケーションをとっていた。その後ろにはアジア系の夫婦が三歳くらいの娘とともに並んでいる。

後ろからはフランス語の会話が聞こえてきていた。

国内からもビジネスや旅行で来ているのか、日本人が圧倒的に多いものの、さすがに一流ホテルは客も多国籍で、フィリピンからやって来た女も悪目立ちしない。

フロント係の男性の前には、日本人の男性客が立っていた。

「――おおきに」男性客は聞き慣れない日本語で笑顔を見せていた。「ほな、よろしくお願いします」

マリカは片方が空くのを待った。やがて、日本人の男性客がその場を離れた。

「こちらへどうぞ」

フロント係の男性が声をかけてくれた。マリカは前に進み、おずおずと話しかけた。

「マリカ・サントスデス。ヨヤク、アリマス」

「少々お待ちください」

フロント係の男性がパソコンを操作しようとしたので、マリカは慌てて言った。

「アー、ヘヤハ、ベツノナマエ、ダトオモイマス。ヨヤク、シテクレテイル、ハズデス」

「お名前を伺ってもよろしいでしょうか」

「ホリノウチ——デス」

「ホリノウチ様ですね」

フロント係の男性はパソコンを操作した。マリカは彼の顔をじっと見つめながら待った。

二十秒ほど経ってから、フロント係の男性が顔を上げた。表情に若干の困惑が表れている。

「ホリノウチ様でお間違えないでしょうか」

「ハイ。ホリノウチ、デス」

「申しわけございません。ホリノウチ様のご予約が入っておりません。他のお名前の可能性はありませんか」

「アルハズ、デスガ……」

「もう一度お調べいたします」

フロント係の男性は再びパソコンを操作した。

マリカは拳をぐっと握り締めた。緊張で手のひらに汗が滲み出たのが分かる。

フロント係の男性の表情がぱっと明るむことはなかった。

ノリは手紙で伝えてくれた。クリスマスの夜、『ヴィクトリアン・ホテル』を予約して待っている、と。

彼を信じ、はるばる日本へ来た。着の身着のままで、カツベの支配から逃れてきた。

今ごろカツベは激怒しているだろう。殺してやる、と息巻いているかもしれない。

今さらフィリピンへは戻れない。

ノリの言葉を信じたからこそ、私は――。

フロント係の男性が気の毒そうな顔を見せていた。言いにくそうに口を開く。

「もう一度ご確認いたしましたが、ホリノウチ様のお名前はありません。宿泊予約をされていません」

なぜ――。

衝撃に打ちのめされ、疑問符が頭の中に渦巻いた。息苦しさを覚える。

ノリは嘘をついたのだろうか。豪華なホテルに誘ってくれたのは社交辞令だった――。

いや、そのときはもちろん本気だったのかもしれない。ノリの誠実な文面に嘘があったとは思えない。だが、日本に帰国して冷静になってみると、異国の雰囲気にたぶらかされて気の迷いで書いてしまった、と気づいたのだ。

だから、忘れることにした――。

どうせ、相手も本気でフィリピンから日本へはやって来ないだろう、と思い込んで。

しかし、自分はノリの言葉を信じ、日本へやって来た。彼の想いに応えるために――。

涙が込み上げてくる。

これはノリの裏切りでも、嘘でもない。たしかに本気だったが、冷めた。たったそれだけのことなのだ。

売春宿で働いているとき、大勢にモノ同然に扱われた。人間として接してくれたのはノリだけだった。彼は優しかった。だから――。

マリカは涙をこらえた。

「アリガトウ、ゴザイマス」

マリカはフロント係の男性に礼を言うと、踵(きびす)を返した。とぼとぼとその場を離れる。

ノリを恨むのは筋違いだ。

フィリピンへ戻ろう。自分の居場所はあの宿しかないのだ。心も体も擦り切れるまで、ひたすら身を売り続けるのだ。

――頑張れ、マリカ、頑張れ……。

別れ際のノリの励ましが脳裏に蘇(よみがえ)る。あのときの彼は本気で救いたいと思ってくれていた。彼の最後の言葉を拠(よ)り所(どころ)にして、生きていこう。

カツベには殴り殺されるかもしれない。それなら、それでもう仕方がない。

諦念に打ちのめされた。

6

2008年12月25日午後8時30分

岡野(おかの)はエントランスラウンジ内に目を配っていた。今年で三十八歳になる。『ヴィクトリアン・ホテル』のベルマンとして、十年以上、客をもてなしてきた。

手助けを必要とするお客様の動向を察し、さりげなく――差し出がましく感じさせないよう――声をかけるのだ。どのような要望にも否定や拒否をせず、まずはしっかり話を聞き、可能な限り応じる。常に最善で応える。それが『ヴィクトリアン・ホテル』のベルマンとしての矜持(きょうじ)だった。

午後八時半――。

窓ガラスが闇に染まったころ、エントランスラウンジのソファに腰掛けている一人の中年男性の姿が気にかかった。先ほどから——一時間以上前から、何もせず、打ちひしがれたようなたたずまいで座り続けている。

待ち合わせにしては、左手の腕時計を確認することもない。ただ、ときおり出入り口に目を向けている。

待ち人——か。

具体的な時刻の約束をしていないと推測できる。すっぽかされたのかもしれない。それでもなお、一縷の希望を胸に抱き、出入り口を確認せずにはいられない——。そんな感じだった。

岡野は中年男性の席に歩み寄り、自然な立ち居振る舞いを意識しながら声をかけた。

「お客様。喉は渇かれていませんか？　よろしければ、ハーブティーなど、お持ちしますが」

最後まで言い終えてから、そこで初めて自分に話しかけられたのだと気づいたかのように、中年男性ははっとした様子で顔を上げた。泣き笑いのような表情を浮かべている。

「あ、ええ、その——」

彼の当惑の理由がそこにないのだと知りながら、岡野は「お代はいただきません。当ホテルからのサービスでございます」と告げた。

中年男性は微苦笑を浮かべた。

「さすがの心配りですね、『ヴィクトリアン・ホテル』は。宿泊するのは初めてなんです」

「そうでしたか。当ホテルへいらしてくださってどうもありがとうございます」

「いえ」中年男性は恥じ入るように視線を逸らした。「僕の稼ぎじゃ、宿泊できるのは一生に一度かもしれません」

「ホテルのスタッフは一期一会のつもりで、おもてなしいたしております。たった一度だとしても、ホテルとお客様の出会いが思い出に残るものであれば、嬉しく思います」

「そう――ですね。僕としては、大好きな女性を失った日として忘れられない一夜になりそうです」

その説明だけでおおよその事情を察し、岡野は共感を込めて小さくうなずいた。

「今日――クリスマスのこの日、僕はある女性と会う約束をしていたんです」中年男性は「いえ」と首を横に振った。「僕が一方的に手紙を残したので、約束というには単なる自己満足で、相手には迷惑なだけだったかもしれません」

「だからここで相手の方を待たれているんですね」

「……はい」

エントランスロビーに常駐している男性のホテルスタッフがこちらの様子を把握し、さりげなく近づいてきた。

岡野は「ハーブティーを」とだけ告げた。ホテルスタッフは黙礼して踵を返した。

中年男性はそのやり取りには気づかなかったらしく、うつむき加減で喋り続けている。

「相手の女性とは遠距離で——。というか、自分を変えたくて有休を取って行った海外旅行で出会ったってだけで、手紙や電話で話しているわけでもないから、遠距離って表現は不適切ですね。フィリピン人の女性なんです。もしかしたら、日本に来てくれるかも、って淡い期待もあったんですけど、やっぱり、冴えないおじさんが恰好つけても見向きもされないですね」

中年男性は女性の雇い主に手紙を託し、クリスマスに『ヴィクトリアン・ホテル』の部屋をとって待っている、と本気の想いを告げたという。

ホテルスタッフが盆にハーブティーを載せて運んでくると、大理石の天板が鮮やかな猫脚のローテーブルに置いた。

中年男性はカップに視線を落とし、そのまま続けた。

「結局、彼女は現れませんでした。彼女への想いは本気でしたし、助けたいと思っていたんですけど、それは自己満足で身勝手なものだったんですね、きっと。諦めがつきました」

岡野は腕時計を確認した。

「クリスマスが終わるまではまだ三時間と少し、ありますよ」

彼の落ち込みようを見ていると、単なる慰めにしかならないことを承知しながらも、口にせずにはいられなかった。

中年男性はゆっくり顔を上げた。悲嘆が滲み出ていた。自嘲気味に苦笑する。

「初めての日本で迷っているとか――ですかね。それだったら、すぐにでも迎えに行きたいですけど、彼女は携帯を持っていないし、連絡の取りようがありません」

迷う――か。

岡野は何かがふと引っかかった。

「あのう――」慎重に口を開く。「差し出がましいようですが、女性に当ホテルの名前をお手紙でお伝えした際、住所は記されていましたでしょうか？」

「え？　交通費も払うと伝えてあるので、タクシーを拾ってホテル名を告げたら、迷うこともありませんし……。ホテル名を書いただけです」

岡野はある可能性に気づき、一呼吸置いた。

「……その女性の方は、もしかすると、ホテルをお間違えになっている可能性はありませんでしょうか？」

中年男性は怪訝(けげん)そうに首を傾げた。

「いや、ちゃんと『ヴィクトリアン・ホテル』って書きましたよ！　間違いはないはずです」

岡野は中年男性の顔を真っすぐ見つめた。

「『ヴィクトリアン・ホテル』は日本に二つあるんです」

7

２００８年12月25日午後８時50分

時が凍りついたような間があった。

それはホテルマンとしては常識で、今の今までその可能性に思い至らなかった。『ヴィクトリアン・ホテル』を初めて利用するお客様なら、詳しくなくても当然かもしれない。

「二つっていうのは──」

中年男性が緊張の絡んだ声で訊いた。

「『ヴィクトリアン・ホテル』は東京と大阪にございます」

もちろん、全く同じではなく、階数も九階と七階という違いがあるし、階段の形状や、内装や調度品のテイストも異なっている。

「系列のホテルが北海道や東京、大阪などの主要都市にある有名ホテルは数多いです。『ヴィクトリアン・ホテル大阪』の場合は一九七二年に建設され、来年——二〇〇九年の春をもって閉館することが決定しております」

「では、マリカは大阪のホテルを訪ねたかもしれないと——？」

「たとえば、同じ名前のホテルが池袋と新宿にあるケースだと、予約の際、うっかり間違われてしまうお客様がしばしばいらっしゃると聞きます。外国人のお客様だと、東京の『ヴィクトリアン・ホテル』と大阪の『ヴィクトリアン・ホテル』を間違われることも、ないとは言い切れません」

中年男性が目を剝(む)いた。

「確認することは——確認はできませんか。もしそうだったら、マリカは僕の予約がなくて、裏切られたと誤解しているかもしれません」

岡野は決然とうなずいた。

「少々お待ちください」

岡野は中年男性の名前——堀之内忠則——を聞いてからフロントへ向かった。カウンターの裏側にある控室に入ると、受話器を取り上げ、『ヴィクトリアン・ホテル大阪』に電話した。旧知のベルマン、玉越(たまこし)に取り次いでもらう。

「もしもし」

「どうしたんですか、勤務中に電話なんて。いきなりでびっくりしましたわ」

快活なイントネーションの関西弁が応じた。玉越は生まれも育ちも大阪だ。親しみやすい口調が懐かしい。

「取り込み中でした？」

「いや、今は比較的落ち着いてますわ」

「実はこっちと間違われたお客様がいるかもしれません」

「お名前は分かります？」

「フィリピンから来られたマリカさんです」

「あー」

「心当たりが？」

「マリカ・サントスさん。部屋が予約されていなくて、途方に暮れている外国人の女性のお客様がいらしたんで、先ほどお話を聞いたばかりですわ」

「本当ですか」

「フロントに話した後、打ちひしがれてホテルを去ろうとされていて、その様子が気になったもので、お声がけしたんですわ」

事情(わけ)がありそうなお客様を見過ごさないあたり、玉越もベテランのベルマンだ。

岡野は事情を説明し、彼から話を聞いた。

堀之内という日本人男性を信じ、はるばるフィリピンからやって来たという。フィリピンで〝TAKOYAKI〟の屋台をしている日本人に『ヴィクトリアン・ホテル』のことを教わり、関西国際空港に降り立って大阪へ――。

「その屋台の方は、本場のたこ焼きを売っていたそうですから、大阪人だったんでしょうね。大阪人なら地元の『ヴィクトリアン・ホテル』のほうを思い浮かべても不思議はありません。それで二人はすれ違ったんでしょう」

「女性は今もホテルに？」

「エントランスラウンジですわ。要望されて、空港へ戻るためのタクシーの手配をするところでした」

「ギリギリでした。約束の男性は東京の『ヴィクトリアン・ホテル』でお待ちだとお伝えいただけますか。新幹線を手配してください。まだ最終には間に合います」

様々なお客様の様々な要望に応えるのがベルマンだった。過去には、お客様の忘れ物を駅まで届けに向かったり、要望の品を代理で購入しにデパートまで走ったり――。

岡野は電話を切ると、控室を出た。フロントの脇で立ち尽くしている堀之内が不安そうに目を向けている。

「どう――でしたか」

　岡野は彼にほほ笑みを向けた。

「『ヴィクトリアン・ホテル大阪』にいらっしゃいました。新幹線を手配させましたので、クリスマスのうちに間に合うと思います」

　堀之内の顔がぱっと明るんだ。

「ところで――」岡野は気になっていることを口にした。「お客様はお二人の出会いを妨害しようとする人物に心当たりはありませんか」

　堀之内が「え?」と当惑を見せる。

「お客様のお名前を騙って宿泊をキャンセルしようとした男性がおりました」

　堀之内忠則、という名前を聞いたとき、フロントから受けた報告内容を思い出したのだ。何かしら注意が必要な場合、すぐに情報が共有される。

　宿泊キャンセルを希望した男性は、フロント係が身分の確認をお願いしたところ、支離滅裂な言いわけをして撤回し、「マリカ・サントスという女性が現れたら教えてほしい」とだけ告げて立ち去ったという。男性はそのままエントランスラウンジに残っている。

　堀之内は眉を顰めた。

「もしかしたら――マリカさんに付き纏う男かもしれません。彼女は性質の悪い男に捕まっているんです。僕の手紙を見て、日本まで追いかけてきたのかもしれません。もし鉢合わせしたら――」

岡野はうなずくと、エントランスラウンジへ向かった。座席を見回すと、一番奥のソファに件の男性が座っていた。脚を組み、不遜な態度で出入り口を睨みつけている。

「お客様」

声をかけると、細面の男性は顰めっ面の顔を上げた。

「お客様がお待ちの女性についてですが――」

「お」

細面の男性の瞳に興奮の色が宿った。

「こちらではなく、『ヴィクトリアン・ホテル大阪』のほうに滞在されていると分かりました。よろしければ新幹線のチケットをお取りいたしますが」

細面の男性は思案する表情でうなり、わずかに躊躇を見せたものの、「お願いします」と答えた。

ホテルマンとして嘘はついていない。

今から東京駅へ向かって新幹線に乗ると、上りと下りでちょうどすれ違うだろう。二人が顔を合わせることは決してない。女性は安全だ。

岡野は堀之内のもとへ戻った。細面の男性をちらっと振り返ってから堀之内に向き直る。

「日が変わるまでにお会いできますよ」

クリスマスのささやかな奇跡は、『ヴィクトリアン・ホテル』で起こる。

ドン・ロドリゴと首なしお化け

東山彰良

東山 彰良
ひがしやま・あきら

1968年台湾台北市生まれ。9歳の時に家族で福岡県に移住。2003年第1回「このミステリーがすごい！」大賞銀賞・読者賞受賞の長編を改題した『逃亡作法 TURD ON THE RUN』で、作家としてデビュー。09年『路傍』で第11回大藪春彦賞を、15年『流』で第153回直木賞を、16年『罪の終わり』で中央公論文芸賞を受賞。17年から18年にかけて『僕が殺した人と僕を殺した人』で第34回織田作之助賞、第69回読売文学賞、第3回渡辺淳一文学賞を受賞する。『イッツ・オンリー・ロックンロール』『夜汐』『越境』『小さな場所』『どの口が愛を語るんだ』『DEVIL'S DOOR』など著書多数。訳書に、『ブラック・デトロイト』（ドナルド・ゴインズ著）がある。

ぼくがこれから話そうとしていることは、そもそものはじめからいくつかの出来事が奇妙なつながりを見せていた。

もちろん、奇妙なつながりを持つ物事の常で、なにもかもがすっかり片付くまで、ぼくはその奇妙なつながりというやつに気づきもしなかった。

介護士の仕事の裏で、マヌエル・ブランコが麻薬を売っていることは公然の秘密だった。けれど、どうせ小遣い稼ぎ程度のせこい商売だと誰もが思っていた。そう、中学生相手に怪しげな大麻草を売りつけている程度のものだと。

実際にマヌエル・ブランコがどの程度裏の世界に首を突っ込んでいたのか、いまとなってはもう誰にもわからない。でも、すこしばかり突っ込みすぎたのは間違いない。その細い首に縄をかけられて歩道橋からぶら下げられたマヌエルをテレビで見たとき、ぼくは真っ先にやつからもらった一枚の写真のことを思い出した。

その写真にはぼくとマヌエル、そしてドン・ロドリゴが写っている。撮ってくれたのは、ルーペ・カザレスだ。療養所のタマリンドの樹の下で、車椅子にすわったドン・ロドリゴの右側に介護服を着たぼくが立ち、左側にマヌエルが片膝をついてしゃがんでいる。

「じゃあ、撮るわよ。ねえ、ダビッド、もうちょっと笑ったら?」カメラをかまえたルーペ・カザレスが注文をつけた。「なにそれ、それで笑ってるつもり?」

奇妙なつながりのひとつめは、シャッターを押すときにルーペ・カザレスがちょっとした悪戯心を起こしたことだ。後日、出来あがった写真を見て、マヌエルとドン・ロドリゴが笑った。

「いい写真でしょ?」ルーペが得意げに言った。「半分しか笑わない人は半分だけ写ればいいのよ」

写真のなかのぼくは、顔の上半分が切れていた。まさにその写真の裏に謎めいたパスワードのようなものを書きつけて、マヌエル・ブランコはぼくに託したのだった。

「なにも訊かないでくれ、ダビッド」とやつは笑いながら写真を押しつけてきた。「もしこいつの使い時が来たら、おまえにはわかるはずだ。そのときにどうするかはおまえにまかせるよ。なんなら破り捨てたっていいんだ」

次なる奇妙なつながりを担うのは、ドン・ロドリゴだ。

彼は身寄りのない老人で、自分のことを元殺し屋(シカリオ)だと思っていた。ぼくとマヌエルが勤めている療養所の入所者なのだけれど、ドン・ロドリゴの幻想をひと言で虚言癖と片付けてしまうには、彼の口から紡ぎ出される昔話にはいつも奇妙な説得力と教訓が含まれていた。

たとえば、若かりし日のドン・ロドリゴが誰かの喉をナイフで掻(か)き切ったときの話だ。そのときの情景をありありと描写してから――あれは雨に煙る倉庫街の片隅だった、わたしの標的は貨物船にもぐりこんで国を出ようとしていたんだ、その男は組織の……まあ、ここではミチョアカン州の組織とだけ言っておけばいいだろう、それだけ言えばもうわかるだろ？（かの悪名高き麻薬カルテル、ラ・ファミリア・ミチョアカーナのことだろうか）その男は組織の財政にかなりの痛手をあたえたんだ、わたしは二年も彼を追っていた、その夜は月が緑色に光っていてね、暗い海面には霧が立ち込めていて、灯台の光が緑色の水に滲(にじ)んでいるみたいに見えたよ、赤煉瓦の倉庫の壁には剝がれかけたペンキで〈13〉と書かれていた、光が差し込まないその十三番倉庫の暗がりでわたしは彼を背後から襲ったんだ、遠くで外国の船員たちの歌声が聞こえていたよ――ドン・ロドリゴは溜息(ためいき)をつき、そして首をふりながらこう締めくくるのだ。

「首を押さえた指のあいだからしたたる血を見たとき、あの男はやっと成長できたんだよ。血の海のなかで息絶えようとしていた彼に、わたしはこう言ったんだ。友よ、もう手遅れだと悟ることが成長するってことさ」

ドン・ロドリゴの話を聞いてざっと数えたかぎりでは、彼はすくなくとも六十六人を手にかけている。もし彼が本当に麻薬カルテルの殺し屋なら、納得できる数だ。でも、それを鵜呑みにすることは、もちろんできない。ここで暮らしている人たちの大半が、介護士のぼくたちに対してなんらかの嘘をつく。彼らは嘘をつくことに慣れすぎていて、むしろ真実のほうを嘘だと思いこんでいるくらいなのだ。

虚言癖がある人はふつう、虚栄心か劣等感の塊だ。彼らは自分を大きく見せようとしたり、あるいは同じことではあるけど、自分の卑小さを隠そうとして嘘をつく。

でも、ドン・ロドリゴはそんなんじゃない。

ふさふさした白髪頭に白い顎鬚をたくわえ、大きな黒縁眼鏡をかけたドン・ロドリゴは、たいてい中庭のベンチのそばで本を読んでいる。彼はそこから見下ろすグアナファトの街並みが好きで、いつも同じ場所に車椅子を停めさせる。車椅子のブレーキレバーをちゃんとかけたあと、ぼくはかたわらのベンチに腰掛けて、まるで日時計みたいに芝生の上をのろのろ動く人たちを眺めたり、タマリンドの樹から落ちてくる鞘入りの実を拾っては投げ捨てたり、ぼんやりと空を眺めたりする。誰かが近くをとおりかかれば、ドン・ロドリゴは本から顔を上げてきちんと挨拶をする。やあ、ホセ、調子はどうだい？　ちょっと風が出てきたから、タリアはそろそろなかに戻ったほうがいいね。それから微笑を浮かべたまま、ひとつだけ銀の指輪をはめた手で眼下の風景を指さし、本の世界に戻っていくまえに決まってこう言うのだった。

「ほら、ドゥラン川のちょうど真ん中あたりに緑がたくさん茂っているところがあるだろ？　ここからじゃ樹に隠れてよく見えないけど、そこにコロニアルふうの小さなホテルがあってね、わたしはずっとそこで暮らしていたんだよ」

グアナファアトはどこもかしこもコロニアルふうの建物ばかりですよ。でも、ぼくはそう言わずに、お決まりのお追従を口にする。

「まさか凄腕（すごうで）の殺し屋がそんなところに住んでるなんて誰も思いませんね、ドン・ロドリゴ」

「そのとおりだよ、ダビッド」

週に一度、ボランティアの人たちがヌエボからやって来ては入所者たちといっしょに歌ったり、お遊戯をしたりするのだが、そんなときでもドン・ロドリゴはいつも楽しそうに周りに合わせ、「どうしてなの？　教えて」や「ネズミのカウボーイ」なんかを大きな声で歌う。

ネズミ捕りにネズミがかかったよ
二丁拳銃を持って　カウボーイの服を着ているよ

こいつはグリンゴ(アメリカ人)にちがいない
だっていつも英語でしゃべるし　金髪だもの

ミュンヒハウゼン症候群の人は他人の同情を買おうとして仮病を使うのだけれど、ドン・ロドリゴに関して言えばそんな徴候もまったく見られない。では、どうして彼がここにいるのかと言えば、統合失調症のせいだ。つまり妄想と現実の区別がつかなくなり、夜中に鋭利なものを持って徘徊したりする。だから、ドン・ロドリゴの部屋には他人を傷つけそうなものはいっさい置けない。果物ナイフはもちろん、コップは琺瑯(ほうろう)びきのものだし、ペンを使うときはぼくたちがちゃんと目を光らせている。彼が浴室でころんで脚をだめにするまでは、夜寝るときにも部屋の外から鍵をかけていた。

ぼくが来るずっとまえから、ドン・ロドリゴは高台にあるこの療養施設に入っている。資料を見ると入所日は二〇〇三年四月四日、つまりかれこれ二十年近くここに閉じ込められていることになる。

「閉じ込めちゃいないよ」と施設長のドン・ヘクトールは肩をすくめて言う。「ここにいる人たちは、みんな出ていきたいときに自由に出ていける。あの爺さんがここを出ていきたがらないだけさ」

ぼくは折に触れて、なぜ殺し屋を廃業したのかと面白半分に尋ねたりする。すると、ドン・ロドリゴはいつも首をふり、溜息をつきながら質問に質問で応じる。

「きみは呪いを信じるかね、ダビッド？」

そらおいでなすったぞ。だけどぼくは、まるではじめて聞く話のように興味を示してやる。

「呪いですか……さあ、でも、たぶん信じてはいないと思いますね」

「きみの故郷（くに）はどこかね？」

「隣りのハリスコ州ですよ」

これだってもう何十回も教えてやった。故郷は州都のグアダラハラだと教えてやると、ドン・ロドリゴはいつも大げさに目を見開き、大都会だな、と言う。それなら呪いを信じんのも無理はないな、と。それからぼくの手をやさしく叩き、秘密めかしてこうつづける。

「呪いはあるんだよ、お若い（ホーベン）の。たいていが悪いものだ。だがな、稀（まれ）に善い呪いもあるし、最初は悪くてもあとから善くなってくるものもあるんだよ」

「つまり？」

「まあ、待ちなさい。本には読み時があるし、タマリンドの実には食べ頃がある。人生の秘密にだって知り頃ってやつがあるんだよ」

それからまるで子供を追い払う母親のように、さあ、七面鳥がもう卵を産んだか見てきなさいと言って話を切り上げるのだった。

図らずもドン・ロドリゴの秘密に触れることができたのは、彼が長年暮らしていたという森のなかのホテルが人手に渡ることになったためである。アメリカのとある酒造メーカーがそのホテルを買い取って、観光宿泊施設付きのテキーラ蒸留所をつくるのだというニュースを、ぼくとドン・ロドリゴはカフェテリアのテレビで見た。

ちょうど昼食の時間で、開け放たれたフレンチドアからはさわやかな二月の風が吹きこんでいた。芝生には陽光が燦々と降りそそいでいたが、高台にある療養施設のなかはひんやりとしていて、カフェテリアの天井ではシーリングファンが気怠く回転していた。

ぼくは同僚たちとひとつのテーブルで食事をしていたのだけれど、ガチャンッと大きな音がしてふり向くと、ナイフとフォークを取り落としたドン・ロドリゴがテレビ画面を放心したように見つめていた。その音に驚いた数人が席を立って徘徊をはじめたので、我々スタッフは担当している入所者をなだめにかかった。

「どうしたんですか、ドン・ロドリゴ？」ぼくは車椅子の脇に片膝をついて、彼の背中をさすった。「大丈夫ですか？」

ぽっかりと開いた口から垂れた褐色のソースが、ドン・ロドリゴの白い顎鬚にこびりついている。もう一度呼びかけると、彼はまるでたったいま午睡から覚めたばかりみたいに目をしばたたき、口をもごもごと動かした。

「ああ……大丈夫だよ、ダビッド。なんでもないんだ」

「どうしたんですか、ドン・ロドリゴ？」

ぼくの問いかけにドン・ロドリゴが答えてくれたのは、それからひと月後のことだった。

そのひと月のあいだ、ドン・ロドリゴはまるで上の空だった。昼間はいつものタマリンドの樹の下でぼんやりと物思いに耽り、誰かがとおりかかっても声をかけるどころか、気がつきもしなかった。そうかと思えばいきなり癇癪を炸裂させて、ヌエボからやって来るボランティアの人たちに向かって、わたしを子供扱いするな、その気になればいまでも指一本で貴様の息の根を止めることができるんだぞとどやしつけた。

そして、夜になると悪夢にうなされた。ぼくの夜間巡回のときに、ドン・ロドリゴの部屋から何度か苦しげな声が聞こえた。そっとドアを押し開けると、ドン・ロドリゴはベッドの上で魚みたいにのたうちまわっていたり、目をぎゅっとつむったまま手で宙を掻いたりしていた。ルーペ・カザレスがたしかにこの目で見たと誓って言うことには、深更に怪しげな声がしてドアを開けたところ、脚の不自由なドン・ロドリゴが窓辺に跪(ひざまず)き、ロザリオを握りしめて一心不乱に祈っていたそうだ。

「ほんとよ」とルーペ・カザレスはほとんど喧嘩腰で言った。「ポル・パボル・ポルテーゲ、ファンタズマ・シン・カベザ、ポル・パボル・ポルテーゲ……あたしの聞き間違いじゃなければそんなことをぶつぶつ言ってた」

「首なしお化け(ファンタズマ・シン・カベザ)?」ぼくは目をすがめた。「本当にそんなことを言ってたのかい?」ぜったいに誰かが「ううう」と唸(うな)ってお化けの真似をすると思っていたら、マヌエル・ブランコがそうした。

ほかの同僚たちが笑った。

「あんた、あたしが嘘をついてるっていうわけ?」ルーペが刺青(いれずみ)だらけの腕でマヌエルの胸を押した。「気をつけないと、あんたが首なしお化けになっちゃうわよ」

「なに言ってんだよ?」マヌエルが降参のポーズを取った。「なんでおれが?」

「調子に乗ってると、そのうち殺し屋が来るわよ」今度はルーペが恐ろしげな声を出す番だった。「みんな知ってんだからね、あんたがこっそりアメリカ人にヤクを売ってるってこと」

びっくり仰天したマヌエルが目をめぐらせると、居合わせた同僚たちがうなずいたり、頭をぽりぽり搔いたり、目をそらしたりした。

「おい、本当かダビッド? そうなのか?」

ぼくにできるのは肩をすくめることだけだった。

「案外、その首なしお化けってのは、むかしドン・ロドリゴが殺したやつかもね」ルーペが笑いながらぼくの肩を揺さぶった。「そのうち霊媒師を呼んでくれってたのまれるんじゃない、ダビッド？　あのお爺さんの言うことを信じてんのはあんただけなんだから さ」

ルーペ・カザレスがこのときに何気なく口にしたことは、結果的にひとつが当たって、ひとつが外れる。


ドン・ロドリゴはぼくに霊媒師を呼んでほしいなんてたのまなかった。彼がぼくの目をまっすぐに見つめてたのんできたのは、ホテル・ランゴスタへ連れていってほしいということだった。

「わたしはこの脚だ」車椅子の上のドン・ロドリゴは自分の脚を力なく叩いた。「もしきみが同行できないなら、車を手配してもらえないか」

それはイエス・キリストの復活を祝う聖週間(セマナ・サンタ)の翌日、つまり三月の終わりごろのことで、午後になっても療養所のカフェテリアにはまだ前夜の乱痴気騒ぎの跡が手つかずで残っていた。壁の飾りつけ、テーブルに散らばった食べ残しや飲み残し、床に散乱した紙吹雪、天井の片隅につっかえている風船なんかを、ぼくたちは青白い顔でのろのろと片付けてまわっていた。何人かは酒の飲み過ぎのため、何人かはマヌエル・ブランコが提供したコカインの効力が切れたために、生ける屍のようになっていた。

　けっきょく建物の清掃は夕方までかかり、薄暗い階段をのぼってぼくが施設長を訪ねたときにはもう陽がとっぷり暮れていた。

　執務室のドアをノックし、入室の許可をもらってなかへ入ると、ドン・ヘクトールはソファにだらしなくすわって迎え酒のテキーラをちびちびやっているところだった。二日酔いのせいで顔は土気色、目はウサギみたいに赤く充血している。ビバリーヒルズの芝生みたいにきちんと刈りこまれた口髭だけが、かろうじて彼の威厳を保っていた。

「ドン・ロドリゴの外出申請をしに来ました」

　ドン・ヘクトールは無言で酒の入ったグラスを見つめていた。ぼくは所在無くたたずみ、執務室を眺めまわした。オーク材の書架には革張りの本がぎっしり詰まっていて、執務机の上のテーブルランプが飴色の光に包まれている。ドン・ヘクトールが沈んでいるソファのうしろには大きな絵がかけられていて、大農園の農園主のような男が描かれていた。

「じつはドン・ロドリゴが住んでいたホテルが――」

「ドン・ロドリゴはそのホテルに長く暮らしていたそうだね。誰でも自分の育った家がなくなるのは悲しいものだからな」

ぼくはうなずいた。

「それで、ドン・ロドリゴはぼくにも一緒に来てほしいと」

「行ってきなさい。ひとりきりの魂は歌いも泣きもしないと言うしな。きみがいっしょに行ってやれば、年寄りの慰めになるだろう」

「じゃあ、ぼくも休暇申請を出したほうがいいですか？」

ドン・ヘクトールは、そんなことを訊くなんておまえは本当にメキシコ人かという顔で溜息をつき、まるで蠅でも追い払うように手をふった。

ぼくは礼を言って、彼の執務室を退出した。

宿泊の予約と、ルーペ・カザレスの車を借りる段取りに二日ほど要した。

ぼくたちがホテル・ランゴスタへ出かけていったのは薄曇りの水曜日で、リネンシャツを一枚羽織っただけの素肌に西風が心地よい朝だった。

ちょうど花期を迎えていたハカランダの樹々に埋もれるようにして、ホテル・ランゴスタはひっそりと建っていた。

外観は副王時代の城塞みたいで、頭ひとつ飛び出た塔が居館を見下ろしている。外壁はまるで中国の満月のような鮮やかな黄色で、それがハカランダの薄紫色の花と美しいコントラストをなしていた。

「ハカランダは日本のサクラと似ているそうだ」ようやく古巣に到着したせいか、ドン・ロドリゴの目は興奮に輝いていた。「このホテルのオーナーのドン・カマモトは日系なんだよ」

「なぜそのドン・カマモトは自分のホテルにランゴスタ(イナゴ)なんて名前をつけたんですかね?」

そんなことは尋ねてみようと思ったこともない、というのがぼくの質問に対するドン・ロドリゴの返事だった。

車椅子に乗ったドン・ロドリゴを押してホテルに入ると、小ぢんまりとしたフロントデスクと、ロビーに吊り下げられた巨大なシャンデリアが目を惹(ひ)いた。目を凝らしてよくよく見てみると、シャンデリアにはクリスタルガラスでこしらえた小さなバッタがたくさん飛んだり跳ねたりしている。フロントデスクに人がいなかったので、ベルを鳴らしてしばらく待っていると、恐ろしく肥(ふと)った女性が奥から出てきた。

「ルイーザ!」ドン・ロドリゴが声を張り上げた。「まだここで働いていたのか、ルイーザ?」

「……ロドリゴ?」ルイーザと呼ばれた肥った女性が目を白黒させた。「ほんとにロドリゴ・エスパダスなの?」

感に堪えないといったふうに、ドン・ロドリゴが両手を広げた。「正真正銘のロドリゴに、唯一無二のエスパダスさ」

「ロドリゴ！」ルイーザは叫び、この再会を神様に感謝するかのように両手を組み合わせ、ドン・ロドリゴに抱きついて両の頬にたっぷりとキスを浴びせた。「ああ、ロドリゴ、ロドリゴ！　なんとまあ、こんなに老いぼれちまって！」

「きみは相変わらず素敵だよ、ルイーザ」

ふたりは首をふりながら、まるで過ぎ去った時間の長さを見定めようとするかのように、おたがいを頭のてっぺんから爪先まで眺めまわした。

「ほかの人たちは？」ドン・ロドリゴがおずおずと切り出す。まるで死人について尋ねているみたいだった。

「ニュースを見たんだろ？」

「ああ」

「もうみんないないよ」ルイーザが溜息を漏らした。「ここも人手に渡っちまって、営業は今月いっぱいさ。まあ、泊まり客なんてもうめったに来ないけどね。建物も古くなっちまったし、あのころの人たちも櫛(くし)の歯が欠けるみたいにひとり消え、ふたり消え……あんたが知ってるので残ってるのはあたしくらいのもんさ」

「ドン・カマモトはどうしてる？」

「三年前に死んじまったよ。彼の息子たちがみんなアメリカにいるのは知ってるだろ？

で、家族で話し合ってここを処分することに決めたのさ」

「おたがいに、あんなに働いたのに老後は裸同然というやつだな」ルイーザの視線に気づき、ドン・ロドリゴは気を取り直してぼくを彼女に紹介した。「ダビッドだ。いまわたしが身を寄せている施設の若者だよ」

　ぼくたちは握手をした。

「あんたが予約の電話をしてきた人だね？」

「はい」ぼくは中庭を取り囲む客室に目をやった。素焼きの煉瓦で縁取りされた芝生の真ん中に、小さな噴水があった。「今日はほかの宿泊客はいないんですか？」

「ほかの客どころか、あんたたちが来るんじゃなかったら、あたしだっていなかったよ」ルイーザは豪快に笑いながら巨体をフロントデスクのなかに押しこみ、部屋の鍵をぼくとドン・ロドリゴにひとつずつ手渡してくれた。「ロドリゴはきっとむかしの部屋だね？　ダビッド、あんたはこのホテルでいちばん立派な部屋に泊めてあげるよ」

　ふと思い立って、彼女にホテル名の由来を訊いてみた。

「なんでも日本にいるときによく食べていたそうだよ」とルイーザが教えてくれた。

「そんな貧しいころの記憶を、ドン・カマモトはバネにしたかったんじゃないのかねえ」

　もう一度シャンデリアを見上げる。バッタかと思っていたけれど、なるほど、これはイナゴだったのか。

ぼくとドン・ロドリゴはホテル・ランゴスタで二晩ほどを過ごした。ドン・ロドリゴの世話はほとんどルイーザがやってくれたので、ぼくにとっては降って湧いたようなのんびりした二日間だった。

あてがわれたのは古めかしいけれど文句なく立派な続き部屋で、広々としたリビングには大きなテレビとソファ、壁には色褪せたホテル・ランゴスタの古い写真が数枚かかっていた。そのうちの一枚はメキシコ革命のときのものらしく、ソンブレロをかぶり、弾帯を体に巻きつけた男たちがホテルのまえで写っていた。寝室がふたつとバスルームがふたつ、それにウォークイン・クローゼットまであった。清潔に整えられたベッドの上には、英語で〈WELCOME〉と書かれたカードと真っ赤なリンゴがひとつ置かれていた。

ぼくはソファに腰を下ろし、大きなフレンチ窓からハカランダの林を見渡した。手持ち無沙汰になってテレビをつけてみたけれど、なんだかもったいないような気がして、すぐに消してしまった。

夜は死のように静かで、たったひとりで巨大な棺桶に入れられたような寄る辺のなさを感じた。林をざわめかせる風の音は、まるで天に召されるときに聴こえてくるレナード・コーエンの低い歌声みたいだった。

朝目覚めると、サンダル履きのまま中庭をまわりこんで食堂へ行く。するとテーブルの上にはトルティーヤに半熟の目玉焼きをのせたウエボス・ランチェロスが待っている。すっかり冷めているし、蝿がたかっていたりもするけれど、文句は言えない。ぼくがなにか言うまえに、ルイーザがこう叫ぶからだ。

「熱々が食べたかったら、あと二時間早起きするんだね！」

朝食を食べてしまうと、もうなにもやることがない。手つかずの真新しい一日が行く手に待ち受けているだけだ。ぼくは部屋へ戻って本を読んだり、散歩をしたりする。背中にうっすらと汗をかきながら歩いていると、かつてこのホテルに宿泊した人たちがなぜこんななにもないところへ泊まりに来ていたのか、すこしだけ理解できるような気がした。アメリカの酒造メーカーはこのホテルを買い取ったのではなく、もはや新しいメキシコ人にとって無価値となった古いメキシコの時間を買ったのだ。やがて貧しいメキシコ人がお金持ちになれば、彼らだって古い時間の価値に気づくだろう。だけどそのころには、メキシコの古い時間はもうあらかた外国人に買い漁られているにちがいない。

ホテル・ランゴスタの周りにはイナゴどころかなにもなく、眺めていて楽しいのはハカランダの木立ちに遊ぶ鳥やリスたちくらいのものだった。ピピラの丘やイダルゴ市場といった観光地からはすこし離れているので、外国人の姿を目にすることもない。いちばん近い町までは車で四十分もかかり、その町にしたところで雑貨屋と食堂が一軒ずつあるだけだった。

一度、ルイーザにたのまれてその雑貨店にプルケ（竜舌蘭を発酵させて造る濁り酒）を買いに行ったことがある。

「飲むでしょ、ロドリゴ？」彼女は車椅子の背後からドン・ロドリゴの肩を撫でた。

「ドニャ・パウリナはもう百歳だから、明日にでももう飲めなくなるかもしれないよ」

「ドニャ・パウリナか！　いつまでも生きられるように働き、いつ死んでもいいように生きなさいが口癖だったな。ああ、古き良き我がドニャ・パウリナ……もちろん飲むとも！」

店の老婆がポリバケツから汲んでくれた自家製のプルケは、ほんのりと甘酸っぱい香りが漂った。老いぼれのロバが一頭いて、店の脇で石臼をゴロゴロ挽いていた。ドニャ・パウリナはぼくの車を見て、けっして酒を飲みながら運転してはいけないと注意してくれた。ぼくが曖昧に微笑むと、小さいけれど力強い手で腕を摑まれた。そして彼女を知る者には有名なあのセリフを口にした。

「いいかい、お若いの。いつまでも生きられるように働いて、いつ死んでもいいように生きなさい。人生の秘訣はそれだけだからね」

ぼくが見たところ、ドニャ・パウリナはあと十年くらいプルケを造るのになんの問題もなさそうだった。

ドン・ロドリゴはすっかり落ち着きを取り戻していた。まるで長い旅路をたどってようやく母親の葬式に間に合った放蕩息子のように、ホテル・ランゴスタの命運を嘆きつつも、やれるだけのことはやったという諦めと、そして満足感のようなものが見て取れた。ルイーザはそんなドン・ロドリゴにずっと寄り添っていた。見ようによっては、ふたりは古い恋人どうしみたいだった。

陽が落ちると、ルイーザが屋外の囲炉裏に火を熾す。食堂のフレンチドアからウッドデッキへ出ると、ホテルの敷地内にある装飾用の竜舌蘭畑が見渡せた。畑のすこし手前で赤々と燃える炎を、籐で編んだソファが心地よく取り囲んでいる。ぼくとドン・ロドリゴはそこにすわり、暮色迫る空を眺めながら、囲炉裏の網にならべられたステーキが焼けるのを行儀よく待った。ドン・ロドリゴはルイーザにもいっしょに食べていくようにとすすめたが、彼女は首を横にふるばかりだった。

あたしはただの使用人、とルイーザはステーキの焼け具合を見ながら言った。「もう何十年も自分が何者か忘れたことはなかったんだから、ここにきてあたしを惑わせないでちょうだい」

そんなわけで、夕食はぼくとドン・ロドリゴのふたりきりだ。まるで大きな河みたいにゆったり流れる夜のなかで、ぼくたちは言葉少なに肉の焼け具合を褒め、躍る焰のなかに過去を浮かび上がらせたり、炎から連想されるミゲル・イダルゴの絵について話し合ったり、満天の星を見上げては感嘆の声をあげたりした。食事のあとはルイーザが飲み物の注文を取りに来る。ドン・ロドリゴがたのむのは基本的にコーヒーだけど、夜が更けてくるとぼくといっしょにすこしだけカクテルを飲むこともあった。ルイーザのつくるマルガリータはとてもおいしかった。

　ドン・ロドリゴが彼にまつわる呪いを問わず語りにはじめたのは、二日目の夕食後のことだった。ルイーザが出してくれたポジョデモーレ（鶏のチョコレート煮込み）をたらふく食べたぼくたちは、パチパチと火の粉を飛ばす囲炉裏の火をぼんやりと眺めていた。

「きみは呪いを信じるかね、ダビッド？」

「呪いですか……」ぼくはいつものルーティンを淡々とこなした。「よくわかりませんけど……でも、たぶん信じてないんじゃないかな」

「故郷はどこかね？」

「チャパラ湖のそばです」

「グアダラハラは大都会だな」

「なにもないところでしたけど」

「タパティオ（グアダラハラっ子）は信じようとせんかもしれんが、呪いはあるんだよ」ドン・ロドリゴは火影に照り映えた顔をぼくにふり向けた。「たいていが邪悪なものだ。それは否定せん。

しかし善い呪いというのはたしかにあるし、はじめは邪悪だと思っていても、あとから善い呪いだったと気づくものもあるんだ」

今夜はいつもと雲行きがちがうぞと思いながら、ぼくは水を向けてみた。「つまり、どういうことですか?」

ふたたび口を開くまえに、ドン・ロドリゴはしばらく火を見つめていた。

ぼくは待った。どこかで夜の鳥が啼(な)いた。建物のほうから吹いてくる微風に、ルイーザの歌声がかすかに紛れこんでいる。あと十分もすれば、彼女が食後の飲み物の注文を聞きにくるだろう。そうなったら、せっかくの話の腰を折られてしまうかもしれない。

だけど、まあ、それならそれで仕方がない。ドン・ロドリゴの言うように、本には読み時があり、タマリンドの実には食べ頃があり、人生の秘密にも知り時がある。その知り時ってやつが今夜じゃないのなら、ぼくにはどうすることもできない。

「あれはわたしがまだ殺しを生業(なりわい)にしとったころのことだ。わたしが手にかけたのはたいていが自業自得の悪党ばかりだった。組織に損失をあたえた者、縄張りを侵した者、掟(おきて)を破った者……だが、ときにはそうじゃない男もいたんだ」

こんな具合に、ドン・ロドリゴは首なしお化けの話を切り出したのだった。その男は貧しい人たちをアメリカへ逃がす手伝いをしていた――

ハビエル・オチョアという名前で、いわゆる渡し屋（コヨーテ）だった。コヨーテの連中なんかどいつもこいつも信用ならんが、ハビエル・オチョアはほかのコヨーテよりはいくぶんましだった。すくなくともやつは、不法移民を砂漠に放り出してあとは知らんぷりという男じゃなかった。ちゃんとアメリカ側と連絡を取り合って、国境越えをどうにか成功させようとはしとったんだ。

じつのところ、このオチョアのことはどうでもいいんだ。どんな悪人にも一分の良心はあるもんだし、どんな善人だってきれい事ばかり言っとられんときもある。オチョアだって叩けば埃（ほこり）の出る身だった。誰かがやつのことを気に入らなかった。けっきょく、それだけの話なんだ。

問題はこの男を始末したあと、わたしに呪いがかかってしまったことだ。オチョアの無念がわたしに取り憑（つ）いたのかもしれんが、しかしそれを言うなら、わたしに殺された者はみんな無念だったはずじゃないか？　なぜほかの者を殺したときに呪われずに、このハビエル・オチョアを殺したあとで呪われてしまったのか……わたしは必死で考えたが、そもそもいったい誰に呪いを理路整然と理解することができる？

わたしにわかっているのは、ハビエル・オチョアを殺した直後から、首なしお化け（ファンタズマ・シン・カベザ）の夢を見るようになったことだけだ。オチョアの首を切り落としたせいかとも思った。じつは人の首を切ったのは、あのときがはじめてだったんだ。もちろん、わたしにそんな残酷な趣味はない。人を殺すにしても、苦しみを長びかせるようなやり方には虫唾が走る。まあ、長くこの商売をやっていれば、そんなことは言っとられんこともあるがね。依頼人の要望だったんだよ。オチョアの生首を誰かの墓前に供えたいと言っとった。

しかしそれならば、夜な夜なわたしの夢に出てくる首なしお化けの正体はハビエル・オチョアのはずじゃないか？ いくら首がなくたって、オチョアだとわかるはずだろ？ だけど、その首なしお化けは断じてオチョアじゃないんだ。なぜかって？ かっこうだよ。わたしの夢に出てくるやつは、カーキ色の軍服を着とるんだ。革命のときの、ポルフィリオ・ディアスの兵隊のようなかっこうをしとるんだよ。

「じつは」ドン・ロドリゴが声を落とした。「ここはむかし戦場になったことがあるんだ」

「ここって……」ぼくは地面を指さした。「このホテル・ランゴスタという意味ですか？」

「まさにいま我々がすわっているこの場所さ」

囲炉裏の火がパチッとはじけて、火の粉が暗闇に吸い込まれていった。

「革命のころ、このホテルは国軍に接収されとった。パンチョ・ビリャに攻められてもびくともせんかったが、もちろん誰も無傷というわけにはいかんさ」

言葉を切ったドン・ロドリゴの双眸には、揺らめく炎が映っていた。

ぼくは彼がふたたび口を開くのを待った。メキシコ革命のとき、グアナファトでも激しい戦闘が行われたというのは本当だ。国軍のアルバロ・オブレゴンは、馬を駆って突進して来るしか能がないパンチョ・ビリャ軍を機関銃で撃って、撃って、撃ちまくって負かした。

つまり、とぼくは考えた。ドン・ロドリゴの夢に出てくる首なしお化けというのは、勝ち戦のさなかで敵に捕まって首を刎ねられた哀れな国軍兵士だったのだろうか。

ドン・ロドリゴはかなり長いあいだ、無言で火を見つめていた。話の運び方を考えているようにも、なにも考えていないようにも、途方に暮れているようにも見えた。

ルイーザがやってきて、飲み物の注文を取っていった。そのとき彼女と交わした他愛ない世間話が、ドン・ロドリゴの気鬱をいくぶん晴らしたようだった。ふたたび口を開いたとき、ドン・ロドリゴはすっかり愁眉を開いていた。

「わたしが言いたいのは、ハビエル・オチョアを最後に、わたしはすっぱりと殺し屋稼業から足を洗ったということなんだ」

オチョアと首なしお化けのあいだにどんな関係があるのかはわからない、とドン・ロドリゴは言葉を継いだ。たまたまオチョアを殺したタイミングで、わたしの業のようなものが地獄の扉を開けてしまったのかもしれん。首なしお化けがじつはオチョアの身内だったということだって考えられる。いずれにせよ、首なしお化けの夢はなにかのメッセージにちがいないとわたしは思ったんだ。

無論、最初はそんなふうには思わなかったさ。あのころわたしはまだ四十をいくつか過ぎたばかりで、まさに脂の乗った男盛りだった。組織からは信頼されていたし、金だってうなるほど持っていた。女なんて、よりどりみどりだったよ。しかし、いざ仕事をやろうとすると、なにかがすこしずつズレているような感覚を抱くようになった。仕事にとりかかるまえには、かならず首なしお化けの夢を見た。それがいつもひどい悪夢なんだ。目が覚めてもはっきり憶(おぼ)えていて、その日一日の行動に影響が出るくらいの不安を感じた。わかるかい、ダビッド?

「わかりますよ」とぼくは答えた。「夢のお告げに従わないと、ひどいことが起こりそうな予感がするときがあります」

「しかり!」ドン・ロドリゴがはたと膝を打った。「まさにそんな感覚だ」

たとえば、西へ行くのは鬼門という夢を見たとしよう。西のほうには首なしお化けが待っとって、ありとあらゆる悪だくみでわたしを破滅させようとしている。汗びっしょりになって目を覚ましたわたしは、今日は西へ向かうのはよそうと思う。今日だけは、なにがなんでもおことわりだ。しかしそんなときにかぎって、わたしが殺さねばならない相手は西のほうにいて、わたしがもたもたしている隙に逃げてしまうんだ。

たとえば、夢に犬が出てきたとする。ひどく痩せた、疥癬(かいせん)病みの汚い犬だ。犬はなにかもらおうと、わたしについてまわる。わたしはうんざりして、その犬を蹴りつける。すると犬の頭がぽろっと落ちて、そこから首なしお化けが這(は)い出してくる。そんな夢を見た翌日には、誰もが世界中の犬に対してやさしくふるまうだろう？　わたしだってそうだ。いまにも標的が現れるかもしれないというときに、みすぼらしい犬が尻尾をふりながら近づいてくる。すると、わたしはもう気が気じゃないんだ。蹴飛ばして追っ払うなんて論外だ。かといって、犬にまとわりつかれていたら標的に気づかれちまう。わたしは苛立(いらだ)って、犬をなだめすかす。ポケットのなかをひっくり返して、なにも持ってないことを教えてやる。ほら、わんこ、なにも持ってないんだよ、嘘じゃないだろ？　するとうしろからいきなり頭をガツンと殴られて、気がついたときには何カ月も追ってきた標的はまた雲隠れさ。

首なしお化けとサシで酒を飲む夢も見たことがある。首がないのにどうやって酒を飲むんだろうと不思議に思っていると、首なしお化けは両手でわたしの頭を引っこ抜いて、自分の首にはめるんだ。やつはそうやって、わたしの口を借りて酒を飲むのさ。それからまた頭を引っこ抜いて、わたしに返して寄こす。今度はわたしが自分の頭を首にはめて酒を飲む。何度かそんなことをしているうちに、わたしは自分が誰なのかわからなくなってくる。ひょっとすると、首なしお化けがわたしで、わたしが首なしお化けなのか？　わたしたちは酒を飲んでいて、酒瓶のなかにちっぽけないも虫(グサーノ)が沈んでいる……ご明察だよ、ダビッド。翌日の仕事の打ち合わせで、夢のなかとまったく同じ酒が出されたんだ。オアハカ州のちょっと珍しい蒸留酒(メスカル)さ。瓶のなかのグサーノを見たとたん、わたしは組織の幹部たちのまえで盛大に吐き散らしてしまったというわけさ。

「わたしの考えでは、呪いや悪運のようなものは、人間だけじゃなく場所にも憑くものなんだ。だからこのホテルの部屋を引き払って方々を転々とした。最後に行き着いたのが――」

「うちの療養所というわけですね」

「いまでも首なしお化けの夢を見ることがある」ドン・ロドリゴは首をふりながらつづけた。「むかしとちがうのは、わたしがもう誰のことも殺すつもりがないということさ。だから悪夢は、ただの悪夢にすぎなくなったんだ。現実の生活にまで手出しをしなくなったのさ」

なるほど、とぼくは言った。「悪い呪いだと思っていても、結果的によかったものもあるとおっしゃってたのは、そういうことだったんですね」

「このホテルを離れてはじめて、わたしはちがう生き方もあることを学んだんだ。人間、誰しも得意なことがある。その得意なことを活かして生きていければ、それに越したことはない。だがね、お若いの、そうはできん者のほうがずっと多いんだよ」

彼が言葉を切ったのは、ルイーザがぼくたちのコーヒーを持ってきたせいだった。

「なんの話をしてたの、ロドリゴ？」サイドテーブルにコーヒーを置きながら、ルイーザが尋ねた。「また若い子に嘘八百吹きこんでたんじゃないだろうね」

「とんでもない。人生のままならなさについて話していたところさ」

ルイーザがもの問い顔でこちらを見たので、ぼくはうなずいてみせた。「ままならないと思っていても、めぐりめぐってけっきょくそれでよかったという話です」

「それがマリア様の御心さ」そう言って、ルイーザが胸のまえで十字を切った。「それじゃあ、この年寄り（ビエホ）の話をよく聞いとくんだね。ままならない人生にかけちゃ、このお爺さんは大学で教えることだってできるんだから」

「どういう意味ですか、ドニャ・ルイーザ？」

「このお爺さんはね、売れない三文文士だったんだよ」

「…………」

「ずっとこのホテルでへんてこな物語ばかり書いていたのさ」ルイーザが豪快に笑った。「けっきょく長い作家人生で文芸誌に載ったのはたったの一本だけ。あたしも読んだけど、内容は忘れちまったよ……でも、たしか首のない兵士の話だったね、ロドリゴ？」

ぼくはびっくり仰天して開いた口がふさがらなかった。ぜんぶ法螺（ほら）だったということか？　ドン・ロドリゴに顔をふり向けると、この食えない爺さんはにやりと笑って片目をパチッとつむってみせた。

なんということだ！

考えてみれば、ドン・ロドリゴの話は矛盾だらけだ。馬鹿な理由で仕事をし損じたのに、組織からはなんのお咎めもなく、しかもそれからも殺しの依頼が何度もあったのだから。それにたぶん、殺し屋を辞めますと言っても、組織は、はい、わかりました、それではお元気で、とは言ってくれないはずだ。

腹が立つやら愉快になるやらでどうしたらいいのかわからず、だからドン・ロドリゴといっしょになってゲラゲラ笑ってしまった。

いいじゃないか。ドン・ロドリゴには虚言癖があると非難するのは、小説はぜんぶ嘘だと非難することと同じだ。たとえ嘘でも、彼の話はまるでお伽噺みたいに、人が知っておかなければならない真実がぎゅっと詰まっている。これから先、ぼくは何度でもこの夜を思い出すことになるだろう。

「あのころはここから抜け出したくてたまらなかった」彼は夜空の下でぼんやり光っているホテル・ランゴスタに目を向け、溜息混じりにそう言った。「だが人間ってもんは、けっきょくそういう場所を愛しすぎとるんだろうな」

「いい時代だったわね」ルイーザの目にはうっすらと光るものがあった。「よくない時代もひっくるめてさ」

それはドン・ロドリゴが殺される五日前のことで、ハカランダの林を吹き抜けてくる風はほんのりと薄紫に色づき、囲炉裏の火は申し分なくあたたかで、ルイーザの淹(い)れてくれたコーヒーは火傷(やけど)しそうに熱かった。

ぼくたちが療養所を留守にしていた二日のあいだに、マヌエル・ブランコは何者かに殺されて——十中八九、麻薬絡みだが——車の往来が激しい幹線道路の歩道橋から裸で吊るされてしまった。

信じられない、信じられない、といまだショック状態にあるルーペ・カザレスがまくしたてた。

「マヌエルなんて小物もいいところじゃない！　それともなにか大きな取引にかかわってたの？　あの人たち、人の命をなんだと思ってんのよ!?」

そのときぼくの頭を占めていたのは、マヌエルから託されたあの写真のことだった。もしこいつの使い時が来たら、おまえにはわかるはずだ。あのとき、マヌエルはそう言った。そのときにどうするかはおまえにまかせるよ。

もちろん、真っ先に念頭をよぎったのは警察へ駆け込むことだった。だけど、自分がけっきょくそうしないことは知っていた。ここはメキシコだ。マヌエルを殺したやつらの息がかかっている警官だって、いないとはかぎらない。のこのこ警察署へ出かけていくのは、自分で自分の棺桶を注文しに行くようなものだった。

「それでいいんだよ、ダビッド」巻き添えを恐れた同僚たちは口々にそう言った。「きみの考えていることは正しい。もしいまいる場所がいちばん安全なのだとしたら、そこでじっとしているのがいちばんだ」

ドン・ロドリゴに写真のことを打ち明けようとも思った。いつものタマリンドの下のベンチで、いつもの気怠い午後に、思い切って助言を求めようとした。たとえドン・ロドリゴが殺し屋ではないにしても、作家として裏社会について知っていることがあるはずだ。でも、ぼくはなにも言わなかった。黙って家に帰り、あの写真に火をつけた。写真の裏にあったパスワードのようなものは、マヌエルのパソコンのどこかに隠されている秘密のフォルダーを開くためのものかもしれない。知ったことか。下手に知れば命取りになりかねないものなんて、やはり燃やしてしまうにかぎる。

三つめの奇妙なつながりは、まさにこの写真に手繰り寄せられたようなものだ。

ドン・ロドリゴが見知らぬ男たちに殺されたとき、ぼくたちは療養所の裏手にある小径(こみち)を散歩していた。曲がりくねった坂道を、ぼくはドン・ロドリゴの車椅子を押して下っていた。石ころのほかには、ウチワサボテンやユッカがぽつぽつと道端に生えていた。

そのふたりの男はまさにぼくたちの行く手から、まるで蜃気楼のようにゆらめきながら坂道をのぼってきた。大きな夕陽を背にしていた。ひとりはきちんとした身なりをしていて、もうひとりはくだけたかっこうだった。

「やあ、こんにちは」

彼らはドン・ロドリゴの挨拶に対して軽く頭を下げた。

ぼくたちのまえで足を止めると、身なりのきちんとしているほうが黒いジャケットの内ポケットから写真を一枚取り出して、まずぼくと写真を見比べ、それからドン・ロドリゴと写真を見比べた。くだけたかっこうをしているほうが身なりのきちんとしたほうの手許を覗きこみ、まずドン・ロドリゴを指さし、それから写真を指さした。彼らは顔を見合わせてうなずいた。

そして、ドン・ロドリゴがあっという間に殺されてしまった。くだけたかっこうをした男が、車椅子にすわっているドン・ロドリゴの胸をナイフで三度突いた。それだけだった。刺し口から黒い血が広がっていく。ドン・ロドリゴは口をぱくぱくさせ、すぐにその口から血の泡が流れ出てだらだらと胸に垂れた。

ぼくは腰砕けになって、その場に尻餅をついてしまった。

身なりのきちんとしたほうがゆったりした足取りで近づき、ぼくのそばにしゃがんで写真を突きつけた。それはあの日、ルーペ・カザレスが撮ってくれた写真だった。彼は写真のなかのぼく、つまり顔の上半分が切れているぼくを指さして「こいつは誰だ（キエン・エス）？」と尋ねた。それでマヌエル・ブランコを殺したのはこの男たちなのだと見当がついた。

見当がついたからといって、状況がすこしでもよくなるわけではなかった。かろうじてぼくにできたのは、首を激しく横にふることだけだった。すると、くだけたかっこうの男が言った。

「写真に写っているこいつはここの制服を着ている。おまえも同じ制服を着ている。つまりこいつはおまえか、おまえの同僚だということになるな？」

うなずくべきか、かぶりをふるべきかわからなかった。

放心しているぼくを見て、男たちが顔を寄せてひそひそと何事かをささやきあった。ぼくは活路を見出そうと、あちこちに目を走らせた。だけど目に入るものといえば、石ころとサボテンと夕陽だけだった。男たちの背後に大きなユッカが一本立っていた。そのうしろに人影を認めるのと、結論に達した男たちがうなずきあうのとほとんど同時だった。

くだけたかっこうの男がふたたび近づいてきて、写真のなかのぼくを指さして「これは誰だ？」と訊いた。

ぼくは目を見張った。彼がぼくの目のまえでドン・ロドリゴの命を奪ったナイフをひらひらさせたからではない。ぜんぜんちがう。ぼくの目はあのユッカに釘付けになっていた。そのギザギザの葉陰から音もなく出てきた男は古ぼけた軍服を着ていて、そして頭がなかった！

男たちはなにも気づかない。とりわけ、くだけたかっこうをしたほうは、ぼくが恐怖のあまり口がきけないでいるのだと思っているようだった。じっさい、ぼくは恐怖のあまり口がきけないでいた。口がきけないどころか、耳まで聞こえなくなっていた。くだけたかっこうの男の口が音もなくぱくぱくと動いている。そのあいだにも、首なしお化けは身なりのいいほうの男にむかってゆっくりと歩いていった。身なりのいいほうの男は、冷たい目でぼくを見下ろしていた。背後から近づいてくるものがいようとは、まるで思っていないようだった。

「おい」

耳元で怒鳴られて、ぼくは跳び上がった。

「この写真に写ってるやつがおまえじゃないなら、さっさとこいつの正体を吐いちまえ」

そう言って、くだけたかっこうの男が指を三本立て、それを一本ずつ折りながらカウントダウンをはじめた。

「3（トレス）」

ぼくはおろおろするばかりだった。口のなかは竜舌蘭畑の赤土みたいに干上がり、身なりのいいほうの男から目が離せなかった。その男の頭上に小さな雲ができている。はじめは蚊柱かと思ったのだけれど、そうではなかった。いずれにせよ、雲霞（うんか）のようなものが彼の頭の上にわだかまっていた。見ようによってはまるで子供向けのアニメーションに出てくる、どこまでも追いかけてくる意地悪な雷雲みたいだった。

くだけたかっこうのほうが、ぼくの目を覗きこみながら指を一本折り曲げた。「2（ドス）」

まばたきすらできなかった。

ぼくの視線を不審に思ったのだろう、くだけたかっこうの男が指を二本立てたまま、ちらりとふり返った。

まさに背後に首なしお化けが迫っているというのに、身なりのいいほうは軽く肩をすくめただけだった。

いまや首なしお化けは身なりのいい男の真後ろに立っていて、彼の頭上の雲霞を見上げていた。首がないのに見上げていたというのもおかしな話だけれど、それは愛や悲しみのように、たとえ目に見えなくてもたしかにこの胸が知っていることだった。

くだけたかっこうの男がぼくに向き直り、もう一本指を折って言った。「1（ウノ）」

そんなことはもうどうでもよかった。それどころではない。首なしお化けが、身なりのいい男の頭上の雲霞にひょいとよじのぼった！　まるで窓枠を乗り越える泥棒みたいだった。首なしお化けは、よっこらしょという感じで雲霞の縁に片足をかけ、体をひっぱり上げ、そのまま雲霞のなかへ跳び下りて見えなくなった。

「おまえはいいやつだ」くだけたかっこうの男が、ぼくの首筋にナイフをあてがう。

「いいやつはみんな早死にする」

ぼくは彼の目がすうっと冷めていくのを見た。いつかテレビで見た、人食い鮫の目みたいだった。

「待て」

その声に彼は動きを止め、肩越しに相棒をふり返った。ぼくのほうは胸が早鐘を打ち、吐き気がこみ上げ、生きた心地がしなかった。

「そいつを殺す必要はない」身なりのいいほうが言った。頭上の雲霞はもう影も形もなかった。「じじいは始末したから、今日はこれでよしとしよう」

くだけたかっこうの男が眉をひそめた。

「まさかここの職員をひとりひとり摑まえて、全員に尋ねるわけにもいくまい？　だったら、こいつをひとり殺っても意味がない」

「いいのか？」と、くだけたかっこうの男。「上にはなんと言う？」

「いやな予感がするんだ」

くだけたかっこうの男はじっと相棒を見つめていた。

「うまく言えないけど、こういう予感はおろそかにしないほうがいいと思う」身なりのいいほうが言った。「上はおれがなんとかする。今日はこのまま引き揚げよう」

「おれはべつにいいんだ」ナイフを下ろしながら、くだけたかっこうの男が言った。

「人を切り刻むのが三度のメシより好きってわけじゃない」

「行こうぜ、相棒」

「でも、なんなんだ？　今日はおふくろさんの誕生日かなんかか？」

彼らはまるでぼくなどそこにいないかのように、沈む夕陽にむかって坂道を下りていった。

つまり、これがぼくの物語だ。

一枚の写真と、ドン・ロドリゴの幻想と、その幻想から抜け出した首なしお化けが奇妙な具合につながって、ぼくは一命を取り留めた。

もしかすると、ドン・ロドリゴは本当に殺し屋だったのかもしれない。絶命した老人を見て、とりとめなくそんなことを考えた。作家は世を忍ぶ仮の姿。数々の悪事のせいで、彼は首なしお化けに取り憑かれてしまった。その首なしお化けはむかしむかしホテル・ランゴスタで首を斬られた兵士で、なにが悲しいのか、つぎからつぎへと宿主を変えていく。で、首なしお化けに乗り移られた者は、どういうわけか殺生ができなくなるのだ。

たしかに一羽の燕(つばめ)では夏にならず、一度の善行では善人にならずというけれど、遠ざかる殺し屋たちの背中を眺めていると、もしかすると今日は彼らが善人に生まれ変わった記念すべき吉日かもしれないぞと思った。そうだとも。だってドン・ロドリゴによれば、呪いには善いものも悪いものも、そして一見悪くてもけっきょく善いものもあるわけだから。

グレート・ナンバーズ

真藤順丈

真藤 順丈
しんどう・じゅんじょう

1977年東京都生まれ。2008年『地図男』で、第3回ダ・ヴィンチ文学賞大賞を受賞しデビュー。同年『庵堂三兄弟の聖職』で第15回日本ホラー小説大賞、『東京ヴァンパイア・ファイナンス』で第15回電撃小説大賞銀賞、『ＲＡＮＫ』で第３回ポプラ社小説大賞特別賞をそれぞれ受賞。18年から19年にかけて『宝島』で第９回山田風太郎賞、第160回直木賞、第５回沖縄書店大賞を受賞。他の著書に、『墓頭』『七日じゃ映画は撮れません』『しるしなきもの』『黄昏旅団』『夜の淵をひと廻り』『われらの世紀 真藤順丈作品集』などがある。

i　塔と神殿のホスピタリティ

〈コンシェルジュ〉


深夜、スイートの客がスタッフを部屋に呼びつける。

向かうのは、ナイトマネージャーを兼ねる景山コンシェルジュだ。

扉の上の階数表示が、大きな数字になっていく。95、96、97、98……エレベーターは九十九階でチンと上品な音を立てて停まった。

優秀なコンシェルジュなので、頭の中にはたえず更新される数字があふれている。本日の客室稼働率：六〇パーセント。客数：九八五〇人。なかんずく上客の顔と氏名は完壁に記憶しているが、といって一般客と分け隔てはしない。権威ある国際コンシェルジュ団体〈金の鍵（レ・クレドール）〉に属し、年間最優秀コンシェルジュとして表彰されたこともある。怠りなくレセプションの業務をこなし、ご用命があれば客室にも出向く。呼びだしたミネルヴァ・スイートの客はうるさ型（キッカー）と呼ばれる部類だった。

　廊下の左右につらなる扉は、番号をふられた墓標のようでもあり、景山は独りで巨大霊園を管理する墓守さながらだった。ミネルヴァ・スイートについて、丸めた指の第二関節でコッコッと硬く、短くノックする。扉が開くのと同時に「お呼びでございますか」とおだやかな声と笑顔を傾ける。笑みはレセプション向けのものを深夜用にアレンジ済み。プロフェッショナルだね。指ぬき（ティンブル）一杯にも満たないさじ加減が、頬笑みを篤実にも慇懃（いんぎん）にも見せることを景山はよくわきまえていた。

「遅いよ」

　出てきた客はバスローブをまとっていたが、リラックスはしていない。村藤（むらふじ）というフリーのジャーナリストで、経済紙や新聞各紙にかけもちで寄稿している。

「この部屋、ゴビ砂漠みたいにカラッカラに乾いてんだけど」

「さようでございますか。事前に加湿器を置かせていただきましたが」

「ええ、それも三台も。だけど三台同時に動かしても利かない」

「さようでございますか。恐縮ですが、きちんと作動しているかどうか点検させていただいてもよろしいですか」

対応はいたって平静に、気まずげな態度は見せない。嫌悪や不承知の色はもってのほか。無理筋のクレームでも、弔問でお悔やみを言うような瞑想的な表情を崩さない。村藤はコンシェルジュの入室を許可する。景山は頭を下げながら入室して、後ろ手に扉を閉める。ホテル錠なので、内側から鍵を締めなくても外側からは開かない。つまり景山にとっては、部外者に仕事を邪魔される心配がない。

扉の前にはルームサービスの台車がそのまま置いてあった。食事済みの皿、ワインクーラーやグラスが雑然と台に戻されている。村藤は「それからシャワーも、水圧を上げてくれと頼んだはずだけど」と不満を言いながら寝室に戻っていく。ちなみにスイートルームの価値は、ベッドにたどりつくまでに開けなくてはならない扉の数の多さで決まるとされている。ミネルヴァは六つだった。

「爺さんの小便なみに水の出がゆるゆるだよ。熱い針でめった刺しにされるぐらいの水圧じゃないと、ぼくは一日を締めくくれない」

「申し訳ございません。水圧調整には限界がございますので、今が精一杯かと」

「それから窓だよ、窓を開けられるスイートにしてくれと頼んだのに。バルコニーにも出られないし」

「申し訳ございません。こちら九十九階ですので、窓は嵌め殺しでございます」

加湿器やシャワーを検めながらも、景山は客のパーソナルスペースに不用意に入りこまない。かと思えば、シャワールームを出るときによろけて足を滑らせた村藤の右腕をすかさず摑み、あわや転倒事故というところで、その体を引き寄せて支えた。

嵌め殺しの窓の外には、天鵞絨を貼ったような夜空があった。眼下の大通りには車のヘッドライトとテールライト、遠くの橋が真珠をつないだように輝いている。夜の腸を貫くようなタワーホテルの内部から見下ろすと、交錯する線と網目模様が見える。輝く糸が結びついて、都市の設計図を、世界の織りなす深遠なパターンを描いている。たいていの人々はそこで地を這うように暮らしている。

「村藤さま、ご要望に添えず申し訳ございません」

謝罪しながら景山は声に出さずに言う。お客さまの要望にノーと言わないのがコンシエルジュであるにもかかわらず、利便や快適さを上げることができず申し訳ございません。この部屋でお客さまの要望がことごとく叶えられないのは、実のところ私がそのように差配したからです。シャワーの水圧はもっと上げられるし、アゴナーレやフラミニオといったバルコニーに出られるスイートにご案内することもできました。室内が乾燥しているわけは、換気孔からひそかに除湿をつづけているからです。すべては村藤さまが、こうしてコンシェルジュを呼びだす条件を整えるためです。お客さまは今夜、肉体と時間から解き放たれます。お客さまの魂はこれから昇天とも墜落とも呼べる状態に移行して、私たち人間存在の内なる蒼穹で火を燃やしつくす星となるのです。こうしてその瞬間に立ち会い、お客さまの旅立ちを見送ることができますのは私にとっても幸甚でございます。

「あんた、さっきから何か、ぶつぶつ言ってないか……」

おや、声に出ていましたか？　無粋なことで申し訳ございません。景山は腕時計を見る。村藤の顔が弛緩して、瞼が震えてとろけだしている。何かが変だと本人もそろそろ察したかもしれないが、察したところでどうにもならない。予定どおり、食事やワインに混ぜた睡眠導入剤が効いて、立っていられないほどの眠気に襲われている。あごを打たれたように床に沈みこむ村藤に、景山はもう介添えの手は貸さない。嗜眠に誘うような声でささやき、レセプション向けではない種類の笑みを弾けさせる。

すでに景山の指先には、細い針を突出させた超小型の注射器が隠し持たれている。眠りこけた村藤に、致死性の毒物を、静脈注射する。

あとで体内から検出されない毒物はいくらでもあって、たとえば塩化カリウムは神経伝達を阻害して心臓発作のように見せかける。あまり知られていないが、たくさんの人間が出入りするホテルには変死体がつきもので、騒がれずに処理する手段も心得ている。村藤は不運だった。しかし身におぼえがないわけでもない。プロフェッショナルだけどあまりに剣呑なコンシェルジュに引導を渡されて、摩天楼の高みで朝の二度と訪れない眠りについていた。剣呑、剣呑！

「ご心配なさらず、もう一人も、すぐに送りだします」

この男で三人目だった。景山はひそかに独りごちる。

残っているのはあと一人です。

〈アッシャー〉

路地の犬たちは野生化して、ホテルの周りでも群れをなしていた。デイシフトに入った森は、たわむれに正面玄関の前を横切る犬を数えてみたけど、あまりに多いので途中で数がわからなくなった。犬たちの眸には飼いならされない何かが宿っている。飼い犬の常識とはかけ離れた生き物となっていた。

もっとも人も大差はないかもしれない。ミレニアムから四半世紀がすぎて、高層建築群の周りには洪水で流されてきたような細民街がひろがっている。ここ数年の衰退の速さはめざましかった。地方から出てきたところで、電子商取引の倉庫棚卸しの仕事にありつけたら御の字、多くの者は富裕層の厨房裏に群がるスカベンジャーになるしかない。明るいうちからそこかしこのドラム缶で火が焚かれ、焔の舌が爆ぜながら二つ三つと分かれて、煙を立ち昇らせながら冬の空気を舐めていた。

かたや森が働いているのは、上海のジンマオ・タワーやドバイのブルジュ・ハリファをうかがうような九十九階建ての高層ホテル。都市の軸のようなシンボリックな意匠だけど、建材には木材やスクラッチ煉瓦も使われていて、八百万の神が立ち寄りそうなジャポニズムの陰翳も息づいている。車寄せの正面にある池は波紋を揺らしながらホテルの威容を映し、外光をたっぷり採りこむラウンジやロビーも装飾に富んでいて、連続する彫刻状の壁のパターンはきらびやかで多様な表情を覗かせる。とにかく廻転ドアを隔てた落差がものすごかった。

路上とホテルの境目に立つアッシャーのなかでは森が一番若手だった。よくシフトを組むのは瓶子と貞尾で、果てしない客の流れ——予約客や飛びこみ客、予約があると言いはる未予約の客、他にもロビーやラウンジの利用者、掏摸や詐欺師、無許可のサキソフォン吹き、雨露をしのぎたい宿無しやショッピングカート・レディ——それらの人々を私語の多い先輩とともに捌いていた。

「おれたちの新入りは、地元じゃジゴロみたいな奴なんだってさ」

瓶子はこの日も雑談をやめず、貞尾が大きな体を揺さぶって笑う。二人とも私語は多いけど、トイレに行かずに何時間も立っていられる。水分を摂らないわけでもないのにどうして？　尿意をどう調整しているのかを森はぜひ教えてほしかった。

「女を知らないわけじゃねえって言うから、だったら彼女いるのかって聞いたら、〈今はちょうど珍しくいない〉とか言うわけさ」

「ジゴロとか、そんなんじゃないですって」先輩たちのいつもながらの詮索に、森は辟易しながら応じる。

「ずっと恋人がとぎれたことなかったんだと。何人と付き合ったのか聞いたら、ジゴロ森はなんて答えたんだっけ？」

「五人です。キスだけなら十三人」

「な！　すげえ新入りだろ」

「すげえ新入りだな」

マネージャーでも現われないかぎり、先輩二人はおしゃべりを止めない。お前らまたパジャマ・パーティーか、とポーターに苦笑されてもどこ吹く風で、荷物を抱えた客をアテンドし、フロントまでお連れして、戻ってきてまたおなじ話をつづける。

「なんでそんな上乗せされんだよ。キスの相手には親戚一同も交ざってんのか？」

「おれ、キスに定評があって。女の子たちみんなに褒められました」

「ひょお、ジゴロ！」と口を揃えて、客に不審がられないように二人で笑う。嘘でも誇張でもない、先輩に聞かれるままに事実を話しているだけなのに、貞尾は「生きた伝説をこの目で拝みたい、ちょっとやってみせろ」と言いだした。

「おれ、男とキスはちょっと」

「お前、吹かしてもばれないと思ってんだろ」

「だって相手がいないから」

「おれと瓶子で金出してやるから、出入りのコールガールにでもお願いしてジャッジしてもらおう。噂の〈神殿娼婦〉は値が張りすぎるけど、誰かは引き受けてくれる。もしも落第点だったらお前は一年間、おれたちの命令に絶対服従の下僕な」

「あ、あの婆あ、また入ってきやがった」

瓶子がそこで駆けだした。ここはホテルだからね、言うまでもなく訪れる人のぶんだけ物語がある。扉の外を見れば、空き缶や壜を積んだショッピングカートが停まっていた。抜け目ないラウンジやトイレの無断利用者をのさばらせて、あとで叱られるのはアッシャーだから。たったいま侵入して「このホテルには悪魔がいる！　悪魔の塔だよ、天からいずれ雷が落ちるよ！」と叫びたてるこのカート・レディは宿敵といってよかった。

「なんならあのレディでもいいぜ、ジャッジの相手は」

「せめて相手は、おれに選ばせてください」

おかしな風向きになっちゃったなと思いながら森は、気持ちと表情を切り替えて、廻転ドアをくぐってきたカジュアルな男女の客をアテンドした。

〈姉弟〉

つまみ出されていくお婆さんと比べてこっちがましな点といったら、ひとまず自前の歯が揃っているところぐらいかなと姉は自嘲する。着ている服には大差がない。すり切れて縮んだ衣類が並んだクローゼット。扉の裏の姿見におなじぐらいにくたびれた自分を映して、毛屑のからまった櫛で髪を梳いている。

わたしたちはみんな置き換え可能だ。羽貫夕子は二十歳になる前に子を産んだが、羽貫姓が変わったことはない。結婚しないで母子世帯となり、三十六歳なのに十も二十も老けこんでみえた。そんな自分がショッピングカートを押していて、あのレディが弟を連れてラウンジへ向かっていても何も不思議なことはなかった。

「来年でケイも十八歳だろ」弟はしつこく甥っ子の話をしたがった。「父親がわりになるような男に、相談したいこととかあるんじゃないか」

「男親なんていなくても、育つ子はちゃんと育つし、育たない子は育たない」

「姉ちゃん、おれたちのこと言ってる？　おれたちはどっちだよ」

「別に、そんなつもりで言ってない」

姉弟とも幼かったころは、隔週の土曜日ごとに父と過ごした。思い出せるのは安上がりなショッピングモールと、飲み食いしたシェイクやポテト、毛がふわふわしたクマやパンダの乗り物と、二人一緒に乗らないなら百円は出さないと子を脅す父親。昆虫採集に出かけてもバーベキューに出かけてもかならずなにかしらケチがついて、不機嫌になった父親に当たられてべそをかく弟の顔。遠出しても泊まるのは〝リゾート〟や〝ヴィラ〟と名づけられながらライトアップがどぎつくて休憩(レスト)と宿泊(ステイ)の料金表が掲示されたホテルばかりだった。待合利用で父が一人で入っていって、あとから姉弟がこそこそと非常口やフロントの真下をすり抜けるのだ。こんなタワーホテルに泊まったことは一度もなかった。

しばらくすると父は週末にも会いにこなくなって、それからは母と姉弟で問題なく暮らしてきた。ちゃんと育ったのか、と訊(き)かれたら疑問も残るけど、人並みに学校を卒業して、就職して、姉は子を育て、弟も働いている小学校の同僚とおとなし結婚したばかりだった。ずっと波風を立てずにやってきた、母さんが病気になるまでは。

「それにしても、こんなホテルにどうして泊まれるんだ」と弟が言った。「ずっと死んだようなもんだったのに、今さら……」

今さら親父(おやじ)なんかと会いたくない、とまでは言わなかった。問題は父と母が法律上まだ婚姻関係にあることだ。嫌がらせなのか、それともわずかな未練でも残っているのか。母がどんなに離婚届を郵送しても、弁護士を雇って交渉の場を設けようとしても、裁判所に持ちこもうとしても功を奏さず、母のささやかな望みはもう何十年も叶えられていなかった。

「先が長くないってわかってるから、母さん、ちゃんとあの人との関係に終止符を打ちたいのよ」

「あの人の妻として死にたくないってことだよな。姉ちゃん、フロントで聞けば部屋を教えてくれるのか」

「宿泊者に確認するだろうから、追い返されかねない。このホテルに泊まってるのはたしかだから、しばらくロビーで出入りを見張って、現われたところを捕まえよう」

首尾よく顔を合わせられたら、これを父と会う最後にしたいと羽貫姉は思った。わたしたちは家族の在り方に決着をつけにきたのだ。


〈王子〉


ガーデンビューラウンジのVIPルームを出たところで、一人のフロント係が目についた。黒い髪を完璧なシニヨンに結び、磨きあげた黒い花崗岩(かこうがん)の向こうでショートケーキのように白い頬を柔らかくふくらませている。

この国の娘たちはとてもキュートだ。チェックインは侍従がすませていたが、王子はゆったりと優雅にフロントに歩み寄った。もどかしくて途中からは走った。フロント係の女もこちらに気がついて、珍しいものを見たように目を見開いた。なにしろ重量のある腿(もも)だからね、膝の上でゆっさゆっさと肉が揺れる。王子の体には、三十年ぶんの珍味佳肴(かこう)に由来する脂肪がたっぷりついている。象のような巨漢が走ったりしてフロントと激突する惨事が起きないか、かわいいフロント係は心配しているにちがいなかった。

　私は国賓だからね、しかしナーバスにならなくてもいいよ。王子は向かい合って頬笑み、娘の目を見つめて確信する。この手のことで王子の勘が外れることはめったになかった。誘いさえすれば、このフロント係が仕事明けに通用口から帰らずにエレベーターで客室最上階まで上がって、王子の泊まっているスイートルームの扉をノックするだろう。王子は部屋に通した彼女のファスナーを下ろし、ブラウスを脱がし、透きとおるような喉からおへそにかけて口づけを往復させるだろう。事を終えた二人は、天蓋つきのベッドに身を横たえて、王子は女の乳首のまわりに指先で柔らかく輪を描くのだ。心理障壁を越えやすいように、弾みをつけられるようにいくらか小遣いを渡してやる必要はあるかもしれないが、これらの夢想を現実のものとするために王子が言わなくてはならない科白(せりふ)はひとつしかなかった。

「きみ、私の部屋に来なさい」

ただそれだけ。たとえ相手に夫や恋人がいても、そのことで王子が罪悪感をおぼえたためしはない。パートナーを置き去りにしてスイートへ昇ることをためらったとしても彼女たちはそんな後ろ向きな感情は乗り越えてしまう。なぜなら私は王子だからね。女たちは誰もが王子のスイートに招かれるわけではないことを、少女のころから本能で知っているのだ。

むー、誘おうかな。王子は悩んだ。悩みながらフロント横の大きな鏡面に移る自身に目を向けて、うっかり見惚れた。鏡を見るのはアステカ帝国のピラミッドのように壮麗な自分の体を愛でる儀式だった。ひとつかみの脂肪は、下々の者たちが味わえない贅沢な食事の思い出。体重の一ポンド一ポンドが、歓喜と恍惚によって獲得されたこの体の財産であり、女たちの情欲をかきたてるエロティックなむちむち感に多大な功績を果たしているのだ。

王子の目には、フロント係の女の子はその科白を待っているように見える。

ああ、しかし、しかし――

「あたしのピラミッドちゃん、今夜は何をされたいの？」

脳裏には違う女の声がこだまする。やはり今日にかぎっては自重しなくては。なんのためにお忍びで来日したかわからなくなる。明日の夜、その女はやってくる。それまで精力の濫費は許されない。最後の血と精液の一滴まで気高い娼婦に捧げるのだ。

湧きあがる衝動に打ち克(か)った王子は、このホテルのサービスに満足しているよ、とだけ彼女に伝えて、そのまま振り返らずにエレベーターホールへと向かった。キュートなフロント係よ、許してくれたまえ。

私は、万全の備えをしなくてはならない。

明日の夜、世界最高の娼婦が、フレイヤが訪ねてくる。

美しいその肢体に、かつてない豊饒(ほうじょう)な曲線を宿らせて。

〈コンシェルジュ〉

依頼人(オーナー)に首尾を報(しら)せるべく、景山はバロン・イヌイの居城を訪れていた。

ホテル王の謁見を賜る者は、一等地にそびえる高層ビルの屋上階にある〝畏敬の門〟をくぐらなくてはならない。厳重な身体検査を受けて、ルネ・ラリック風のパフューム・ランプが二列に並んだ絨毯(じゅうたん)を抜けても、王座まで三十歩以上は近づけない。王の間のフラットには純和風の茶室や四阿(あずまや)、枯山水の室内庭園があり、バロンが有する全国三十ケ所のホテルの縮尺模型が置かれている。景山が奉職するタワーホテルもそこには当然含まれていた。

「つくづく不肖の次男だ。あれが財産を継ぐことなど想像するだに恐ろしいが、それでも一族の血につらなる事実は変わらない。そこには重い義務が課せられている。娼婦の腹に婚外子を宿すなどもってのほかだ。相手の女の……名はなんと言ったか」

「フレイヤと名乗っています。本名は劉子蕾、中国系です」

「あとは、その本人だけなんだな」

「恐喝の手ほどきをしたと思われる派遣業者二名、それからゴシップライターは対応しました。脅迫文について知る者は今後、沈黙することになります」

「どうしてその女を、最後まで残しておいた？」

「身ごもったのもあってか、ずっと身を隠していました。調査はつくしたのですが、居場所を突き止められなかった。ですが、今はちがいます」

「愚息はこちらで厳しく罰する。女のほうは景山さん、あなたに任せる。知ってのとおりあれの兄は国政選挙を控える身、つまらない醜聞に脅かされることがあってはならない。方法はあなたに委ねるが、私は為すべきことが為されることを望んでいる」

　察して動け、と言下に命じている。この国の権力者にはおなじみの、婉曲表現によるトップダウン・オーダーだ。事実上、業界の王による暗殺指令と変わらない。とはいえ今に始まったことでもない。これまでにも早急かつ秘密裏に進めなくてはならない仕事を、業界の法理法則にもとづいて誰よりも上手くこなしてきたのが景山だった。

「数日前、例の石油王の御曹司、マフムード・シャリル三世が来日してフレイヤを呼ぶという情報が入りました。フレイヤは〈神殿娼婦〉を自称し、王侯や国賓級のセレブリティだけを高額で相手にするコールガールです。常時、ボディガードまで侍らせているようですが、マフムード三世はフレイヤの上顧客。身重でもかまわない、むしろ大歓迎というオファーを例外として受けたようです。皮肉なことに三世が常宿にしているのはバロン、あなたのホテルです」

「君のホームグラウンドに、わざわざ飛びこんでくるというわけだな」

「企業恐喝を共謀した者たちが変死か失踪を遂げているわけですから、警戒を強めているのは間違いありませんが、あなたのホテルとの因果関係はまだ察知できていないようです。これまでのように事は運ばないでしょうが、こちらも飛び道具を用意するつもりです」

報告をすませて退がると、景山はその足で細民街へと向かった。廃墟も同然のあばら屋が建ちならび、浮浪者と野良犬と、食料配送サービスの自転車が往き交っている。赤んぼうに出の悪い母乳をやる女が黒ずんだ乳輪を隠さずに地べたに座りこみ、炊きだしの列に並ぶ人々は慎みをかなぐり棄てて、お菜や汁物をこっちによこせ早くよこせとわれがちに叫んでいた。

雲の高みにまでそびえるタワーホテルと、這うような貧民窟の暮らし。そのはざまを振り子のように景山は移ろう。二つの世の間を〈世間〉と呼ぶのなら、数世代は退行してしまったような、あるいは文明の涯にたどりついたようなこの国で、変転するこの世界をどこへ流れていくべきか、どのように生きるべきかをあらゆる人々が見定めようとしているのかもしれない。

緊急災害用のテントとトタン葺きの小屋が集まる一画で、垂れ幕ごしに「私だ」と声をかけた。景山を迎えたのは、数年前に仕事の世話をした窃盗団の一味だ。報酬次第で誘拐でも暗殺でも引き請けるプロフェッショナル。景山はある意味で、みずからのホテルで働くポーターやアッシャーよりもこの男たちを信頼していた。

「身軽な男が一人、必要になりそうでな」

あらましを話すと、それならキドーを連れてってくださいと男たちは言った。焚き火の向こうの夕闇が躍った。ほら、あそこにいますと言われたが、景山の目線の位置は低すぎた。もっと上だ。あばら屋の屋根を踏み、持ち上げられたバレリーナのようにくるくると電柱を回りながら下りてきたのは、鋼をよりあわせたように引き締まった上半身を、魚、星、王冠、ゲルニカの一部、ボリス・カーロフのフランケンシュタインなどの刺青で埋めた男だった。どこかで仕事をしてきたのか、双刃のナイフを手にしていて、あごの下にまで返り血が散っていた。

「そういう仕事ならキドーが一番です。こいつなら景山さんのお役に立てます」

身のこなしは常人離れしているし、ためらわずに死肉に口吻を挿れる獣のような、情性欠如の瞳も好ましかった。

連れて戻りながらキドーにも説いて聞かせた。夜の商売をするために、敵地と知らずに乗りこんでくる女に引導を渡すこと。そもそも〝神殿娼婦〟などと称する種類の女は、放置しておくと今よりずっと恐ろしいことになる――

鋭い牙も体毛もない我らの先祖が洞穴で暮らしていたころ、女たちは支配力を有していた。我らは父なる神ではなく地母神に仕えていた。しかし命の輝きとは母胎の神秘のみに由来するものではない。男たちはかくして叛旗(はんき)をひるがえし、政治や社会性によって、知恵や腕力によって高い塔を上りつめ、しかるのちにこの世を支配した。言うまでもなく塔とは男性優位の世の象徴であり、この世の争いのすべてに共通するのは、上昇を志向する勢力と、大地にとどまろうとする勢力の戦いだ。世界のいたるところに崇高な塔が築かれ、その儀式性を保つ我らがいたからこそ、父から子へと王座が継がれて現在に至っている。理性、論理、科学、芸術、そして未来。すべてを今一度、重力のくびきから解放して我らの手元に引き寄せるのだ。すべてが飽和し、退行していくこの時代にあって、神なるものが存在するのは我らの塔の内部であり、人間の偉大さはすべてそこに内在している。高邁(こうまい)な精神の高みにまで上りつめられる知性、すべての問題を解決に導ける者こそが真に魔術師(コンシエルジュ)と呼ばれるべきなのだ。

「実際、バロンの命令に応えるのは氷山の一角。私たちが従うべきは、深層に隠された大いなる天命のほうだ。重要なのは精神の格闘だ。国境も世紀もまたいで飛びかう思考の火花だ。お前には難しい話かもしれないが……」

「はあ、景山さんがやべえ人だってのはわかりました」無口なキドーがそこで口を開いた。「ようするに旦那はその女が、なんなら世間の女どもみんなが憎くて、殺したくてたまらないんですね」

〈アッシャー〉

あくる日、森は夜間のシフトだった。

オーディトリウムでは歌劇のコンサートが催され、客足は盛況そのもの。車寄せに停まる高級車から降りたつスーツや燕尾服(えんびふく)、イブニングガウンで着飾った紳士淑女がこぞって訪れ、廻転ドアはくるくる廻りつづけて片時も静止しなかった。

舞台上では輝く衣裳(いしょう)をまとったカウンターテノールの歌手が、去勢歌手(カストラート)のような天上の声を響かせているはずだが、高くのびやかな裏声(ファルセット)もロビーやエントランスにいる森たちにまでは聞こえてこない。夜の九時をすぎたころ、あきらかにオペラの客ではないとわかるのに、誰よりも目を引くラグジュアリーな装いの女がエントランスに現われた。おお、ひさびさに〈神殿娼婦〉がご出勤か、と先輩たちが色めきたった。

あれが、フレイヤ。

ウルトラ・エクスペンシヴな〈神殿娼婦〉——

控室の噂では聞いていたけど、実物を拝むのは初めてだった。

燃えたつような赤に染めた髪、細くて長い首にちいさな顔が載っている。フラミンゴのように尻が高い位置にあって、そこから伸びる太腿はアスリートのように引き締まり、紫のアンクレットで飾った足首に向けてすぼまっている。

猫のような目と、薄いながらひんやりと整った顔の造作が、硝子細工のように脆そうな気配を際立たせていた。シルクのローブのような上衣と、ラメを散らしたインナーをまとっていても、森にはこれまでに見た誰よりも美しい体をしているのがわかった。屋外ではにわか雨が降ったようだが、彼女の体からは雨滴すらも離れたがらず、肌の上で名残を惜しむ真珠のように丸まっていた。何よりも目を引くのはインナーの下でふっくらと盛りあがったお腹だった。噂の娼婦はどうやら妊娠しているようだった。

「え、冗談ですよね。彼女がコールガールだなんて」

「嘘じゃねえ、うちに出勤してくるのは半年以上ぶりかな」

「だって出勤って、お腹に赤ちゃんいないすか」

「おおかた臨月でもウェルカムな常連セレブが泊まってんだろ」

フレイヤの素性については諸説あるが、貧民街出身の苦労人なのは間違いないらしい。バックパッカーとして世界中の売春街や娼窟をめぐって実地に学んだとも、同性の恋人とおなじ性感染症にかかったが一人だけ生き延びたとも、ホームヘルパー二級の資格を持っていて昼間は要介護老人の食事の介助やオムツ交換に明け暮れているともされるが、真偽はいずれもさだかではない。顔なじみのホテルスタッフがしばしば聞かされる本人の話も、語られるたびにいつも違っていて、真実から遠ざけるためのフレイヤ一流の煙幕にすぎないとも言われている。フレイヤについて知りたい者は、資産家のご令息の身代金にもなりそうな金額を支払ってピロートークに賭けるか、さもなくばそれぞれが信じたいことを信じるしかないという。顧客の要望によってトロフィー・ワイフにも清純な乙女にもなれる娼婦。森が本人の姿を見て感じたのは、恵まれた条件で宿ったわけではないお腹の子の〈祝福〉を探して、すすんで戦端を拓くようにロビーを闊歩していく女闘士のイメージだった。

「お、おれ、あの人にお願いしたいです」

「ああ？　何がだよ」

「例のキスの」

「寝言かそれは。あの女には見るだけで角膜が飛びだすような値札がついてんだぞ。キスだけでも数年分の給料が吹っ飛ぶ。というかうかつに近づこうものなら、周りの黒服たちに袋叩きにされる」

身にまとっているのは霊気ばかりではない、栄養過多で大きくなりすぎたような屈強なボディガードを十人ほど連れていて、連中はこの世で最も貴重なサファイアでも運んでいるかのような警戒ぶりだった。あれで本当に娼婦なのか、命を狙われている王族の娘じゃなくて？　護衛を雇う金があるのにセックス・ワーカーをつづける必要があるのか、お腹の子の父親は何者なのか――

フロントに立ち寄らずにエレベーターホールへ直行するフレイヤの背中から、森は目を離すことができなかった。混雑した客のはざまを身軽な魚のように泳ぎまわっていたコンシェルジュとすれちがい、二言三言を交わしてから、すぐに上層階直通エレベーターのボタンを押した。あの景山コンシェルジュですら、丁寧に接遇しようとして袖にされたような気配があった。

瓶子も貞尾も、誰もがエレベーターの扉が閉じるまで視線を奪われていたし、おなじみの「天罰！」といった叫びもなかったので、アッシャーたちは天敵のカート・レディの侵入を許してしまったことに気がつけなかった。

ii　グレート・ナンバーズ

〈姉弟〉

「で、なんの病気なんだ。あいつが死にかかってるっていうのは」

「癌(がん)」

「だからサインして、お願い。それだけが母さんの望みなんだから」

午後の遅い時間にロビーを通りかかった父親を、姉弟は見逃さなかった。ポン引きのようなサテン地のスーツに、白髪染めを使ってめいっぱい若作りしていたけど、それでもひと目でわかった。年老いた父は充血した目を潤ませていて、昼間から酒を飲んでいるのがわかった。泊まっている部屋に招こうとせず、スカイ・ラウンジへと姉弟を連れていき、ウイスキーのオン・ザ・ロックを注文した。

「母さんが、お前たちを差し向けるとはな」父は苦々しい表情で言った。

「差し向けられたわけじゃない、自分たちで来た」姉は即座に言いかえす。

「どうしておれの居場所がわかった」

「調べてもらった」

「探偵でも雇ったか。やれやれ、こんな思いをすることになるとはな」

娘と息子が小賢しい真似をしたかのように父は苛立っていた。あたかも悲劇の主人公のような言いぐさだ。だけどその舞台の上には自分しかいない。かつての家族は誰もいないことに気がついてないのかもしれない。

「お前たち、ひさびさに父さんと会って話すことはそれだけか。和則、たしか嫁をもらったんだったな。結婚生活はどんな調子だ」

「問題ないよ。式の招待状はいちおう出したんだけど」弟は顔を上げず、自分の膝小僧と話している。そのほうが父との会話は長持ちするのをよく知っているのだ。

「あのころはちょっとバタバタしていたからな。で、お前のほうは？　今日はおれの孫は一緒じゃないのか」

「話を逸らさないで、サイン」

「あの坊やはまだ一人っ子か、お前、父なし子をまたぞろ産んじゃいないだろうな」

スツールをはねのけて弟が立ち上がった。姉を侮辱されて拳を固めている。まともに取りあったらだめ、こういう人なんだからと姉は目顔で制する。暴力をふるうことはなくても、他人をマウンティングしたがるところはまるで変わっていなかった。

「孫の話ぐらいしてもいいだろ。そもそも探偵なんて雇わなくてもケイに聞いたらよかった。おれの居場所はあいつには伝えてあるから。何かあったらいつでも来いってな。その様子じゃお前、息子とろくに話もしてないだろ」

「適当なことを言わないで、そんなの嘘」

「あいつが家出したときに、気まぐれにおれを訪ねてきたことがあった。それから交流があったんだよ、あいつはそれも母親に隠してたんだな」

顔の奥が熱くなるのを感じた。関知してない息子の話を、この父の口から聞かされたくなんてなかった。おそらく嘘は言っていない。ケイが家出をしたのは一度や二度ではなかったから。しかもそれも、あとから母さんに聞かされた事実だった。

唯一無二の絆(きずな)で結ばれた母子(おやこ)ではなかった。息子がもっとも世話を必要としているときに、わたしはあの子を放ったらかして自分の人生を軌道に乗せようとしていた。ケイを育てたのは母さんで、その母さんが病気になって世話をしてくれる人間が必要になったときにも、わたしは心の底でそれを拒否した——姉はうなだれる。どこまでいってもわたしは誰かの世話をすることができない人間だ。それが後ろめたいからこそ、弟を無理に付き合わせて父に離婚届を突きつけている。

「とにかく面倒はごめんだ。夕子、お前ならわかるだろう。家族ってのは一筋縄じゃいかないもんだ。今さらそんなものを振りかざしたところで過去は戻ってこない。むしろあいつがどうしてもと言うなら、おれが看取(みと)ってやってもいい。夫婦ってのは最後は元の鞘に収まるものだからな」
「お願いだから、母さんを縛りつけないで」
「サインはしない」

〈王子〉

持参したヘチマの繊維で、王子はみずからの体を洗い浄める。熱い湯でピンク色に染まった体にたっぷり石鹼の泡をまとわりつかせ、脂肪のひだに指をくまなく潜りこませて老廃物を落とす。シャワールームの柔らかな照明のなかで、瑞光をまきちらすように全身が濡れて光っていた。

私を見よ。美食によって創られたこの体を見よ。自信満々のデブと揶揄する向きもあるが、私はそもそも肥満の次元にはいない。私は巨大なのだと王子は考える。肥満をあげつらうくだらない風潮は、そもそもダイエットの必要を言いたてて金儲けをしたがる卑しい者のたわ言にすぎない。その証になるのが女たちだ。スモウ・レスラーと寝たがるコンパニオンやテレビアナウンサーが引きもきらないこの国でなら理解もしやすいはずだ。こんなデブに抱かれるのはみっともないという表向きの虚栄心さえ取り除いてやれば、すべての女がすすんでこの肉の大自然に溺れたがる。貧相なもやし男では味わえない本物の絶頂（エクスタシー）に打ち震えるのだ。

そうこうするうちに、パンテオン・スイートのチャイムが鳴った。王子はバスタオルを腰に巻くと、濡れた足で滑らないように玄関へ向かう。ああ、奔放な女神との再会だ。北欧神話のフレイヤは生と死、愛と戦争、豊饒と魔術を司（つかさど）る女神で、神々のみならずドワーフや巨人すらも彼女を欲しがったという。私はその巨人の一人だ。玄関の手前で大きく息を吸いこんで体を最大限にふくらませると、王子は扉を開けて、待ちわびたその女（ひと）との邂逅（かいこう）を果たした。

「マフちゃん、来たよ」

ああ、フレイヤ。君に会いたかった。お腹は本当にふくらんでいる。電撃に貫かれるように全身がぞくぞくした。背後には黒服の男たちが控えているが、入室はしない。情事（プレイタイム）のあいだは扉の外で待機するのが相互の了解となっていた。

「ねえ、見てのとおりあんまり激しいプレイはできないからね」フレイヤが頬に唇を寄せてきた。王子は接吻で迎え撃とうとして、焦（じ）らすようにかわされる。「さあ、まずは何からしよっか、全身ローション？　鬼さんこちら？　それとも世界一周（アラウンド・ザ・ワールド）？」

〈飛び道具〉

パンテオン・スイートに標的（ターゲット）が入っていくのを、景山が防犯カメラの映像で確認した。想定よりも大人数のボディガード、マフムード三世の護衛も三人ほど客室の前にたむろしている。正面突破を図るのは難しかったが、裏を返せばお楽しみの時間は絶好の機会ということになる。

「ほんじゃま、行きますわ」

飛び道具の出番だった。景山がインカムで送ってくる指示を聞いて、キドーは唾をぴゅっぴゅと吐いた両手を擦（こす）りあわせ、夜陰に乗じてタワーホテルの外壁に取りついた。登るのか、登るんだよ、キドーはそのために雇われたのだから。外観を損ねるダクト類は露出していないが、大谷石やスクラッチ煉瓦が多用されているのでフロートやペアガラスに比べれば取りつきや足場に事欠かない。煉瓦と煉瓦のあいだにかわるがわる手足を差しこみ、フリークライミングの要領で高い壁を登っていく。

地上から離れること一〇メートル、二〇メートル。

危なげもなく三〇メートル、四〇メートル。五〇メートル。

ワイヤーも命綱もなしで、タワーホテルを登る、登る、登る。

懸垂で体を引き上げて、隆起する僧帽筋に汗を伝わせる。手が滑れば転落死もまぬがれないのに。キドーは鍛錬によって極限まで身体能力を高めて、恐怖すらも克服してしまった猛者だった。

夜陰のクライミングの終着点は、九十九階のスイートルーム。そこまでいくと途方もない高さになるけど、お茶の子さいさいの離れ業で早くも五十階に達する。しかしそこで予期せぬトラブルが発生する。虫だ。虫が来ちゃった。

キドーが人一倍、昆虫嫌いだったわけではない。飛んできたのはスズメバチ、しかも突然変異体のように巨大な一匹だった。こんなに高いところに？　高山とおなじようにハチは標高の高いところにも生息する。十階ごとにあるパントリーの裏窓の庇に営巣していたのだった。

「厄介なちびが来やがった」

領土侵犯を察したのか、キドーのそばで滞空飛行をはじめる。追いはらおうにも待避しようにも、壁登りのただなかでは打つ手がない。

「お前らの巣を荒らすつもりはねえから、尻の物騒な針はしまっとけ」

説得が通じる相手でもない。ことによるとクライミング中に遭遇するには最悪の相手かもしれない。テリトリーを守るためなら大型動物も攻撃する戦闘集団だ。針の餌食になれば細かい鋸状の刺針が、皮膚のコラーゲン線維をぶちぶち切断しながら刺さる。毒液はさまざまな毒性物質の恐るべきカクテルで、標的の顔めがけて毒をまきちらすこともでき、目に入れば失明する。体内に入ったら血管から全身をめぐり、激痛やアレルギー反応を引き起こす。最悪なのはキドーが隠密行動のために黒一色の格好をしていたことだ。大好物の蜂蜜を採るために蜂の巣を襲うクマだと勘違いされかねない！

こっちに来るんじゃねえ！　先制攻撃ではたき落としたとしても、すぐに巣から大群が攻めてくる。下手を打てば体勢を崩してまっさかさま。選択肢はひとつしかない。キドーは瞬(まばた)きを止める。呼吸を止める。鼻毛すらそよがせない。旋回していたスズメバチが首筋に止まっても、キドーは〈壁〉の擬態をつづける。心を静めて、アドレナリンを放出させせない。刺(さ)されたらオダブツだけど、われは壁なり、と微動だにしないで擬態を貫きとおして、スズメバチにもそれを信じこませる。

ほどなくしてハチは、攻撃に移ることなく体から離れて、飛び去っていった。充分な間を置いてからキドーは再び動きだす。毎分数センチ単位でゆっくりと動いて、蜂の巣を離れてからは全速力で登攀(とうはん)する。オーバーハングのようにせり出したバルコニーの下部のでっぱりに指をかけると、懸垂でその身を引き上げて、離れ業の連続で九十九階のスイートに達していた。ブラボー、ブラボー！

「着きましたぜ、旦那」

さてさて、そこからのキドーの仕事は性格を一変する。景山は予約担当係に手をまわし、バルコニーに出られるスイートに王子を泊まらせていた。

あらかじめ窓の錠前も外してあった。たとえ部屋とバルコニーの往き来があったとしても、客はまさか九十九階に強盗が入るとは考えないから鍵は締めない。もしも締まっていたら、腰の作業帯に入れてきたガスバーナーで焼き破りをしなくてはならなかったが、さいわい錠は下りていなかった。

物音を立てないように窓を開けてリビングに侵入する。吹きこむ突風でカーテンが舞った。寝室からの声はない。お楽しみは終わっちまったか？　完全に寝入るのを待ってから景山に渡された注射で永遠の眠りにつかせるもよし、王子もろとも絞め殺して無理心中に見せかけるもよし。もしくは押し入った強盗の仕業に見せかけて、仕事がすんだら脱出して雲隠れしてしまえばよかった。

景山は飛び道具を使う利点をフレキシビリティに見出していたし、キドーにしてもそれだけの報酬はもらっている。賊に仕立てられて逮捕状が出たところで行ってこいでチャラ。そんな割りきりこそがキドーたちプロのプロたる所以(ゆえん)だった。

リビングには酒壜や料理の皿、脱ぎ散らかしたシルクのローブやスパンデックスのトランクスも見てとれた。バスルームのほうから物音がしたので、キドーはとっさにクローゼットに隠れた。乱痴気騒ぎは終わったあとか、それならそれで隙をうかがってここから飛びだし、女の喉頸(のどくび)を掻(か)き切って退散だ。物音はソファや机の角にぶつかりながらこちらに向かってくる。荒い息づかいが聞こえた次の瞬間、外からクローゼットの扉が開け放たれた。

「ここだぁ、見ぃつけた！　さあ今度は君が、僕ちゃんのエロティックなボディにひれふす時間だぞぉ」

驚くほど肥った男が、ローションでてかてかと光る裸体をさらしていた。身につけているのは黄色地に蝶の羽模様をあしらったネクタイだけで、しかも首に巻くのではなく目隠しに使っている。手足にもあごの下にも脂肪の階段ができていて、垂れ下がる腹の肉で局部が見えないほどだった。クローゼットで見つけた相手がなんの反応も返さないので、王子はみずから目隠しをずり上げて、そこにいたキドーと視線を突き合わせて、

「どちらさま」

王子が訊いた次の瞬間、キドーは刃物のひと振りで頸動脈を掻き切った。わけもわからないままに血を噴いて、潮を吹くクジラのように王子が倒れる。地鳴りのようなその音で、ダイニングルームのほうから裸の妊婦が出てきた。

「マフちゃん？」

相手がそう言うが早いか、キドーはソファを跳びまたぐようにして敏捷に襲いかかった。どういうプレイをしていたのかには興味もない。速やかに仕事をかたづけることだけを考えて、振りおろしたナイフは間一髪でかわされる。飛びのくなり女は、ワインクーラーや果実の皿をめちゃくちゃに投げてきた。瞬きひとつするかしないかのうちにキドーは女の背後にまわり、羽交い絞めにして口を押さえつけた。あとはあのデブとお

なじく、横一文字に首を薙げばおしまいだった。

わりと楽な仕事だったね。

ところでこの女が、旦那の言う神殿娼婦か。

どのあたりが〈神殿〉なのかね?

そんな考えがキドーの脳裏をよぎった。やっぱりこのへんかな? 肩口から見下ろすお腹がきれいな球形に見えたので、ちょっと触ってみたくなる。この世で初めて身ごもった女のお腹を受け継いで守りつづけてきた女のお腹のように感じて、押さえつけておきながら腹にふれるのは不躾なような気がした。ここで女の息の根を止めたら、胎の子も出てこられないわけか。ちょっと不憫ではあるけど、まあしゃあないね。——と、キドーが思いをめぐらせたのは一秒にも満たなかったはずだった。

その一瞬が、事態の明暗を分けた。あるいはそれこそ、神殿娼婦の霊力の導きだったのか。天からの閃電が轟きわたって——

グォングォングォングォンと鐘を撞くような音が耳をつんざいた。

こりゃなんだ、おい、なんの音だ。

落雷、ちがう。地震、ちがう。火災報知器らしきものが鳴り響いている。自身の行いが探知されたような驚きで戸惑うキドーの、ナイフを振るう手がさらに遅れる。警報を聞かされて番犬のように躾けられた外の男たちもスイートに飛びこんできて、雇い主に刃物を突きつける侵入者と鉢合わせだ。

さあ、そこからは修羅場だ。ボディガードは要人警護の民間委託会社から派遣された男たちで、拳銃携行のオプション料金ももらっていた。室内の惨劇に驚いた一人が勢いまかせに発砲する。たちまち銃と刃物の乱闘沙汰だ。身のこなしや経験した修羅場の数ではキドーが上手だった。家具の陰に身をひそめて発砲をやりすごし、滑るように跳ぶように男たちを仕留めていくけど、ありゃりゃ女は？　修羅場にくらまされてキドーは本来の標的を見失う。どれだけ血が流れても、命がひとつ消えても、それは神殿娼婦の血でも命でもなかった。

薄手のローブを拾いあげ、あわただしく肩から羽織って。

フレイヤは、ホテルの廊下へと逃げだしていた。

〈アッシャー〉

さてさて、ホテルの夜は分水嶺を超えてしまった。

こうなったら引き返しは不能だ。誰も昨日までの世界には戻れない。

それなら一夜の修羅場にふさわしく、贅肉を削ぎ落として語ろう。タワーホテルに警報を轟かせたのはショッピングカート・レディだった。森たちが目を離している隙に、カートごと建物に侵入して、そうして何を思ったか、積んできたダンボールや衣類をありったけ化粧室でぶちまけて、灯油を浴びせて燃やした。天罰てきめん！　これでこのまがまがしいホテルは崩れ落ちるよ！　とレディは叫んでいたとかいないとか。なんといっても高層建築物だから、ワールド・トレード・センターの悪夢も脳裏をよぎるから。おのずとタワーホテルでは設備面でも人員面でも、災害全般にきわめて過敏にならざるをえない。煙と熱を察知した火災報知器はけたたましい叫びを上げて、ロビー階から最上階にいたるまで建物全体を蠕動させた。防火シャッターと防火扉の一部が閉まってしまい、エアコンや排煙装置のダウンがなかなか正常に復さない。預言者のように叫んでいるレディを駆けつけた消防と警察に引き渡したところで、森たちにもナイトマネージャーからの集合がかかった。手の空いている者は残らず集まるように——夜間のホテルの責任者は、景山コンシェルジュだった。

「なんか……スイートで人を殺した女が逃げてるって」

〈コンシェルジュと神殿娼婦〉

あの女を、ホテルの外へ出すな。

始末しそびれたキドーには責任を負わせなくてはならないが、計画自体が頓挫したわけではない。この混乱のさなかで目的を果たすしかない。アッシャー、ポーター、ナイトクリーナーに客室係、広報からマーケティング担当まで駆りだして各階の巡回に当たらせた。フレイヤだけは外に出さないように出入り口を封鎖させる。あの女はまだ建物の中にいて、九十八階ぶんを下りなくては窮地を脱することはできない。案じることはないと景山は心を静めた。このホテルのすべては私の掌中にあるのだから。

　制御室につめた景山は、まずエレベーターを停止した。複眼のような防犯カメラをくまなく監視して、廊下を半裸で逃げていくフレイヤを発見する。防火シャッターの一部を閉め、一部を開けて、フレイヤの逃走経路を誘導していった。事実上の袋小路に追いこんだうえで、エレベーターを一台だけ動かし、金の鍵のエンブレムがついた制服の襟を正しながら廊下を抜けて、レセプション用の声と笑顔でフレイヤに語りかけた。

「お客さま、そんなお姿で廊下に出られては困ります」

　振り返ったフレイヤは、手を交差させてローブの前を閉じた。髪は乱れ、汗だくで化粧も落ちて目のまわりがパンダになっているが、ホテルの制服をまとった景山を見て、警戒心を少し緩めるのがわかった。

「あなたはたしか、コンシェルジュさん」

「さようでございます。凄い音が響きわたったから、それで飛びだしてこられた？」

「あの、エレベーターが停まってるんですけど。あなたはどうやってここまで」

「階段を上がってきたんです。こう見えても学生時代は陸上部でしたので、足腰には自信がございます。あなたはパンテオン・スイートにご滞在でしたね、マフムード公はこの騒ぎで動転なさっていませんか」

「実は、バルコニーから人殺しが入ってきて」

「おや、なんの話ですか」

「あれはあたしを狙って……だけどマフちゃんが先に見つかって」

「壁を登って侵入者が？　お言葉ですが九十九階ですよ」

「嘘と思うなら部屋を見てきて。銃声だって聞こえたでしょう」

「いずれにしても避難したほうがよろしいでしょう。安全な場所にお連れいたします」

景山はとっておきの〝私だけはあなたの味方です〟スマイルを顔に貼りつけて、持ち前の対人能力で少しずつ相手の警戒を解いていく。有能なコンシェルジュの面目躍如だ、おしゃべりが相手の心を落ち着かせることもあれば、沈黙でしかなだめられない動揺があることも心得ている。この二つを使い分けながら案内したのは九十七階のミドル・スイート、フラミニオ・スイートだった。あらかじめ申請を通せば、ホテルの従業員が空いている客室を使用(ハウスユース)できる。深夜帯の勤務、残業、帰宅できなかった災害時などのための措置だが、今夜は何かあったときのために景山が押さえていた。フレイヤを招き入れ、後ろ手にホテル錠を締めてしまえば、あとは景山の独擅場だった。

「よろしければ着替えをお持ちしますので、お召し物を脱いでシャワーを浴びてはいかがですか」

「ありがとう、結構です」

「お体のほうは？　臨月とお見受けしますが」

「大丈夫です、あたしも、この子も」

　部屋に連れてくるまではよかったが、フレイヤは面持ちを緊張に強ばらせたままで、気を休めるように言っても、景山をパーソナルスペースに入れないどころか一定の距離を置いている。ポリッシュを塗った爪を噛み、しきりに考えごとをしていて、センターコンソールに飾られたオブジェを撫でたりしている。

「オベリスクはご存じですか」

　景山はあれこれと話題を変えながら、フレイヤに近づく隙をうかがった。

「ローマやエジプトなど、世界中で見られる直立の石柱です。側面には王の名前や神への賛辞がヒエログリフで刻まれている。太陽神とともに王の威を示す象徴です。このホテルのスイートルームには、各地のオベリスクにちなんだ名称がつけられています。アゴナーレ、ヴァチカン、ルクソール、ドガリ、ミネルヴァ、パンテオン……客室にはそれぞれのオベリスクの縮尺オブジェを置いています。現存するオベリスクと同数のスイートルームがあるんですよ」

「……ねえ、コンシェルジュさん、やっぱり警察を呼んでもらえますか」

「警察ですか、警報器の騒ぎでロビーにたくさん詰めかけてますが」

「そうじゃなくて、殺人課の担当者を」

「殺人課」

「マフちゃんは殺された。私のこともどこまでも追ってくる。だから……話しづらいこともあるけど、この子のためにも何もかも話して保護してもらわないと」

「事情がおありのようですね、承知いたしました」

嘘だ。景山は承知していない。要望を承るつもりはない。

警察に保護なんてさせない。というか、この部屋から生きて出すつもりはない。

「しかしですね、なんと通報したらよいか」会話の接ぎ穂を探しながら、景山は気づかれないように少しずつ女のパーソナルスペースに近寄っていく。「ホテルの保安管理面の問題もありますし、腰を下ろしてあらためて経緯を聞かせてもらえませんか。暴漢が壁を登って部屋に侵入し、あなたと三世を襲った。王族が泊まっていると知ったうえでの犯行なんでしょうか」

「あの、私は一度も壁を登ってきたとは言ってません。それはあなたが言ったこと。窓から入ってきたと聞いたら、この高さならバルコニーに潜んでいたと疑うのが普通じゃないですか。私は九十九階まで登って強盗を働く人間がいるとは思えません」

「そんなことはありません。このホテルの周辺は細民街ですから、刺青を入れた殺し屋なんてうようよしています。彼らは金次第で命でも賭ける。日々の暮らしに困窮した者たちを見くびってはいけません」

そこまで言ったところで、ソファに腰を下ろしたフレイヤがお腹を押さえてうずくまり、苦しげな喘鳴を漏らしはじめる。下半身が微かに痙攣している。産気づいたか？

この機を逃すまいと景山はひと息に間合いをつめて、フレイヤの正面に立った。「お客さま、大丈夫ですか」と声をかけながら膝を下ろそうとしたそのとき、フレイヤが至近距離で立ち上がり、赤毛の頭を景山のあごにぶつけてきた。そのまま揉みあいになって崩れ落ち、上になり、下になって、気がつくとフレイヤの右手がオベリスクのオブジェを鈍器として利用しようとしていた。

「最初からおかしかった。あなたの目は、あの男よりもよっぽど人殺しの目だよ」

ためらわずに振りおろされて、視界に閃光が走った。朦朧とする意識の片隅にフレイヤの声が聞こえた。

信じられない。この私が主犯格であることを見破ったのか、わずかな時間をともにしただけで？　これまでの三人の標的とはちがう、あの女は勘が良すぎる——とはいえ景山も喋りすぎたきらいはあった。フレイヤを密室に呼びこみ、近づいて首を絞めたいあまりに〈壁登り〉だの〈刺青の殺し屋〉だのと語るに落ちた。相手が言いそうなことを先回りする思考が染みついたコンシェルジュならではのミスかもしれない。殴られた頭を押さえて立ち上がったが、女はすでにスイートから逃げだしていた。

「すべてのエレベーターを停めろ」

屈辱と憤りにまみれて景山は、制御室に指示を飛ばした。ちょうどフレイヤは降りていく一台に乗っていて、ガタン、と大きく揺れて急停車したエレベーターの内部ですくみ上がった。「貴様はなにをしている、尻拭いは自分でしろ！」「あいよ」と別の回線で景山とキドーのやりとりがあって、倒れた護衛たちの中でただ一人立っていたキドーは九十九階のエレベーターの扉をこじ開け、眼下に延びる縦穴をブランジャーやシリンダーを伝って下りていき、フレイヤが乗った昇降かごの屋根に飛び乗った。護衛たちとの乱戦で被弾はしたけどまだまだ動ける。つまりまだまだ危険。上部のパネルを開けたキドーが、フレイヤと顔を合わせて嗤った。

「悪いけど、ちゃんととどめを刺さないとなんねえんだわ」

ああ、逃走もこれまでか、エレベーターの密室に逃げ道はない。パネルの蓋をどかして下りてきたキドーが、床面に足をつけたその瞬間だった。壁際から体ごとぶつかっていって反対の壁にキドーを押しつけた者がいた。おおっ、あんた誰？　予期せぬ反撃に驚くキドーは、エレベーターにフレイヤ以外の乗員がいたのを知らなかった。

スカイ・ラウンジから降りてきた羽貫姉弟だ。エレベーターの上から侵入してきた暴漢に果敢にもぶつかっていったのは、姉のほうだった。父にサインをもらえるまでは帰らないつもりだったけど、警報が鳴ったので避難せざるを得なくなった。停まっていたエレベーターがようやく動いたので乗りこんだら、途中でロープだけをまとった妊婦が乗りこんできて、「助けて」と姉弟に言った。

ただその一言だけで、すすんで体を張るほど善人ではなかったけど、離婚届にサインをもらえずあまりに歯がゆかったのと、ふくらんだお腹を見たその瞬間に、自身が身ごもっていたころのことを思い出していた。

できたら出てこないで。ずっとそこにいて。

お腹のなかにケイがいるとき、わたしは夫もいないこの世界に生まれてきてほしくなかった。わたしは母親になんてなりたくなかった。

もしかしたらいつか、成長するわが子を見ているうちに、ちゃんと母親になりたくなるかもと期待していたけど、そうはならなかった。こんなことにならなければよかったと思っていたわけではなくて、もっと別のかたちでこうなってほしかったと思ってきた。

血と汗にまみれて、ほとんど裸で、こんなありさまになっても何かから逃げているんだから、この女は産もうとしている。ちゃんと母親になろうとしている。こんな姿の妊婦を追いたてる人間は、事情はどうあれひとつの命が生まれるのを、この女が母親になるのを阻もうとしている人たちだ。

もう一度、ケイと母子になれると思った。というよりもそうなりたいのだと気がついた。だからキドーが降ってきたとき、姉はとっさに自分の表情が消えるのがわかった。人としての表情が。父にもたらされた屈辱の反動も手伝って、獣のような脊髄反射でぶつかっていった。姉ちゃん、おれたち関係ねえじゃん！　と弟の声が聞こえたけどなにやってんのあんたも手伝って。退くに退けなくなった弟も、姉に加勢してキドーを押さえつけ、手首を捻りあげて凶器を奪うのに成功した。この弟、勤務する学校で体育教師をしているので腕っぷしはぼちぼち。それにキドーも失血で体力を失っていた。フレイヤはキドーの装備を奪うと、ナイフの柄でくりかえしキドーの頭を殴った。むう、と血の足りないキドーが失神して、すると外から「おい、やっぱ人が乗ってるぞ！」と声がした。工具で扉をこじ開けて、懐中電灯で内部を照らしてきたのは、森、瓶子、貞尾のアッシャーズだ。上半分だけつながった乗降口からフレイヤと姉弟を引っぱりだして、半裸のフレイヤの姿にしどろもどろになりながら貞尾が言った。

「だけどあんた、人を殺したんでしょう。おれたちはあんたを見つけたら連れてくるように言われていて。あんたにはいろんな逸話があるから、おっかないんですよ」

濡れ衣を晴らすために事情を話したけど、アッシャーたちはすぐには信じようとしない。景山コンシェルジュが殺人の主犯だなんて、真に受けられるわけないよ、おれたちの首が飛びかねない。だけどあの人なら……いやでもおれたちの上司だぞ、と三人とも優柔不断で話にならない。見かねた羽貫姉がフレイヤに目配せして、「ねえ、あなた破水してるんじゃない？」と言いだした。

実際はしてなかった。してなかったけどフレイヤも話をあわせて、股間に当てた掌をひろげて見せた。そこには血がべっとり。本当はキドーの血だったけど、アッシャーたちは、うわあ不正出血！と騒ぎだしてとにかく一刻も早く病院に連れていかなくちゃという場の空気がまとまった。

アッシャーたちはおなじ階のリネン室からシーツ運搬用のワゴンを出してきて、籠のなかにフレイヤを乗せた。連絡通路を抜けてバックヤードへ、業務用のエレベーターを使って下の階に降りて、地下の従業員通路から屋外まで出る経路を選んだ。ホテルスタッフしか知らない経路の選択が助けとなって、タワーホテルの脱出がすぐ目の前まで見えてきていた。

「お腹の子の父親は、何をしているの」ついてきた羽貫姉が移動のさなかに訊いた。

「彼はたぶん、実家に監禁でもされてると思う」シーツに埋もれたフレイヤが答える。

「この子の父親になることはない。それで養育費だけでも絞ろうとしたんだけどね。愛してもいない男の実家に関わるもんじゃないね」

「初めから、一人で産むつもりだったの」

「私は、人が死ぬのを見すぎたから」

フレイヤはちいさく荒く息を吐きながら切々と語った。

「海の向こうでも、高齢者の複合施設でも。感染症で恋人も死んだし。施設なんて毎日毎日、人が死ぬんだよ。冷たい海になだれ落ちていく南極の氷みたいに。それまでどんな人生を送ってきたとしても、まとめておなじところに消えていくの。だからひとつぐらい命を産みたいと思った。愛してるわけじゃなかったけど、相手もそんなに悪い男じゃなかったし。お前が笑ってるあいだはこの世界は正しい、なんて私に言ってくれたし、だから産もうって。その男とのあいだの子というよりも、これまでめげずに生きてきたご褒美としての命って感じかな」

「すげえな、なんか……」

「噂はどれも本当だったのか」

「おれ、あなたを信じます」

森がワゴンを押しながら葛藤をふっきるように言った。

「景山さんよりもあなたを。だから無事にあの人の手から逃がせたら、おれとキスしてくれませんか。おれ、キスが上手いんです」

「こんなときに頼むことか」

「黙れ」

瓶子と貞尾が、後輩をどやしつける。フレイヤも呆れたように笑って、

「それは断わる」

たった一言で切り捨てた。神殿娼婦を見くびらないでね、キスだけでも値が張るのはわかるよね？　ディスカウントなら考えてあげてもいいけどね。

夜の出口まではあとすこし、地下通路のスロープの先には、わずかに街頭の灯りが見えてくる。だけどそこで、街路側からスロープを下りてくる人影があった。靴音を硬く響かせて一行の前に立ちはだかったのは、ホテルのあらゆる経路に通じたコンシェルジュだ。影の落ちた顔に張りつけているのは、レセプション向けの笑顔ではない。酷薄で無慈悲な、強度のある抹殺の願望だった。

塔にあらがう者の、抹殺。

事実を知る者の、抹殺。

「お発ちですか」と景山は言った。「今夜はいろいろと予期しないことが起こりすぎました。誤解があるようなので、私どもの至らなかったところはお詫びして、あらためてお話しさせていただきたいのですが」

「景山さん、この人はまず病院に連れていかないと……」

「そうですよ、出血もしていて」

「お前たちは口を出すな」

アッシャーたちの言葉を一蹴すると、景山はフレイヤのもとに歩み寄る。確執や混乱の去らないこの場面を自分だけが制御できると信じていたし、信じていることがフレイヤたちにもわかる。出口はすぐそこなのに、この男は何度でも何度でもこうして立ちはだかるだろう。このホテルの内側に身を置いているかぎりは――

「村藤さんたちも、このホテルに泊まっていた。あなたが彼らを……」

「他のお客さまのことに関しては、お答えしかねます」

「お話というのは、バロン・イヌイに送った手紙のことですね」

「ここではちょっと。私のオフィスにお越しくださいませんか」

「わかりました。自分の足で歩きますから」

「あなたは思いちがいをなさっている。私がもっとしっかり説明していれば」

「ちょっと起こしてください」

「かしこまりました」

差しのべられた景山の手を取ると、肘をからめとって、抱きつくようにフレイヤは立ち上がった。要介護者の介添えをするように、あるいは夜伽（よとぎ）の相手の体を自在に支配するように。わずかな一瞬、景山の関節を見えない縄で縛るように、すべての挙動を封じこめてしまう。景山の腕を折りこむように抱きすくめ、もう一方の掌を肘の内側にあてがい、隠し持っていた注射器の内筒（プランジャー）をひと息に押しこんだ。

姉弟やアッシャーたちには意味がわからない。不思議な瞬間だった。フレイヤが意表をついて、追ってきたコンシェルジュに密着し、抱きしめたのだから。

だけど景山には、意味がわかる。

フレイヤにも、もちろんわかっている。

それはキドーが持っていたちいさな真鍮（しんちゅう）のケースに入っていた。エレベーター内の乱闘でキドーの懐から落ちたものだった。暗殺者の装備なのだからそれは毒物だとフレイヤは確信した。もしも毒物じゃないのなら、景山に害はない。しかし自分を殺（あや）めようとしていたのなら――

なぜだ。なぜ体が動かなかった？　こんな細腕の女に好きなようにされて。あるいはそれこそが神殿娼婦などと大仰な異名がついた理由なのか？　景山は狂笑しながら抱きついたフレイヤを引き離し、茫然（ぼうぜん）としている一同のはざまを通りすぎてエレベーターホールに向かった。もしもあの毒が体内に入ったなら、効き目が表われるまでどのぐらいだ。薬効を無効化する術（すべ）はなかったか。とにかくエレベーターに乗って、みずからのオフィスに戻らなくてはと思った。

呼びだしボタンを押すころには、早くも意識が朦朧としてきた。もう効いてきたのか、全身にめぐるのが早すぎる。早く来い、エレベーターよ来い。私を塔の上まで連れていけ——ほどなくして開いた扉の内部へ駆けこみ、階数表示のボタンを押して扉を閉める。扉の上に表示される数字が地下階から1Fへ、5Fから10Fへ、12Fから17Fへと上がっていく。ああ、この偉大なる数字、私を塔の高みへと連れていく数字。ところがどういうわけか、途中から表示が30から25へ、19から13へ……と下がっていくではないか。これはどういうことだ。途中で下降しはじめるはずはないのに。私はこの世の設計図を見下ろせる高みまで昇りつめながら、同時に地の底へと降(くだ)っているのか——

実際のところ、景山はエレベーターには乗っていない。乗りこむところで意識を失って倒れている。瞳孔の開いた目の奥で、崇高な塔をどこまでも上っていく最後の夢想を視(み)ていただけだった。そして景山は眠る。塔の上ではない、地べたよりも低い地下で眠りについた。

こうしてタワーホテルの狂騒の一夜は幕を下ろした。姉弟やアッシャーに助けられて脱出を果たしたフレイヤは、実際は産気づいていなかったので病院ではなく最寄りの警察へと連行された。景山コンシェルジュの毒殺、企業恐喝、罪状は目白押しだったけど、景山やバロンの行為も明るみに出て、検察特捜部が動きだしたことで風向きも変わってきた。情状酌量の余地あり、ということになったらなによりだね。いずれにしても、予定日をすぎたのに出てこないお腹の子は、警察の医療施設で産むことになりそうだった。

肝心の子はなかなか出てこない。

フレイヤは、産気づかない。

「ここでおぎゃあ、と産まれてくれたら劇的なのに」

面会に来てくれた羽貫姉にフレイヤはぼやいた。新しい友人ができたのは、ほとんど唯一といってよいあの夜の収穫だった。事後のそれぞれの顚末にふれておくと、姉弟‥母さんとケイも呼んで家族総出で父を説得し、とうとう離婚届にサインをさせることに成功！　森‥フレイヤとの約束のために給料を貯金中。瓶子‥給料を貯金中。貞尾‥給料を貯金中。王子‥国葬が行われた。飛び道具‥行方不明――生き残った者たちは誰もが、あの夜を境に、すくなからず新しい自分が生まれたと感じている。

だったら次は、どこの誰の番？

ねえ、誰の番？

よっぽどその〈神殿〉のホスピタリティが高いのかな、と羽貫姉は言った。

もしもそうだとしても、そろそろチェックアウトしてくれないと困る。養育費をもらいそびれて稼がなくちゃならないんだから。だから出てきて、フレイヤは神殿の奥へと祈った。早く出てきて、光の下へ。

サンセールホテル

柚月裕子

柚月 裕子
ゆづき・ゆうこ

1968年岩手県出身。2008年「臨床真理」で第7回『このミステリーがすごい！』大賞を受賞し、デビュー。13年『検事の本懐』で第15回大藪春彦賞、16年『孤狼の血』で第69回日本推理作家協会賞を受賞。他の著書に、『慈雨』『盤上の向日葵』『暴虎の牙』『月下のサクラ』などがある。

高台へ続く道を、秋羽広大はクロスバイクで登っていた。

傾斜はきつく、坂は長い。

道沿いにはいくつもの桜の樹があり、いまが見ごろだった。しかし、いまの広大に花を愛でる余裕はない。朝六時からの朝礼に遅刻しないために、息をあげながらペダルを漕ぐ。

高台のうえには、緑に囲まれたホテルがあった。広大が勤めている、サンセールホテルだ。

創業明治十四年、国内初の本格的なリゾートホテルとして静岡県に開業し、いまでも多くの人々をもてなしている。憧れのクラシックホテルとして知られている。

サンセールホテルが憧れのクラシックホテルと呼ばれている理由はいくつかある。

ひとつは、駿河湾を一望できる景勝地であること。およそ百ある客室のすべてがオーシャンビューで、天気がよければ富士山が望める。

もうひとつは、建物だ。敷地には本館と別館、三号館があり、すべて五階建てになっている。一番古い建物は創業当時に建てられた本館で、国の有形登録文化財に指定されていた。設計をしたのは各地で美術館などを手掛けた有名な建築家で、建物の至るところに芸術性とこだわりが見受けられる。

あとひとつあげるならば、客室の風呂だ。

サンセールホテルは二万坪近い土地を所有しているが、敷地内に温泉の源泉がある。その湯がすべての客室に引かれているのだ。

大浴場などに源泉を引いているホテルはほかにもあるが、客室すべてで温泉が楽しめるのは国内でも数少ない。部屋にいながらにして源泉かけ流しが楽しめる貴重な設備がホテルの魅力のひとつで、創業からいままでに多くの著名人が訪れている。

坂を登り切った広大は、敷地を迂回(うかい)して本館の裏手に回った。北側の木立に囲まれた場所は、ホテルの従業員用の駐車場になっている。空いているところに乗ってきたクロスバイクを止め、リュックから取り出したワイヤーロックで錠をかけた。

裏口からなかへ入り、従業員用の更衣室に向かう。

自分のロッカーから制服を取り出し手早く着替え、腕時計の時間がずれていないか確認する。午前五時五十分。スマートフォンに表示されている時刻を秒まで合わせた。

朝礼は隣のスタッフルームで行われる。

急いで更衣室を出ると、ちょうど向かいの女子更衣室から出てきた三輪彩香と鉢合わせた。

三輪はサンセールホテルで、客室係マネージャーを務めている。広大の直属の上司で、一般企業に喩えるなら広大は平社員、三輪は係長だ。いつものように黒髪を高い位置でひとつにまとめ、首にサンセールホテルのマークが入ったスカーフを巻いている。いつもながら、服装にみじんの乱れもない。

広大は緊張した。

三輪はスタッフへの指導が厳しくて有名だ。広大もいつもなにかしら注意をされる。

広大は直立の姿勢をとり、朝の挨拶をした。

「おはようございます」

「おはよう」

短い挨拶が返ってくる。

身を固くしている広大を、三輪は上から下まで眺めた。切れ長の目で睨み、胸元を顎で指す。

「曲がってる」

「え？」

言われて自分の胸元を見ると、つけているネームプレートが斜めになっていた。

「すみません」

慌ててまっすぐに直す。

三輪は厳しい口調で言う。

「わずかな心の緩みが、大きなミスに繋がる。あなたひとりのミスがサンセールホテルの信用を損ないかねないことを覚えておいて」

広大は姿勢を正し、声を張った。

「はい、以後気をつけます」

三輪がスタッフルームに入っていく。

広大はそっと詰めていた息を吐いた。

三輪は今年で二十八歳になる。二十四歳の広大と四歳違いだが、ホテルマンとしてのキャリアの差は大きい。

広大は四年制の大学を卒業しサンセールホテルに就職したが、三輪は語学に関する専門学校卒業後、すぐにここに勤めた。

三輪のホテルマンとしてのキャリアは八年で、広大は二年。しかも、広大は入社後一年間は見習い扱いだった。正式に係に配属になったのはつい先日で、実質ホテルマン一年生といえる。

ホテル側が三輪に置いている信頼は大きい。仕事にミスはなく、客への細やかな心配りもできる。大切な客が入ったときは、三輪を担当にしているほどだ。

しかし、広大は三輪が苦手だった。客には笑顔で対応するが、それ以外の者には表情を崩さない。仕事以外の話はしないし、こっちが冗談を言っても冷たい目で見られて終わりだ。

先輩としては尊敬する。真面目なのもいいことだ。しかし、もう少し打ち解けてくれてもいいように思う。

三輪についてスタッフルームに入ると、なかには十人ほどのスタッフがいた。早番の宿泊部門の者だ。

サンセールホテルには五つの部門がある。主に客の対応に従事する宿泊部門、館内にあるレストランを管理しているレストラン部門、レストランで腕を振るうシェフたちを取りまとめている調理部門、結婚式や会合などを担っているイベント部門、ホテルの施設管理や広報を担当している管理営業部門だ。部門ごとに係がいくつかあり、客室係は宿泊部門に所属している。

六時きっかりに、部屋の奥にいた男性が号令をかけた。

「いまから朝礼をはじめます。おはようございます」

部屋にいる全員が姿勢を正し、男性に向かって声を張った。

「おはようございます」

この場を仕切っている男性は、宮田正一。客室係の支配人だ。一般企業に喩えるなら、客室係全体をまとめている部長だ。年は三十五歳で、ホテルマンのキャリアは十三年になる。

宮田はホテルに勤めてからずっと、宿泊部門だ。フロント、ベルアテンダント、ドアアテンダント、コンシェルジュ、客室係のすべてを経験し、二年前に宿泊部門の支配人に任命された。

宮田の仕事ぶりは、この仕事が天職と思えるものだ。言葉遣い、物腰、丁寧な接客は完璧で、まさにホテルマンになるために生まれて来たような人物だと思う。

広大に限らずほかの者も同様に思っているが、本人はどうやらそうではないらしい。スタッフルームやひと目がないところでは、いつもこの世の終わりのような顔で考え込んでいる。手配は間違っていないか、客に対して失礼はなかったか、備品の手違いはないかなど、ひとりでぶつぶつ言っている。宮田の額の生え際がかなり後退しているのは、仕事のストレスだと広大は思っている。

宮田は遅番からの申し送りを行った。

昨晩、急用が入り深夜にチェックアウトした客がいたことを除いては、特に問題はなかった。客からの苦情は三件。寝巻が希望していたサイズではなかったことと、フロント係の対応が遅いこと、ベルアテンダントの荷物の扱いが雑だというものだった。

「ホテルにお越しになるお客様の目的はそれぞれ違います。仕事、バカンス、休暇、いろいろです。私たちの仕事は、お客様がなにを求めていらっしゃるかを考え、ひとりひとりのご希望にそったサービスを提供することです。常に目配りと心配りを心がけ、おもてなしをするようにしてください」

「はい」

部屋に短い返事が響き渡る。

朝礼を終えたスタッフは、それぞれの持ち場へ向かった。

客室係の広大は、空いた部屋から清掃を開始した。ゴミの回収や忘れ物の保管、リネンやアメニティの交換、ベッドメイキングを行う。

もっとも丁寧に行うのは拭き掃除だ。

サンセールホテルが引いている温泉の源泉成分には、金属を変色させてしまうものが入っている。気を付けないと、ホテル内の設備や、部屋の水回り品などが黒ずんでしまう。

広大はひとつの部屋の掃除を終えるのに、およそ三十分かかる。慣れた者はもっと早く済ませられるが、新人の広大にはそれが精一杯だった。

広大が、担当するすべての部屋の清掃を終えたのは、正午の十分前だった。

ほっと息を吐く。ホテルの規則で、部屋の清掃は正午までに終わらせねばならない。

一分でも過ぎると、三輪からインカムで終了確認の連絡が入る。

このあいだ、床のひどい汚れに手間取り時間を過ぎてしまったが、そのときの三輪の説教を広大はいまだに引きずっている。三輪は手際の悪さだけでなく、規則を守れない者はホテルマン失格だ、とまで言い放った。自分たちは客の時間を預かっている。一分一秒たりともおろそかにしてはいけない、と三輪は広大を叱った。

三輪の言い分はもっともだ。しかし心の片隅で、不慣れな新米にもう少し優しくしてくれてもいいのではないか、とも思う。

でも、今日は三輪を恐れることはない。堂々と胸につけているタイピン型インカムのプレスボタンを押す。

「三輪さん、秋羽です。客室の清掃すべて終わりました」

お疲れ様、と仕事を労う言葉が返ってくるものと思っていた広大は、耳にかけている小型イヤホンから聞こえた緊迫した声に身を固くした。

「四〇五号室のお客様からクレームが入った」

部屋番号を聞いた広大の頭に、すぐに客の名前と顔が浮かんだ。水野汐里、三十歳。一昨日、チェックインして、一週間の滞在予定だった。

自分が担当する部屋の客の情報は、概ね把握している。だが、水野は特に印象に残っていた。

運転してきた車は、白いベンツのクーペ。グレードが高く、発売になったばかりのモデルだ。車両価格は一千万を超える。小柄で細身の水野には少々大きすぎるように思えたが、優雅な身のこなしは車の美しいフォルムに似合っていて、つい見とれてしまった。

水野が予約していた部屋は、ホテルで一番広いデラックススイートだった。通常、ファミリーやゲストと一緒に泊まるタイプだが、水野はひとりだった。

宮田の話だとはじめての客で素性はわからないが、乗り付けた高級車や、一週間で百万円を超える宿泊費を前払いしていることから、上客であることに間違いはない。くれぐれも粗相がないように、と釘を刺されていた。

その客からクレームが入っている。

広大の背中に、どっと汗が噴き出した。

水野の部屋には、昨日の午前中に清掃に入った。水野がホテルのレストランで昼食をとっているあいだに済ませたのだが、そのときになにか不手際があったのだろうか。

いや、と広大は思い直す。そうだとしても、清掃を済ませてからかなりの時間が経っている。部屋の汚れやアメニティの補充不足などがあれば、昨日のうちに連絡が入るはずだ。

「あの——いったいどのようなクレームでしょうか」

混乱する広大に、三輪はてきぱきと指示を出す。

「私もわからない。とにかくお客様はかなりご立腹で担当の客室係を呼び出しているの。私もすぐに行くから、あなたも向かって」

「え、もしもし——三輪さん！」

咄嗟に引きとめたが、インカムは一方的に切られた。

呆然とする広大の脳裏に、宮田が狼狽えながら自分を叱責する姿が浮かぶ。

客室係に配属になってまだひと月も経っていないのに、見習いに逆戻りだろうか。嫌だ。せっかく正式に部署に配属になったのだ。なんとかお客様に機嫌を直してもらわなければいけない。

広大は急いでインカムを切り、水野の部屋へ向かった。

四〇五号室に着いたとき、三輪はすでにドアの前にいた。隣に宮田もいる。インカムの会話はチャンネルを合わせているスタッフ全員が聞いている。宮田もクレームの件を知って駆けつけたのだろう。

宮田は広大を見つけると、大股で歩み寄り鼻がつくほど顔を近づけた。あたりに聞こえないよう、声を抑えながら言う。

「秋羽くん、私は君に、このお客様は上客だからくれぐれも粗相がないように、と言ったよね。君は私の話を聞いていなかったのかな。ええ、どうなんだい」

声を震わせて迫る宮田を、三輪が押しとどめた。

「宮田さん、いまはお客様にお話を聞くのが先です。急ぎましょう」

まだなにか言い足りないように不満げな顔をしながら、宮田は広大から距離を置いた。かわりに三輪が広大の前に立つ。

「私がお部屋のチャイムを押すから、あなたは私の後ろに控えていて。お客様がなにをおっしゃっても、まずはお話を聞くだけよ。対応はそのあと。わかったわね」

広大は唾をごくりと飲み込み、頷いた。

三輪がチャイムを押す。

待ち構えていたように、ドアがすぐに開いた。バスローブ姿の水野が、険しい顔で立っていた。

「水野さま、私どもに不行き届きがございましたようで、お話をうかがいにまいりました。私は客室係マネージャーの三輪、後ろに控えておりますのがこちらのお部屋の担当者の秋羽、そして宿泊係の責任者である支配人の宮田です。このたびは当方がどのような不手際を——」

水野は話を途中で遮り、三輪を押しのけ広大の前に立った。握りしめていた右手を突き出し、広大を睨む。

「これ、どうしてくれるの！」

開いた右手には、指輪があった。銀色の台座に透明な石が埋め込まれている。その上下には中央の石より少し小さなものが、流れるように配されている。

これほど大きな指輪なら、目にしていれば記憶に残っている。しかし、広大には見た覚えがなかった。顔色をうかがうように、恐る恐る訊(たず)ねる。

「こちらの指輪がなにか――」

他人事(ひとごと)のような広大の言葉が気に入らなかったのだろう。水野は怒りを爆発させ詰め寄った。

「なにかじゃないわよ！　よく見なさい。これ、どうしてくれるのよ！」

言われて広大はもう一度、水野の手のひらにある指輪に顔を近づけて目を凝らした。横から宮田も首をのばす。

よく見ると台座の色がまだらになっていた。目につくところは黒ずんでいるが、陰の部分は美しい銀色だ。

「台座の色が、ところどころ違うようですが――」

広大が言うと、水野は突き出していた手を引っ込めて、指輪を悲しそうに見つめた。

「さっき、浴槽で身体(からだ)を洗っていたら、指輪が抜け落ちてしまったの。慌てて拾おうとしたけど排水口にひっかかって、取り出すのに三十分もかかったの。取れたと思ってほっとしたら、指輪がこうなっていたの。来て！」

水野は部屋のなかに戻っていく。三人はあとに続いた。

バスルームに入った水野は、浴槽の底を指さした。

「ここよ、ここにこう挟まって取れなかったの」

水野が宿泊している本館は、開業当時の趣を残すために、敢(あ)えてそのころの備品を使用している。浴槽は足のついた仕様で、排水口はのちにつけ直したゴム栓で塞ぐようになっていた。

水野は床にしゃがみ、指輪を排水口に押し込んだ。

排水口のなかには、金属製の部品が設置されている。目皿と呼ばれる小さなもので、サンセールホテルが使用しているものは、網目状の一部が立ち上がり、排水のときに羽根が回転するタイプのものだった。その羽根の部分に指輪がひっかかり、抜けなくなったのだという。

「このホテルのお湯は硫黄でしょう。取り出すあいだに、温泉の成分で変色してしまったのよ」

水野のいうとおり、サンセールホテルが引いている源泉は、硫黄泉と呼ばれているもので、卵が腐ったようなにおいがすることで有名だ。これは、湯に含まれる硫化水素という成分によるもので、金属類を変色させてしまう特徴がある。

だからといって、自分が指輪を湯に落としたことが、どうしてホテル側の落ち度に繋がるのか。

そう訴えようとした広大を、三輪が手で止めた。心から気の毒そうに、水野に言う。

「それはまことに災難でした。水野さまのお気持ちお察しいたします」

広大は三輪からホテルマンとしての心得をいくつか教え込まれた。そのひとつに、客が気分を害したときは一にも二にも気持ちに寄り添うべき、がある。ホテル側がどのように応対するかはそのあとだと言う。三輪はその心得を実践しているのだ。

三輪の言葉に水野の怒りが少しは収まるかと思ったが、そうはならなかった。ものすごい形相で三輪を見ると、大きな声を出した。

「この指輪、弁償しなさい」

この要求には、さすがの三輪も驚いたようだった。冷静さを保とうとしているようだが、声が上ずっていた。

「水野さま。いまのお話だけでは当方の不手際と言いかねるように思いますが——。温泉の成分に関しましても、ガイドのご説明の個所に貴金属は変色する可能性があるのでお気を付けいただくよう記載しております」

水野は聞く耳を持たない。三輪に食って掛かる。

「この指輪はね、有名なラグジュアリーブランドのもので五百万円はするの。それがこんなに色が変わってしまって——それもこれも、ホテル側の設備が悪いせいよ。落としたあと、すぐに取り出せていたらこんなことにはならなかった。指輪がこんなになってしまったのはホテルのせいよ。弁償してもらうから！」

　水野の怒声は、廊下に聞こえるかと思うほどだった。同じフロアの客が聞きつけたら騒ぎが大きくなる。三輪は慌てた様子でこの場を収めに入った。

「水野さま、そのお姿のままだとお風邪を召されてしまいます。よろしければお着替えになったあと、改めてお話をうかがえませんでしょうか」

　水野はバスローブ姿の自分を眺め、ばつが悪そうに襟の合わせを手で閉じた。三輪と秋羽、宮田の三人を順に見やり言う。

「わかった。着替えたらフロントに電話するから」

「お待ちしております」

　三輪は深々と頭をさげてドアを閉めた。

　宮田は広大の制服の袖をつかむと、通路の奥に強引に引っ張っていく。通路の突き当たりには、ホテルのバックヤードに続くドアがあった。

　宮田は「STAFF ONLY」のプレートが貼られたドアのなかへ入ると、堰き止めていた声を吐き出すように広大を怒鳴った。

「秋羽くん！　掃除のときに部屋の設備のチェックはしたんだろうな。清掃のときに排水口でなにか気づいたことはなかったか。一部が欠けていたとか、なかの部品が歪んでいたとか」

広大は首を横に振った。

「清掃のとき、いつもどおり蛇口やシャワーなどの水回りのチェックもしました。でも、そのようなことはありませんでした」

宮田は半信半疑というように、広大に確認をする。

「本当か」

改めて訊かれると、自信が揺らいだ。自分の記憶を改めて辿り、バスルームの清掃を丹念に思い出す。浴槽を掃除するとき、なにか気づいたことはなかったか。排水口の部品に、落ちた指輪が取れなくなるような問題はなかったか。

いくら考えても、思い当たることはなかった。宮田の目を見て、確信を込めて言う。

「設備に問題はありませんでした」

ホテル側に落ち度はない、そう聞いてほっとしたのか、宮田は落ち着きを取り戻した。声のトーンを落とし、難しい顔でつぶやく。

「問題は、お客様にどう納得していただくかだな」

そこまで言ったとき、耳にかけているイヤホンから声が聞こえた。フロントからだった。着替え終わった水野が、広大たちを部屋に呼び出しているという。

広大と三輪、宮田は顔を見合わせた。

水野の剣幕を思い出したのか、宮田の顔から血の気が引いていく。情けない声で三輪に訊ねた。

「施設管理係の者に出てもらって、こっちに責任はないと説明してもらうか——」

ホテルにある五つの部門のひとつ、管理営業部門のなかにある係だ。ホテルの設備管理や機器のメンテナンスを担当している。

客のクレーム対応は、基本的に宿泊部門の担当だ。従業員はみな自分が担当する仕事で忙しい。担当外の問題で呼び出すのは気が引ける。

同じように考えたのだろう。三輪は宮田の提案を押し戻した。

「まずは私たちで水野さまに説明して、ご理解いただけるよう努力しましょう。施設管理係に相談するのはそれからでも遅くないと思います」

三輪の考えはもっともだと思ったのか、宮田はすぐに同意した。

「そうだな。まずはもう一度、水野さまからお話を聞いたほうがいいな」

宮田は深呼吸をすると、四階の客室フロアへ続くドアを開けた。

あとに続く広大は、肩越しに振り返り、後ろを歩いてくる三輪に訊ねた。

「こういうクレームは、いままでにもあったんですか」

三輪は足を止めずに答える。

「ないことはないけれど、こんな高額なケースははじめて」

広大はもともと貴金属には興味がない。ちょっとした車が買えるほどの金を小さな指輪一個につぎ込む気持ちも理解できないし、それを浴槽に持ち込む神経もわからない。

四〇五号室の前に来ると、宮田が三輪を見た。

三輪が頷き、チャイムを押す。

出てきた水野は、裾が足首まであるワンピースを着ていた。三人をなかへ促す。

水野が宿泊しているデラックススイートは、リビングタイプの部屋と寝室、ふたつのバスルームとパウダールームの造りになっている。

リビングの応接セットのソファに座り、水野は立っている三人を順に見た。

「それで、どう弁償してくれるの。現金、それとも同じタイプの新しい指輪を用意する？」

三輪は一礼し、水野に申し出た。

「申し訳ございませんが、変色した指輪を拝見させていただけませんでしょうか」

水野はソファから立ち上がり、部屋に置かれているリビングボードに近づいた。うえに置いていた指輪を手にしてソファに戻る。

指輪を三輪に差し出し、ため息をついた。

「とても気に入っていたのに。こんなになってしまって残念だわ」

「失礼します」

三輪は指輪を受け取り、四方から眺めた。

「こちらの指輪はどのようなものでしょうか。かなりお高いものとうかがいましたが——」

水野は、宝飾品については門外漢の広大でも知っているジュエリーブランドの名前を口にした。

「台座はプラチナ950。真ん中のダイヤはカット、カラー、クラリティ、カラット、すべて申し分ないものよ」

詳しいことはわからないが、かなり貴重なものらしい。

水野は三輪に詰め寄った。

「さあ、答えて。この指輪、どうしてくれるの」

三輪は水野に指輪を返し、落ち着いた様子で対応する。

「ホテル側といたしましては清掃時にお部屋にある備品すべてに、欠損や故障がないかチェックしております。このお部屋も担当の秋羽がしっかりと確認しておりますが、排水口に変わったところはなかったと申しております」

水野は敵意むき出しの目を、三輪に向けた。

「それって、自分たちに非はないってこと？」

三輪は明確な返答を避け、暗にホテル側に落ち度はないと伝える。

「私たちは日々、お客様に心地よくお過ごしいただけるよう努めております。接客はもとより、お食事、お部屋の清掃など、スタッフが一丸となってお客様をおもてなししております」

「御託はいらないの！」

水野の怒声が、三輪の言葉を遮った。

「私は、指輪を弁償しなさいって言ってるの。そっちの考えなんかどうでもいい。さっさと弁償方法を決めて」

三輪は低姿勢を崩さず、水野の言葉を押し戻す。

「お客様のご心痛はお察しいたします。当ホテルでこのようなことが起きてしまったことは、私どももまことに残念でございます。しかしながら、いまおうかがいいたしましたお話ではお客様のご要望に沿うことはいたしかねます。ただ、ほかに私どもにできることがございましたら可能な限りさせていただきます」

三輪は相手を立てながらも、毅然とした態度を崩さない。

水野はしばらく黙っていたが、やがて三輪を睨みながら宮田を呼んだ。

「支配人」

急に矛先が変わり、宮田は裏返った声で返事をした。

「は、はい」

水野は視線を宮田に向ける。

「この人じゃ話にならない。責任者のあなたの考えを聞きたいわ」

浮気の現場を押さえられたとしてもこれほどではないだろう、と思うくらい宮田は動揺していた。制服のポケットからハンカチを出し、額に浮き出た汗を押さえながら言う。

「いま三輪が申し上げたことは、サンセールホテル創業当時からのモットーで、スタッフ全員がその教えに従い働いております。ここにおります秋羽もそれは同じで、お客様のことを第一に考えておりますし、ほかのスタッフも決してモットーに反するような振る舞いは——」

宮田はしどろもどろといった態で、ホテル側に落ち度はないと伝えようとする。

水野はまだ話している宮田を、冷たい声で止めた。

「もういい。わかった」

宮田の顔が、ぱっと明るくなった。満面の笑みで、水野に訊ねる。

「ご理解いただけましたでしょうか」

水野は、斜に宮田を睨んだ。

「あなたたちでは話にならないことが、よくわかった。もっとうえと話をつける。社長を呼んで」

宮田が悲鳴にも似た、短い声をあげる。

「水野さま、少々お待ちください。お客様の対応は、私たち現場スタッフの仕事です。

まずは私どもが水野さまのお話をおうかがいして――」

「それで埒（らち）が明かないから、社長を呼びなさいと言っているの。なにを言っても無駄よ。もう決めたから」

　宮田は水野を思いとどまらせようと、あの手この手で懸命に説得を試みる。しかし、水野の考えは変わらなかった。

　このままでは平行線だと思ったのだろう。三輪がふたりのあいだに割って入った。

「横から申し訳ございません。社長ですがとても多忙で、本日のスケジュールはすでに埋まっております。急な予定を入れるのは難しいと存じます。少々お時間をちょうだいしてもよろしいでしょうか」

　水野の要求を受け入れるような返答をする三輪を、宮田が驚いたように見る。なにか言いたそうに、三輪の脇を肘で小突いた。期待を持たせるようなことを言うな、と言いたいのだろう。

　しかし、三輪は言い直さない。直立の姿勢のまま水野の返事を待っている。

　水野はなにかを探るような目つきで三輪を見ていたが、やがて小さく頷いた。

「わかったわ。私がホテルにいるあいだにどうにかして」

「かしこまりました」

　三輪が深々と頭をさげる。宮田もつられたようにお辞儀をした。広大も急いでふたりにならう。

四〇五号室を出た宮田は、少し離れた場所で立ち止まり三輪に詰め寄った。

「どうしてあんなことを言ったんだ。よほどのことがない限り、現場の問題は私たちで収めなければならない。社長にお伝えできるわけないだろう」

三輪は毅然とした態度を崩さず、宮田に説明した。

「あの場ではそう申し上げなければ埒が明きませんでした。時間を置けば水野さまも落ち着かれると思いましたし、確かめたいこともあったので話を早く切り上げました」

「確かめたいこと？」

オウム返しに訊ねた宮田に、三輪は頷く。

「もし私の考えが正しかったとしたら、これはとても難しい問題です。慎重に動かなければなりません」

ふたりの上司の後ろでずっと黙っていた広大は、久しぶりに口を開いた。

「いまでも充分、難しい問題だと思いますが、それ以上に面倒なことがあるんですか？」

広大の問いに対し、三輪は怖い顔で答える。

「場合によっては、事件になるかもしれない」

広大より早く、宮田が驚きの声をあげた。

「三輪さん、それってどういうこと？　もしかして、警察の世話になるかもしれないってこと？」

　三輪は宮田に向かって、真剣な声で言う。

「立ち話でお話しできることではありません。誰にも聞かれる心配がないところでお話しします。あと、この問題は東堂さんに相談したほうがいいと思います」

　東堂高志は、サンセールホテルの総支配人だ。宮田を含む五人の支配人を統括する立場で、サンセールホテルの社長である小ノ澤秀俊の秘書と、ホテル全般の相談役を兼務している。

　東堂はいま四十半ばで、社長と年が近い。秀俊が五代目取締役社長に就いたときから、右腕として傍に仕えている。

「たしかに東堂さんには、事情を説明しておいたほうがいいかもしれないな」

　宮田がつぶやく。広大も三輪の意見に賛同した。

「三輪さんの言うとおり、東堂さんのお耳には入れておいたほうがいいと思います。社長秘書の東堂さんなら、社長にこの件を伝えるか伝えないかの判断をしていただけるし、もし三輪さんの言うとおり事件になったら、東堂さんのお力が必要になると思います」

　東堂は弁護士資格を持っていて、法律に明るい。取引先と交わす契約書の作成や確認、株式の発行や分割など、ホテルを経営するうえで必要な法的手続きなどの業務も担っている。

宮田は三輪と広大を交互に見た。

「すぐに東堂さんのスケジュールを確認して、相談したいことがあるから時間をもらえるようにと頼んでみる。予定が見えたら連絡するから、それまではそれぞれの業務を行っていてくれ」

三輪と広大は了解して、仕事の持ち場に戻った。

宮田から連絡が入ったのは、当日チェックインする客が一段落した夕方の六時近くだった。いまから東堂に会うから秋羽と三輪も同席してくれ、と言う。

今日、東堂は朝から取引先との打ち合わせで外に出ていて、ホテルに戻ったのがいまの時間だった。社長と同じくらい、いやともすればそれ以上に東堂も多忙なのだ。

「すぐに行きます」

そう言って広大はインカムを切った。

総支配人室は、サンセールホテル本館の一階にある。

歴史を感じさせる木製のドアをノックすると、扉が開いて宮田が顔を出した。

宮田は緊張した面持ちで、広大をなかへ招き入れた。

「私も三輪さんもいま来たところだ」

広大は総支配人室に入るのははじめてだった。

広めの部屋の奥にはマホガニーの重厚な机があり、その手前に応接セットがある。床から天井まである窓には、えんじ色のカーテンがかかっていた。

机の奥の椅子には東堂が座っていた。ひと目で上質だとわかるスーツと、黒く光る革靴を身に着けている。自分が同じ格好をしても鼻もちならないだけだが、東堂には嫌味なく似合っていた。

三輪は東堂と対峙（たいじ）するように、机の前に立っていた。宮田が三輪の隣に立つ。

広大は宮田が真ん中にくる位置に立った。

東堂に挨拶をしようとしたが、それより先に東堂が訊ねる。

「君が水野さまの客室の担当係——秋羽くんだね」

口調は穏やかだが、声には人を緊張させる重みがあった。

広大は身を固くして答える。

「はい、そうです。このたびはご面倒をおかけして——」

詫（わ）びようとした広大を、東堂が制した。

「私に謝る必要はない。君が頭をさげるのはお客様だ。それに、君に落ち度はなかったと三輪さんから聞いている」

広大は宮田の隣にいる三輪を、目の端で見た。三輪は手を前で組み、背筋を伸ばして前を見ている。

東堂は椅子の背にもたれ、宮田に訊ねた。

「それで、いったいなにが起きたのかな。私に相談しなければならないということは、一般的なクレームの範疇ではないんだろう」

「はい、それは――」

宮田はしどろもどろといった態で、縋るように三輪を見た。宮田もまだ三輪から、事件になるかもしれない理由を聞いていないのだろう。

「それは私からご説明申し上げます」

宮田の隣で、三輪が凛とした声で言う。

東堂は三輪に目を向けた。

「水野さまから、浴槽で落とした指輪が排水口から取れなかったのはホテルの設備の問題であると、変色した指輪の弁償を求められました。でも、私は水野さまの指輪のほうに問題があると思います」

「それはどういう意味かな」

東堂が訊ねる。

三輪は短く答えた。

「あの指輪は偽物です」

広大は驚いた。あの美しいダイヤがはめ込まれたきれいな指輪がまがい物だというのか。

三輪は説明する。

「東堂さんもご存じのとおり、当ホテルの湯は硫黄泉です。それには金属類を変色させる成分が含まれていますが、それが反応するのは銀や銅でプラチナは反応しません」

東堂の目がきつくなった。

「お客様は指輪をプラチナ製だと言ったのか」

三輪が頷く。

「水野さまのクレームを最初に聞いたとき、台座はプラチナ以外の金属だと思いました。でも水野さまがおっしゃった指輪の金額――およそ五百万円という値段から、プラチナ以外のものは考えづらかったのですが、高品質の石が使われているのか、貴重なプレミアがついたものかもしれないと思いました。でも、水野さまはご自身で指輪はプラチナ製だとおっしゃいました」

「あの――」

広大は話に割って入った。

「指輪がプラチナ製か別なものか、そんなに重要なんですか」

上司の会話を遮るなど非礼だとわかっていたが、訊きたい気持ちを抑えられなかった。

「そんなこともわからないの？」

三輪は驚いた様子で逆に訊き返す。

広大は慌てた。知らなければはずかしいことなのだろうか。横目で宮田の様子をうかがう。おそらく宮田も知らないのだろう。こっちに話を振るな、とでもいうように明後日（あさって）のほうを見ている。

広大は三輪に頭をさげた。

「すみません、そういったことには疎くて――」

三輪が呆（あき）れたように息を吐き、わかりやすく説明する。

プラチナには純度というものがあり、一番高いものからPt999、Pt950と順に表記されていく。金も同じで、一番純度の高いものからK24、K22、K20と下がっていくという。

「純度の高さに比例して価値も上がっていくんだけれど、強度は脆（もろ）くなっていく。だから、アクセサリーの類は日常で使っても変形しないように、割金（わりがね）と呼ばれる別な金属を混ぜているんだけれど、硫黄泉で変色するのは、この別な金属が硫黄泉のなかにある硫化水素という成分に反応するからなの」

「ということは――」

広大は少し考えてから、答えを探るような思いで三輪に訊ねた。

「水野さまの指輪は、純度が低いプラチナを使用しているということですか」

三輪の代わりに東堂が答える。

「お客様は、三十分ほど湯につけた状態で変色したと言った。それが本当なら、その指輪はプラチナではない」

東堂の話によると、プラチナは四ランクあり、一番上がPt999。その後、50刻みで一番下がPt850だという。

「国際基準ではプラチナと表記できるのはPt950以上だが、国内の基準ではPt850までをプラチナと呼べる。この一番下のランクのPt850でも、三十分で変色などありえない」

東堂の言葉に、三輪が付け加える。

「台座だけではなく、真ん中にあったダイヤモンドもイミテーションである可能性が高いです」

三輪がいうには、水野がダイヤモンドだと言った石は、黄みがかっていて透明度も低かったという。

「私はプロの鑑定人ではありません。あの石がダイヤモンドではないと断言はできませんが、少なくとも水野さまがおっしゃっていたクオリティのものでないことはわかります。とても五百万円の値がつくものではありません」

三輪が話し終えると同時に、それまで部外者を決め込んでいた宮田が叫んだ。

「詐欺だ！」

見ると、宮田は目を吊り上げて顔を真っ赤にしていた。

「偽物の指輪で弁償金を要求するなんて――しかも、五百万円だなんて図太いにもほどがある！」

先ほどまでの大人しかった態度が、百八十度変わっている。宮田は誰にでもなく、ぶつぶつと口のなかでつぶやく。

「そうだ。動揺していて考えつかなかったが、そもそもあの指輪は本当に当ホテルの湯で変色したのか。もとからあんな状態だったものを、ここで変色したと嘘をついているとも考えられる」

宮田は睨むように東堂を見据えると、机の前に歩み出た。

「これは歴とした犯罪です。相手には厳しい姿勢で臨み、速やかに警察へ引き渡すべきです」

「待ってください」

三輪が横から割って入った。

「まだ犯罪だとは決まっていません」

宮田は三輪に食って掛かる。

「どうして。君もあの指輪は偽物だと言ったじゃないか」

「言いましたが、水野さまが詐欺師だとは言っていません」

どういう意味か。

三輪は部屋にいる三人の顔を、順に見渡した。

「間違いなく指輪は偽物だと思います。でも、それを水野さまがわかっていらっしゃるのかどうかはわかりません」

広大ははっとした。

三輪の言うとおりだ。指輪が偽物だから水野が騙しているとは言い切れない。水野は指輪が本物だと信じている可能性もある。

威勢がよかった宮田が、隣で一気に大人しくなった。再び弱々しい声でぶつぶつとつぶやく。

「もしそうなら、面倒だな。お客様に向かって、その指輪は偽物です、なんて言えない。でも伝えなければ埒が明かない。どうしたら穏便に事を収められるのか――」

悩む宮田を見ながら、広大はある疑問を抱いた。

動機だ。

水野が詐欺を働こうとしているとしたら、理由はなにか。

乗ってきた車、宿泊する部屋、身に着けているもの、どれを見ても水野が金に困窮している様子はない。

広大はふたりに訊ねた。

「もし水野さまが私たちを騙そうとしているのだとしたら、理由はなんでしょう」

隣で宮田が、怖い顔で広大を睨んだ。

「そんなのわかりきっているじゃないか。金だよ。金が欲しいからに決まってるだろう」

「でも、水野さまがお金に困っているとは思えません」

宮田は額に手を当てて嘆息した。

「君はまだまだ人を知らないな。見た目は裕福そうに見えても、現実は借金まみれなんてことはよくあるんだよ。身の丈にあった暮らしをしていればいいものを、見栄を張って高い車だ、高価な指輪だ、ブランドのバッグだと買いあさって、困ったあげく人を騙す。最低の人間だ」

三輪が宮田をたしなめた。

「宮田さん、言葉が過ぎます。水野さまがどのような方かはわかりませんが、当ホテルの大事なお客様であることに変わりはありません。水野さまを辱めるようなことを言うのは控えてください」

三輪の厳しい口調に、宮田は一瞬怯(ひる)んだようだったが、すぐに反撃した。

「私の仕事は、サンセールホテルを守ることだ。ホテルに害を及ぼす者を私は許さない。そんなやつはお客様ではない！」

三輪と宮田が睨みあう。

硬直した場の空気を破ったのは、東堂だった。

もたれていた椅子の背から身を起こし、宮田と三輪を見る。

「私がそのお客様と話をしよう。水野さまにご都合がいい時間を聞いてくれ。ホテルの応接室で会う」

宮田は東堂に向かって姿勢を正した。

「承知しました。水野さまにすぐに連絡いたします。そのときは私と三輪、秋羽も同席いたします」

「いや」

東堂は宮田の申し出を退け、広大を見た。

「お客様には、私と秋羽くんで会う」

広大は驚いた。どうして下っ端の自分だけが、そんな大事な席へ着くのか。なぜ、現場責任者の宮田と三輪を同席させないのだろう。

同じように思ったらしく、宮田が狼狽えた様子で東堂に訊ねた。

「どうして我々をお連れにならないんですか」

宮田の問いに、東堂は即答する。

「相手のお客様はひとりなのに、ホテル側が四人もいたら威圧感を与えてしまうかもしれない」

「では私が同席します。私は秋羽さんの直属の上司です。部下の問題は私の責任です。それに、彼はまだ新人で、お客様のクレーム対応に不慣れです。不用意なひと言でお客様の機嫌をさらに損ねるようなことがあっては問題がもっとこじれます」

「いや、ここは秋羽くんが同席すべきだ」

　東堂は、三輪の意見も却下した。

「客室係は、お客様に一番近い存在だ。お客様のご要望やお困り事をもっとも理解しなければならない。誠意をもってお客様と向き合うことが、ホテルマンにとって必要なことだ。そこに、新人もベテランもない」

　広大は身体の前で組んでいる手を強く握った。

　東堂の言うことはもっともだ。水野の担当である自分が、一番、問題に向き合わなければいけないのだ。

　宮田も三輪も、それで納得したのだろう。それ以上なにも言わなかった。

「じゃあ、水野さまに連絡して、ご都合がいい時間がわかったら教えてくれ。以上だ」

　東堂は話を終わらせ、机のうえに置かれている郵便物のチェックをはじめた。

　宮田と三輪、広大は東堂に一礼し退室した。

応接室のソファに腰かける水野は、ゆったりとしたスカートに白いブラウスというい
で立ちだった。シンプルなのに、水野が着ていると華やかに見える。

東堂と広大は、あいだにテーブルを挟み、水野と向かい合う形でソファに座っていた。

テーブルのうえには、件（くだん）の指輪が置かれている。水野が包んでいた白いハンカチのう
えで、鈍く光っていた。

隣にいる東堂が、水野に詫びた。

「お休みのところ、お呼びたてして申し訳ありません」

総支配人室を出た宮田が水野に連絡したところ、水野から、今日中に話したい、との
返事が返ってきた。

水野は総支配人を前にしても、毅然とした態度をかえなかった。厳しい目で東堂を見
る。

「前置きはいらない。話は聞いてるわよね。どうなの、指輪を弁償してもらえるの」

東堂は落ち着いた様子で、水野に聞き返した。

「お答えする前に、私の若いころの失敗談をひとつ、お聞き願えますか」

水野は虚を突かれたような顔をした。

広大も驚いた。指輪とはなんの関係もない話を、どうしてここで持ち出すのか。

東堂は水野の返事を聞かず、話しはじめる。

「私がまだ新人でベルアテンダントを担当していたとき、あるお客様がいらっしゃいました。イギリスからビジネスでいらしたというそのお客様は、すらりとした長身で身に着けていらしたダークスーツがとてもお似合いの方でした。短いブルネットの髪を丁寧に後ろになでつけ、流暢（りゅうちょう）な日本語で私に挨拶をしてくださいました。『ごきげんよう、今日はいい日だね』。私はこうお返事しました。『ようこそいらっしゃいました。ごゆっくりおくつろぎください、ミスター』。それが私の失敗です」

広大は目の端で、隣にいる東堂を見た。いまの話のどこが失敗談なのか。

東堂は、話の種を明かした。

「そのお客様は、女性だったのです」

「女性――」

繰り返す広大を、東堂が見る。

東堂は独り言のようにつぶやく。

「お客様のデータは記憶していたはずなのに、見た目の思い込みですっかり抜け落ちてしまい、使う敬称を間違えてしまった」

「そのあと、どうなったんですか」

広大の質問に、東堂は穏やかに微笑（ほほえ）んだ。

「そのお客様は、私を叱らなかった。『私が女性用のレストルームを使っても訴えないように』と、少し困ったように笑っただけだった。それだけのことだが、私にとってはホテルマンになってはじめてのミスで、いまでも忘れられない――」

「それがどうしたの」

水野の厳しい声が、東堂の話を遮る。

「あなたの失敗談と私の指輪と、なんの関係もないでしょうに。話を逸（そ）らしてうやむやにしようとしてもそうはいかないわよ」

東堂は水野の不平を受け流し、広大に訊ねた。

「秋羽くんは、この指輪をどう思う」

思いもよらない質問に、広大は狼狽えた。問いの真意がつかめず、逆に訊き返す。

「どう思うとおっしゃいますと――」

「そのままだよ。この指輪をはじめて見たときどう思ったか教えてほしい」

水野は広大を睨んでいた。

耳の奥に、総支配人室で三輪が言った言葉が蘇（よみがえ）る。

――不用意なひと言でお客様の機嫌をさらに損ねるようなことがあっては問題がもっとこじれます。

広大の背中に嫌な汗が流れる。

自分のひと言で、水野がさらに怒り出し収拾がつかなくなったらどうしよう。

助けを求めるように隣を見ると、東堂は、大丈夫、とでも言うように小さく頷いた。

広大は覚悟を決めて、はじめて指輪を見たときの感想を伝えた。

「とても驚きました」

「どのような意味で？」

東堂は重ねて問う。

広大は素直に述べた。

「その大きさと美しさから、すごく価値あるものなのだろうと思いましたから」

東堂は同意した。

「そうだね。誰が見てもそう思うね。私も秋羽くんもそう思ったし、水野さまもそう思っていらっしゃる」

「待って」

水野の怒声にも似た声が、部屋に響いた。

「ずいぶん含みのある言い方ね。なにが言いたいの」

東堂は微笑みながら答えた。

「思い込みは誰もがするものであり、そこに悪意はないということです」

東堂を見る水野の目が、鋭さを増した。

「この指輪は本物じゃないと言いたいの？」

東堂は首を横に振った。

「なにが真実でなにが偽りかなど、誰にも決められません。空き地に捨てられている鉄屑でも、人によっては大事な思い出の品かもしれないし、百カラットのダイヤモンドであってもなんの意味も持たない人もいます。価値の有無を決めるのは他人じゃない。本人です。でも、個人の価値基準と実質的な価値は別です」

水野の目が、東堂の心を探るように細くなる。

東堂は、本題の核心をついた。

「この指輪は、水野さまがお持ちになっている価値基準と、実質的な価値に齟齬があるように思います」

水野はなにも言わない。黙っている。

東堂は話を続ける。

「こちらの指輪は、秋羽が申したとおり素晴らしいものです。しかしながら、水野さまがおっしゃった材質と貴金属としての価値を、私どもはそのまま受け止めることはできかねます」

東堂は、サンセールホテルの湯の成分では短時間でプラチナは変色しない、と丁寧に説明した。

広大の脳裏に、あるインターネットのページが浮かぶ。その話を聞いたあと、広大はインターネットで温泉成分と金属の変色に関して調べた。信頼できる情報ページにはたしかに、純度の高いプラチナが短時間で変色することはない、と記載されていた。

話し終えた東堂は、同意を求めるように水野の目をまっすぐに見た。

「いまの話で、私どもが水野さまのお言葉を受け止められない理由をご理解いただけましたでしょうか」

広大は感心した。

東堂の説明は、指輪の価値をむやみに貶めず、また、水野のプライドも傷つけない配慮がなされていた。これ以上の対応はないだろう。あとは水野がどうでるかだ。

大概の者は、いまの東堂の説明で納得するはずだ。しかし、気性が激しい水野が、大人しく引き下がるだろうか。感情を昂らせ、激昂する可能性もある。

広大は伏せていた目をあげ、水野の表情をうかがった。

水野は無表情だった。怒っているのか、冷静に事を受け止めているのか、感情が読み取れない。

広大が東堂に、このあとどうするのか、と目で問いかけようとしたとき、水野の口元が動いた。ほんのわずか、水野の口角があがる。

広大は身を固くした。水野の笑みは、企てが成功したときのような勝者のそれだった。

東堂も水野の変化に気づいたのだろう。緊張した声で訊ねる。

「私がなにか、おかしいことでも申しましたでしょうか」

水野はソファの背にゆったりともたれ、余裕の表情で首を横に振った。

「いいえ。どうやら私、自分の思い込みであなた方にご迷惑をかけたみたい」

意外にも、水野は東堂の説明をすんなりと受け入れた。

広大は胸をなでおろした。

水野は納得してくれた。これで事は収まった。そのはずなのに、なぜか胸がざわつく。

隣で東堂が水野に礼を言った。

「ご理解いただきありがとうございます」

水野はテーブルのうえにある指輪を包んできたハンカチごと手に取り、四方から眺めた。

「私もまだまだね。もっと物を見る目を養わないといけないわ」

しばらく水野は指輪を見つめていたが、やがて不自然なほど表情を崩し東堂を見た。

「ひとつお願いを聞いてもらえないかしら」

東堂は頷いた。

「お客様のお望みをできる限り叶(かな)えて差し上げるのが、当ホテルのモットーです」

水野は満足そうに頷いた。

「この指輪が偽物だと、あなたではなく社長に言っていただきたいの」

思いもよらない要求に、広大は身構えた。

水野は東堂の説明で納得したのではなかったのか。なぜ、改めて社長に言わせる必要があるのか。

東堂は厳しい表情で訊ねる。

「理由をお聞かせ願えますか」

水野は軽い口調で言う。

「あなたの説明で、この指輪がどのようなものかわかったわ。話を聞いたとき、然（しか）るべきところで鑑定しようかとも思ったけれど、落ち着いて考えたらその必要はないとわかったの。だって、実際に指輪はこうして変色しているのだから、偽物に間違いはないんだもの。調べてもらっても手間とお金がかかるだけで意味がないわ。だけど、このまま引き下がるのも釈然としない。そこで、このホテルのトップにはっきりと言っていただければ、諦めがつくと思ったの」

水野は悲しそうな顔で、手にしている指輪を見た。

「面倒な客だと思うでしょうけれど、これもなにかの縁だと思って諦めてちょうだい。私も心の持っていき場がなくて、こうでもしないと気持ちの整理がつかないのよ」

水野は目だけをあげて東堂を見やった。

「社長のひと言でこの件はなかったことにする。だから、お願い」

水野のいうとおりにすれば、事は穏便に収まる。社長からすれば貴重な時間をひとりの客のために捻出するのは大変かもしれないが、ホテルの客を大切にするのも大事な仕事だ。ここは社長に出ていただくのがいいように思う。

東堂もきっと同じように考えているはずだ。

そう思い、ちらりと東堂を見た広大は血の気が引いた。

東堂は厳しい顔で水野を見ていた。睨んでいるといってもいい。それほど東堂の顔は険しかった。

口を真一文字に結んでいた東堂は、やがて短く水野に訊ねた。

「それだけでよろしいのですか」

東堂が口にした言葉の意味が、広大にはわからなかった。なにがそれだけなのだろう。社長がひと言、この指輪は偽物だ、と言えばすべてが終わること以上になにがあるのか。

水野も東堂に、短く答える。

「ええ、それでいい」

水野はソファから立ち上がった。

続いて立ち上がった東堂に言う。

「社長と会える日時が決まったら教えて」

水野はそう言い残し応接室を出て行った。

部屋を出たところの廊下で、東堂と広大は水野を見送った。

廊下の奥へ水野の姿が消えるのを待ち、広大は東堂に急き込んで訊ねた。

「東堂さん、あれはどういう意味ですか。それだけでいいのかって、ほかになにがあるんですか」

東堂は難しい顔で目をつむる。

広大はさらに詰め寄る。

「たしかに現場で対応すべき問題で、社長を煩わせるのは申し訳ないと思います。でも、それでお客様が満足されるならば――」

「そんなことじゃない」

東堂が広大の訴えを途中で遮る。

声の重さに、広大は口をつぐんだ。

自分でも意図せず、声がきつくなったのだろう。東堂は一度広大に向けた視線を、ばつが悪そうに逸らした。

「水野さまの件は、ここから私がすべて引き継ぐ。現場は関与しなくていい。宮田さんと三輪さんにも、そう伝えてくれ」

東堂の声には、反論を許さない強さがあった。

広大はなにも言えず、この場を立ち去る東堂の背を見送るしかなかった。

った。

「現場は関与しなくていい、そう東堂さんがおっしゃったのか」

人払いしたスタッフルームで、宮田は広大に確認とも質問ともとれる言い方で詰め寄った。

広大は頷く。

「はい、あとは東堂さんがすべて引き継ぐからと——」

広大の言葉を聞いた宮田は、ばんざいをするように両手をあげて大きく伸びをした。

「よかった、これでこの問題は解決だ」

晴れ晴れとした顔で言う宮田を、三輪が横から目の端で睨む。

「まだ問題は解決していません。東堂さんが向き合うことになっただけです」

宮田は三輪に反論する。

「私たち現場にとっては、それで解決なんだよ。いいかね、現場はうえと違ってすべてのお客様と向き合わなければいけない。この問題はもう忘れて、我々は通常の業務をしっかり行えばいいんだ」

納得がいかない顔をしながらも、三輪はそれ以上なにも言わなかった。

水野の話はそこで終わった。宮田は持ち場に戻るため退室し、三輪はスタッフルームに残り、書類仕事をするという。広大は宮田と同じく、持ち場へつくためスタッフルームを出た。

廊下を歩きながら、広大は水野のことを考えていた。

宮田の意見はもっともだと思う。客は水野だけではない。指輪の件は総支配人に任せて、自分の仕事をすればいい。しかし、それは客室係の問題ではなくなっただけで、問題自体が解決したわけではない。

広大の脳裏に、水野の指輪が浮かんだ。

黒ずんではいるが、充分に美しかった。台座が光り輝いていたら、もっときれいなのだろう。

銀色に輝く指輪を想像していた広大は、ある考えが頭に浮かび足を止めた。

その場に立ち尽くし、考える広大の手にじっとりと汗が滲(にじ)んでくる。

いま頭に浮かんだ考えを実行したら、いったいどうなるのだろう。よかれと思ったことが裏目に出てしまったら、なにかしらの処分を受けるかもしれない。反省文や厳重注意ならまだいい。最悪、当ホテルには不向きな人材とされ、解雇処分を受ける可能性もある。

どうする。

悩む広大の耳に、東堂の声が蘇る。

――私にとってはホテルマンになってはじめてのミスで、いまでも忘れられない。

広大は覚悟を決めた。

きっと自分も、今回のことは忘れないだろう。でも、嫌な記憶として残したくない。少しでもいい形で覚えていたい。このままなにもしなかったら、ホテルにいられたとしてもずっと苦い思いを抱えて働くことになる。そんなのは嫌だ。

腕時計を見る。まもなく九時だった。

まだ起きているだろうか。

広大は急いで、歩き出した。

四〇五号室のドアに、ＤＤカードはなかった。

「Do Not Disturb」。入室と連絡は一切しないでほしい、という意思表示を示すプレートだ。

広大はドアの前で深呼吸をして、チャイムを押した。

なかで人が動く気配がし、少しの間のあとドアが開いた。水野が不機嫌そうに訊ねる。

「いったいなんの用？」

ドアスコープで誰が訪ねてきたか確認したのだろう。広大を見ても驚かなかった。

広大は頭をさげて詫びた。

「お休みのところ申し訳ございません。急ぎ、水野さまにお伝えしたいことがあり、おうかがいいたしました」

「なに？　疲れているの。早くして」

広大は顔をあげて、水野を見た。

「指輪の色が戻るかもしれません」

水野は眉をひそめた。

広大は説明する。

「もしそちらの指輪が銀製品だった場合、身近にあるものでもとに戻せるんです。金属製以外の入れ物にアルミ箔を敷いて、そのなかに指輪を入れます。そこに指輪が浸るほどの湯を入れ、一定量の重曹を加えます。しばらく時間を置くと、もとの色に戻るんです」

湯に入れるものは、重曹のほかに塩やベーキングパウダーでも代用できる。インターネットで金属製品が温泉の成分で変色する仕組みを調べたときに、同じページに載っていた情報だった。

「あの指輪の素材がシルバーだったならば、ぜひお試しください」

水野は何も言わない。不意打ちを食らったような顔で、広大を見つめている。

広大は自分で、血の気が引くのがわかった。

指輪の色が戻れば少しは水野の気持ちは晴れるだろう、そう思い伝えたことだったが、気を悪くしただろうか。改めて、指輪は偽物だと強調することになってしまったのだろうか。

沈黙が重く、広大はたまらず詫びた。

「余計なことを申しました。申し訳ございません」

下げた頭に怒声が落ちてくるだろうか。そう思い身構えていると、聞こえてきたのは短いつぶやきだった。

「どうして」

問いの意味がわからず、広大は頭をあげた。水野は悲しそうな顔で広大を見ていた。

「あの指輪は偽物よ。あんな価値がないものを、どうして戻そうとするの」

言葉を選ぶ余裕はなく、広大は思いつくままに答えた。

「あの指輪が本物か偽物か、私にはさして重要なことではなく、ただ、とてもきれいな指輪なので、もとの色に戻ったらもっときれいだろうなと――それに、そうなれば水野さまのお気持ちも少しは晴れるかと思ったものですから――」

広大は水野の言葉を待った。しかし、水野はなにも言わない。黙って広大を見ているだけだ。

どうすることもできず立ち尽くしていると、やがて水野はぽつりと言った。

「もう、寝るわ」

広大は深く頭をさげた。

「ごゆっくりおやすみくださいませ」

ドアが閉まり、広大ひとりになった。

頭をあげ、閉じられたドアを見つめる。

水野を怒らせてしまっただろうか——。

余計なことをしてしまった自分を責めても、もう取り返しはつかない。愚かな自分を嘆きながら、広大は部屋の前から立ち去った。


クロスバイクから降りた広大は、大きなあくびをして眠い目を擦った。

昨夜、仕事を終えて自分のアパートに帰りベッドに入ったが、水野のことが頭から離れずなかなか寝付けなかった。

今日も早番だから、朝の五時には起きて身支度をしなければならない。早く眠らなければと思えば思うほど目が冴え、結局、睡眠は二時間ほどしかとれなかった。

制服に着替え終えた広大は、自分の頬を両手で強く叩いた。

水野の件は、自分が悩んでも仕方がない。社長と東堂に委ねるしかないのだ。

気持ちを切り替えて、朝礼が行われるスタッフルームのドアを開けたとたん、怒声にも似た声で名前を呼ばれた。

「秋羽くん！」

宮田だった。恐ろしい顔をしている。宮田は広大のところへ駆け寄ると、腕を摑んでスタッフルームから連れ出した。

広大は慌てた。

「どうしたんですか。朝礼は――」

「ほかの者に任せた。そんなことより、君に訊きたいことがある」

宮田は声を潜めてそう言うと、そばにあるもうひとつのスタッフルームに広大を連れていった。

なかには三輪がいた。宮田と同じく、怖い顔をしている。

怒鳴りたい思いをこらえていたのだろう。宮田は後ろ手にドアを閉めると同時に叫んだ。

「いったい水野さまになにをしたんだ！」

広大は息が止まった。

やはり昨日、お部屋にうかがったことをお怒りになったのだ。そして、ホテルに広大に対するクレームを入れたのだ。

広大はしどろもどろになりながら答える。

「自分としては水野さまのことを思ってしたことだったのですが、勝手な思い込みと言いますか、傲慢な善意と言いますか――」

　はっきりしない広大に業を煮やしたのか、宮田は話を途中で遮った。

「今日、社長と東堂さんが水野さまとお会いになるが、水野さまがそこに君を同席させろと言っているんだよ！」

　広大は口を開けて宮田を見た。

　予想もしていなかった展開に声を失う。ひと言だけ、ようやく絞り出した。

「私を、水野さまが――」

　三輪が横から説明する。

「昨日、水野さまとの話し合いのあと、東堂さんが社長に連絡をしたの。それで、今日、朝九時から応接室で水野さまと会うことになったんだけど、東堂さんが水野さまに連絡したところ、水野さまがそこにあなたを同席させるように言われたの。理由を訊ねてもお答えにならなくて、あなたが同席しなければ話し合いはなかったことにするとおっしゃってるわ」

　広大は三輪に、恐る恐る訊ねた。

「東堂さんが水野さまに連絡なさったのは、何時ごろですか」

　どうして時間を気にするのか不思議に思ったらしく、三輪は眉根を寄せたが速やかに答えた。

「正確な時間はわからないけれど、今朝、東堂さんから聞いた話では昨夜遅くに決まったって言ってたわ」

やっぱり――。

広大は項垂(うなだ)れた。広大が水野の部屋を訪れたあと、東堂が水野に連絡をした。そこで水野が広大の同席を要求したのだ。

宮田は両手で頭を抱えた。

「そんなことはどうでもいいよ。やっとこの問題から離れられたと思ったのに、どうしてまた君が関わることになったんだよ」

宮田は、広大を睨んだ。

「言いなさい。水野さまになにをしたんだ！」

広大は萎縮しながら昨夜の出来事を伝えた。

宮田が怒りと呆れが入り混じったような顔をした。

「わざわざ水野さまのお部屋に行って、そんなことを言ったのか――」

広大は頷いた。

宮田が震える声で、ぶつぶつと言いはじめる。

「君がしたことは、水野さまの指輪を改めて偽物だと突き付けたようなものだ。それで水野さまはお怒りになったんだ。今日、大事な席に君を呼びつけたのは、そこで社長に君への処分を求めるつもりなんだ。部下の不始末は上司の責任だ。きっと私にもなにかしらの処分があるんだ」

先ほどまで怒り狂っていた宮田は、一転して意気消沈し、がっくりと肩を落とした。

三輪が壁にかかっている時計に目をやった。

まもなく始業時間だ。

三輪は広大に言う。

「とにかく、あなたは時間になったら応接室へ行って。業務のほうは心配しないで。スタッフにはうまく言っておくから」

項垂れていた宮田が、勢いよく顔をあげ広大に命ずる。

「話し合いが終わったら、どのような内容だったかすぐに報告しなさい。我が家はね、家のローンや子供の教育費の支払いで大変なんだよ。それなのに減俸にでもなったら妻になんて言われるか――」

話が横に逸れはじめたことに気づいたらしく、三輪が急いで広大に部屋から出るよう促した。

「さあ、仕事に入って。話し合いが終わったら、連絡するのよ」

広大はふたりに深く頭をさげて、部屋を出た。

そのあと、広大は仕事が手に付かなかった。

とにかく失敗をしないよう心掛け、九時十分前には応接室へ向かう。

応接室のドアをノックすると、なかから扉が開いた。

東堂だった。

広大は身体が固まった。

東堂の、広大を見る目は厳しかった。どうしてお前がここに呼ばれることになったのか、と眼差(まなざ)しが訊いている。

動けずにいると、東堂がなかへ促した。

「入りなさい。社長も水野さまも、もういらっしゃっている」

広大は入り口で一礼し、なかへ入った。

部屋の中央に置かれた応接セットのソファに、水野と社長が座っていた。水野が上座、社長が下座だった。

東堂は社長の隣にあるひとり掛けのソファに腰を下ろし、自分の隣に用意していた肘なしの椅子を広大に勧めた。

勧められるまま、広大は席に着く。

センターテーブルのうえには、ハンカチを下にして黒ずんだ指輪が置かれていた。

広大は身を固くしながら、社長と水野を見た。

社長は、普段から厳(いか)めしい顔をさらに険しくさせ、どこかを見ている。水野はソファのうえでゆったりと構え、社長をじっと見ていた。

この場を仕切ったのは東堂だった。水野と社長を交互に見ながら、指輪の件を改めて説明する。

話が進むにつれ、広大は膝が震えだした。

説明の結びは、広大が水野の部屋を訪れ、失礼な振る舞いをしたことだろう。おそらく水野は社長に、広大の処分を求める。

さらには、一度は収まりかけた怒りが広大のせいで再燃し、指輪が本物か否かは関係なく、変色したのはホテル側の設備が悪かったせいであり、精神的苦痛を受けたとして慰謝料の請求をしてくるかもしれない。

広大は受け入れたくない現実から目を背けたくて、瞼（まぶた）をきつく閉じた。

自分がしたことは水野のためにならなかっただけではなく、ホテルを窮地に立たせることにしかならなかった。

自分の愚かさが恨めしい。

東堂の話は、昨日この応接室で、水野が社長に会わせるよう求めたところまで来た。

広大は身を縮めた。

話はこのあと、なぜ水野がこの場に広大を呼びつけたのかの流れになるだろう。そして水野は、昨夜、広大が水野の部屋に来た話をする。東堂と社長の驚く顔が目に浮かぶ。

水野は社長に、どのような広大の処分を求めるのか。

「――そして、水野さまのご要望ですが」

続く言葉に、広大は身を固くした。

東堂は社長を見やり、水野の要求を伝えた。

「社長の口から、指輪は偽物である、とおっしゃっていただくことと、謝罪の言葉です」

広大は伏せていた顔をあげて、水野を見た。

水野は無表情だった。鋭い眼差しで、じっと社長を見ている。

広大は戸惑った。いままでの流れから、なぜ水野がこの場に広大を呼んだのか、との話になると思っていた。しかし、水野が話す様子はない。水野は広大を怒ってはいないのか。ならば、なぜこの場に広大を同席させたのか。

その疑問以上に、広大がひっかかった言葉があった。東堂が言った「謝罪」だ。

昨日、水野が要求したのは、社長からこの指輪は偽物だ、と述べることだ。謝罪までは求めていない。なぜ、東堂は社長に謝罪させようとしているのか。

東堂が重ねて言う。

「社長、水野さまのご要望をお聞き入れください」

社長は憤懣（ふんまん）やるかたない様子で、唇をきつく結んでいる。水野の要望を受け入れたくないのは明らかだった。

　水野の要望を受け入れようとしない社長に、東堂は呼びかけることで決断を迫った。

「社長」

　受け入れるしかないと諦めたらしく、社長は絞り出すように言った。

「この指輪は偽物です。申し訳ございませんでした」

　社長は自分の膝頭を摑み、頭を垂れる。

　隣で東堂も、首を折った。

　慌てて広大も、ふたりに倣う。

　わからないことだらけで、頭のなかが混乱している。

　水野が自分を呼び出した理由もだが、なぜ社長が指輪が偽物であることを謝罪するのかもわからない。

　社長の態度もそうだ。

　水野に対する社長の言動は、客に対するそれではない。どうして敵意があるような応対をするのだろうか。

　隣で東堂が姿勢を戻す気配がして、広大も頭をあげた。

　水野は満足げな笑みを顔に浮かべた。

「社長のお言葉、この耳でしっかりと拝聴しました。これで指輪の件はなかったことにいたします」

　水野がそう言うと社長は、一秒もこの場にいたくない、とでもいうようにソファから立ち上がり、部屋を出て行った。

　社長がいなくなると、東堂は改めて水野に謝罪した。

「このたびは、当ホテルの社長が水野さまに、まことに申し訳ないことをいたしました。重ねて、社長にかわりお詫びいたします」

　社長が出て行ったドアを見つめていた広大は、驚いて東堂を見やった。

　指輪が変色したのは社長のせいではない。どうして東堂は、社長に責任を転化するのか。

　水野が東堂を憐(あわ)れむように言う。

「あなたも大変ね。仕事とはいえ、あんな男の尻ぬぐいをしなければいけないなんて」

　わけがわからずにいる広大を、水野が見た。

「あなたには、謝らなければいけないわね。私の個人的な問題に巻き込んでしまって、ごめんなさい」

　どう答えていいか戸惑っていると、東堂が疲れたように額に手を当てた。

「今回の指輪は、以前、社長が水野さまに差し上げたものだ」

　驚きのあまり、短い声が出た。

「社長と水野さまは、お知り合いだったんですか」

水野が遠くを見て笑う。

「お知り合いどころか、婚約者だった。そう思っていたのは、私だけだったけど」

東堂が、今回の件に関しての説明をする。

水野は経営コンサルタント企業の経営者で、社長とは三年前に知り合った。

きっかけは、社長の父親で現会長の小ノ澤徳弥が現役から退き、代表取締役に息子の秀俊が就いたときだった。

サンセールホテルをさらに大きくしようと考えた社長は、業界でやり手で知られる経営コンサルタントのもとを訪ねる。そこの代表者が水野だった。

「東堂さんは、水野さまにお会いになったことはなかったんですか」

社長秘書の立場ならば、経営に関する相談の場に同席するのではないか。

東堂は首を横に振る。

「たしかに私が社長に一番近い人間だろう。しかし、それはご意見番という立ち位置で、経営に関することは専門部署の管理営業部門に任せている。だから、社長が水野さまの会社へ行くときは、管理営業部門の支配人かその下の者が同行している」

美しいだけでなく聡明な水野を、社長はすぐに気に入った。

水野は可笑しそうに笑った。

「知り合って一か月もしないうちにプロポーズしてくるなんて、面食らったわ」

東堂は、言い訳とも擁護ともとれる言葉を漏らす。

「社長は熱量が高く、なにごとも関心を持つと夢中になる方なんです」

水野は記憶を辿るように語る。

「私はクライアントとは特別な関係にならない主義なの。情が絡むと正確な判断ができなくなるから。でも、あれだけ熱心に口説かれたら、さすがの私も悪い気はしなかった。そしてダメ押しが、この指輪だった」

夜の食事の席で、社長は婚約指輪として件の指輪を水野に渡したのだという。

水野は自嘲した。

「物の値段と気持ちがイコールだなんて思っていなかったけれど、五百万円もする指輪をプレゼントされたら、それほどの愛情を持ってくれてるって思ってしまった。いま振り返れば、それがそもそもの間違いだったの」

水野は指輪を受け取り、社長と結婚する決意をした。

社長の様子が変わったのは、それからまもなくだった。

毎日あった連絡があいだを置くようになり、多忙を理由に会う機会が減った。久しぶりに会っても、込み入った話はしない。会話は終始、世間話や雑談の域を出ない他愛もないものにとどまった。

やがて社長は、経営コンサルの契約を解消し、関係はそれきりになった。

「恋愛経験はそれなりにある。別れを切り出したことも切り出されたこともあるから、連絡が途絶えてもショックはなかった。でも、だからといってまったくなにも思わなかったわけじゃない。一度は結婚を考えた相手だもの。関係が続いていたらどんな暮らしをしていただろうって、想像したこともあるわ」

しかし、水野は社長を追いかけなかった。

水野は寂しげに目を伏せた。

「世の中で、一番ままならないのは人の気持ちだと思う。好きな相手を嫌いになりたいと思っても無理なように、嫌いな相手を好きになることもできない。それは相手も同じ。離れてしまった相手の心を取り戻したいと思っても、それは限りなく不可能なの。だから、彼とはきっぱり縁を切った」

水野が指輪を手放そうと思ったきっかけは、引っ越しだった。

いま住んでいるところよりいい物件があり、移り住むことに決めて荷造りをしていたとき、クローゼットのなかにしまっていた指輪を見つけたのだ。

縁がなくなった相手からのプレゼントを持ち続けるのは、未練がましくて嫌だった。

水野は貴金属鑑定人の資格を持つ知人を訪ね、指輪を買い取ってもらいたいと頼んだ。そこで知人から聞いた指輪の価値は、社長が口にした値段の百分の一ほどにしかならないものだった。

知人曰く、よくできたフェイクで、現物の見本品として作られたものだと思う。買取の値段は、美しいアクセサリーとしての評価だ、というものだった。

水野はセンターテーブルにある指輪を、手に握りしめた。

「心変わりなら許せるけれど、私を騙したのは許せなかった。だからといって、復讐なんて大げさなことをするつもりはなかった。人の心を軽んじるような人間なんかと、もう関わりたくないから。でも、あいつがいまでも私を騙しおおせたと思っているとしたら、それは耐えられない。あいつに、私は指輪もお前の気持ちも偽りだったと知っている、そう知らしめたかった」

東堂が説明を補足する。

「水野さまが社長の口から、指輪は偽物だ、と聞きたいとおっしゃったとき、水野さまと社長は個人的な繋がりを持っていると感じた。社長の女性に対する気の多さは、そばに長く仕えている自分がよく知っている。おそらくなにかしらの因縁がある、そう思い、水野さまと別れたあとすぐに社長に連絡した。社長は最初、水野さまと関係があったことを認めなかった。だが事情を伝えるとようやく、三年前に少しだけつきあったことがある、と打ち明けた」

水野が東堂を斜に見る。

「どうせ、私以外にも同じような手で女性の気を引くようなことをしていたんでしょう。だからあなたはすぐに気づいた」

東堂はなにも答えなかった。しかし無言が、水野の言葉を肯定していた。

水野は少し済まなそうに、目を伏せた。

「私も人を巻き込むようなことはしたくなかったの。でも、真正面から行っても、あいつはきっと会おうとはしない。だから、私に会わざるを得ない状況を作ったの」

水野は広大を見た。

「あなたや支配人たちには、私の個人的な事情で嫌な思いをさせたわね。ごめんなさい」

広大の耳に、東堂とともに応接室で聞いた水野の言葉が蘇った。

——面倒な客だと思うでしょうけれど、これもなにかの縁だと思って諦めてちょうだい。私も心の持っていき場がなくて、こうでもしないと気持ちの整理がつかないのよ。

あの言葉は、水野の本心だったのだ。

水野もこんな手の込んだことを、望んでしたのではない。悔しさのあまりこうするしかなかったのだ。

結果、水野は社長の口から、偽りの指輪を渡したと言わしめた。指輪は本物だと言い逃れをしたら、本物の指輪と同等の弁償金を支払えと要求され、問題は大事になる。場合によっては、自分が水野にしたことを人に知られることにもなりかねない。

すべてのことが腑に落ちた。しかし、ひとつだけ、まだわからないことがある。

広大は水野に訊ねた。

「ひとつだけ、お訊ねしてもよろしいでしょうか」

「なに？」

「どうしてこの場に私を同席させたのですか」

ここに自分がいなくても、水野の目的は達せられる。どうして自分を呼んだのか。

水野は小さく笑った。

「ひとつはあの男に恥をかかせたかったから。この問題を当事者だけで解決しても、あいつは絶対に懲りない。自分のみっともない姿を部下に——しかもホテルに入りたての新人に見られたら少しは堪えると思ったの。もうひとつは、あなたの気持ちが嬉しかったから」

広大は記憶を辿った。自分は水野が喜ぶようなことをなにかしただろうか。考えたが、身に覚えがない。

水野は言う。

「昨日、指輪の色の戻し方を教えてくれたでしょう」

意外な言葉に、広大は戸惑った。あのとき、水野が喜んだ様子はなかった。

広大の心中を察したのだろう。水野は済まなそうな顔をした。

「あのときはあいつへの怒りがまだ収まらなかったし、指輪が偽物だと知りながらもとに戻そうとするあなたにも驚いたの。どうしていいかわからなくて、すぐにドアを閉めた」

水野は手のなかの指輪を見つめた。

「この指輪が本物か偽物かなんて関係ない。高くても安くても、きれいなものはきれいだ。そんなあなたの言葉を聞いて、なんだか気持ちが楽になった。そう、この指輪がどんなものであっても美しいものは美しい。それでいいじゃない、そう思ったの」

水野は広大を見た。

「あなたには、とても迷惑をかけて申し訳ない気持ちがある。私の心を楽にしてくれた感謝もある。私にとってあなたは、この問題になくてはならない存在だったの。だから、この問題を最後まで見届けてほしかった」

水野が微笑む。

「ありがとう」

広大は胸がいっぱいになった。嬉しいのか苦しいのかわからない。ただ、水野に向かい、深く頭を垂れた。

白いベンツのクーペに乗り込んだ水野は、エンジンをかけた。マフラーから、重厚ないい音がする。

開いている運転席側の窓から、水野が広大に声をかけた。

「じゃあ、仕事がんばってね」

見送りに出ていた広大は、元気に返事をする。

「ありがとうございます。どうぞお気をつけてお帰りください」

水野は社長と会った翌日、予定を早めてチェックアウトした。

見送りには宮田と三輪、総支配人が並んだ。

宮田と三輪が、順に水野に声をかける。

「またお越しください」

「お待ちしております」

宮田と三輪も、水野と社長の関係を知っている。広大が教えた。

水野と東堂からは了解をとった。ふたりとも、今回の件を大いに心配している。彼らにだけは本当のことを伝えたい、そう言うと水野も東堂も、個人情報の取り扱いと同じく他言無用を条件に許諾した。

事実を知ったふたりはかなり驚きつつも、社長の女性への気の多さは耳にしているらしく、これで少しは懲りただろう、と同情する様子はなかった。むしろ、自分たちを騙そうとしていた水野に寛容さを示した。

　窓が閉まり、水野が片手をあげる。

　広大たちが頭をさげると同時に、車は走り去った。

「いやあ、今回はかなり疲れた」

　宮田が肩から力を抜き、息を吐いた。

　三輪は宮田をたしなめた。

「どこでお客様が見ていらっしゃるかわからないんですよ。しゃきっとしてください、しゃきっと」

　宮田は渋々といった態で、背筋を伸ばした。

　東堂が三輪に同意する。

「そのとおりだ。私たちホテルマンは、常にお客様の目を意識し、お客様に寄り添い、心地よく過ごしていただけるよう努めなければならない。しっかり頼む」

　三人が声を揃えて返事をしたとき、車寄せに一台のタクシーが入ってきた。今日の宿泊客だろう。

　ドアアテンダントが車に駆け寄る。

　宮田と三輪は、仕事に戻るためにホテルへ入って行った。

　あとに続こうとする広大を、東堂が呼び止めた。

「秋羽くん」

足を止め、振り返る。

東堂は表情を和らげ、目を細めた。

「水野さまの件、いい仕事をしたね」

広大は意表を突かれた。しどろもどろに答える。

「いえ、私はなにも――むしろ、もしかしたらホテルに多大なご迷惑をおかけしていたかもしれませんし――」

東堂は毅然とした態度で言う。

「私たちホテルマンは、お客様の心に寄り添う仕事だ。お客様を大切に思う気持ちがなくてはいけない。今回のことはたしかに少々強引だったが、君の気持ちはしっかり水野さまに伝わった。そして水野さまは気持ちよくお帰りになられた」

東堂は広大に歩み寄ると、肩に手を置いた。

「これからも、がんばるんだよ」

広大は背筋を伸ばした。

「はい」

東堂がホテルへ戻っていく。

広大は水野が去った道の奥を見つめた。

最初は水野を感情的な客だと思ったが、実際は違った。水野は知的で聡明な女性だった。これからもビジネスで活躍し、きっといい相手にも巡り合うだろう。

ホテルに戻りかけた広大は、ある考えが頭をよぎり足が止まった。

経営コンサルタントの水野は、さまざまな分野の客を相手にしている。持っている知識も多岐にわたるだろう。その水野が偽物の指輪に簡単に騙されるだろうか。

プロの鑑定人ではない三輪ですら、指輪に五百万円の価値はないと見破ったのだ。水野が気づかないわけがない。

広大は振り返り、いま一度、道の奥を眺めた。

水野は最初から、社長が渡した指輪は偽物だとわかっていたのではないか。わかりながらも社長を愛していたから、信じようとしたのではないか。

脳裏に、応接室で水野が一瞬見せた、寂しげな顔が浮かぶ。

その場に立ちつくしていると、ホテルから出てきた女性が、広大に声をかけた。

「すみません、この近くで子供が遊べるところはありますか。ホテルのなかだけだと退屈みたいで――」

女性の隣で、まだ幼い子供が指をくわえていた。泣いていたのだろうか。目が潤んでいる。

広大は笑顔をつくり答えた。

「コンシェルジュがご案内いたします。こちらにお越しください」

観光案内やタクシー、店の予約などの手配は、フロントのそばに常駐しているコンシエルジュが担当している。

女性がほっとしたように微笑む。

広大はその場にしゃがみ、子供と目の高さをあわせた。

「この近くに、ブランコや滑り台がある公園があるよ。お魚が見られる池もある。面白いところがたくさんあるからね」

子供は顔を輝かせ、にっこりと笑った。

初夏のさわやかな風が吹いた。

あたりの樹木が揺れ、枝の隙間から明るい陽の光が地面に落ちる。

広大は胸を張った。

「どうぞ、当ホテルでいい時間をお過ごしください」

どこかで鳥が、美しい声で鳴いた。

蝸牛ホテル——hôtel de escargot

平山夢明

平山 夢明

ひらやま・ゆめあき

1961年神奈川県生まれ。94年に『異常快楽殺人』、続いて長編小説『SINKER――沈むもの』『メルキオールの惨劇』を発表し、高い評価を得る。2006年『独白するユニバーサル横メルカトル』で第59回日本推理作家協会賞短編部門を受賞。同名の短編集は07年版「このミステリーがすごい！」の国内第一位に選ばれる。10年から11年にかけて『ダイナー』で第28回日本冒険小説協会大賞と第13回大藪春彦賞を受賞。『他人事』『ミサイルマン』『或るろくでなしの死』『顳顬草紙』『デブを捨てに』『ヤギより上、猿より下』『平山夢明恐怖全集』『大江戸怪談　どたんばたん』『華麗なる微狂いの世界』『あむんぜん』など著書多数。

面接〈インタビュー〉

我に返ると公園のベンチにいた。緑の絵の具をずっと先まで拡げたような鮮やかな芝生と、その上に絵筆を濯いだ残り水にも似た濁った空がのしかかっていた。

背後から子供と母親のはしゃぐ声が、きちがいじみて聞こえていた。

『ダイジョブ？』

不意に声を掛けられノマは、びくりと身震いする。男とも女ともつかない皺だらけで薄汚れた年寄りが彼女を覗き込んでいた。何と返事すべきか探していると老人は深く頷き、笑みを浮かべ、立ち去った。かつては虹色だったらしい襤褸を何枚も重ね着していた。まるで何処かの芝居小屋から、わざわざ抜け出して来たようで、服とも云い難い袋状のものは老人が歩む度、わさわさ揺れた。

左に公園の駐車場。今では珍しいボックス型の公衆電話があり、誰かが使っていた。指先に軽い痛みを感じた。何本かの爪が割れていた。また無意識に自分で噛(か)んでいたのだろうか。出血しているのか赤黒く指先が汚れていた。

二百九十八万七千八百六十三円――これが去年、彼女に支払われるはずであり、支払われるはずもない未払いの給料。二百六十四――これが今迄(いままで)に紹介された、もしくは申し込んだ就職先の数。

〇(ゼロ)――今この場での勤め先。

飲食店を二軒とビル清掃を掛け持ちして働いていた。突然、倒産したのだと教えてくれたのは、いつものように出勤した入口のドアに貼られたチラシ大の紙切れだった。

やっと連絡がついた債権担当だという弁護士は電話越しで『あんたのケーキは、みんながシャブリ尽くしまくった後になるから、とっとと別の働き口を探した方が良(い)いね』と云う意味のことを法律用語を使って投げつけるように説明し、尚(なお)も助けを求めようとすると『あれ？　もしもし？　もしもし？』と切って捨てた。ネットで探し、やっと辿(たど)り着いたNPOも、約束はするけれども早急な生活の立て直しには何の役にも立ちそうになかった。

公衆電話から自分と同じ歳(とし)格好の女が出て行く。颯爽(さっそう)と歩く彼女はきっと普通(まともな)の暮らしをしているのだろう。アパートの支払いもある。五歳になる息子のコウの事もある。

どうすればいいのだろう……。老人が去った先に背の高いビルが並んでいた。そのひとつに巨大な看板があった。煙草（たばこ）の宣伝なのか空から海を撮った写真があり、その青い海の上に小さなボートが浮かび、中に黄色地にハイビスカスのような赤い花を散らしたアロハ姿の男が心地よさげに寝転がっていた——〈何ものも逆らえない時間〉とコピーがある。

　何かが鳴っていた。ノマが振り返ると公衆電話からそれは聞こえた。

誘われるようにベンチを離れた彼女は半透明の箱に近づいた。無人の箱の中、確かに音がしていた。自分の他に気づいている者はいないようだった。辺りを見回してからノマはドアを押し開き、自分を押し込むようにして中に入った。確かに電話は鳴っていた。粒（タブレット）ガムに似た黄緑色の本体が肩に掛けた受話器を早く取れと急（せ）かしているようだった。中には先程の女の残り香がまだある。

　誰も箱に駆け寄って来ないと確認してからノマは受話器を取った。

「……もしもし」

　相手の言葉が最初はわからなかった。外国語のようでもあり、チューニングの合っていないラジオ放送のようにも聞こえたからだ。

　ノマは面食らいながらも、もう一度「もしもし」と云った。

『番号を……』

相手はそう云ったきり黙った。

切れたのではないかと思ったが、そうではないことが背後の音からわかる。夜想曲（ノクターン）のような古めかしいが、どこか懐かしい音楽が流れていた。

番号……番号……予期せぬ問いにノマは慌てたが、硬貨投入口の上に載せられた紙切れを開くと確かに番号らしき数字が並んでいた。ノマはそれを読み上げた。

「いちきゅうよんごうよんさんまる」

相手は沈黙を続けていた。しかし、それはノマが答えを間違ったことを意味していなかった。間違いならば、即座に何の話だと云い返されただろう。

ノマが三度、固唾（かたず）を呑（の）んで待った頃、相手の声がした。

『それでは面接をします。ホテルで働いた経験は？』

——なかった。

「あります」

『こちらは大変に格式を重んじる会員制のホテルです。給与、また福利厚生の面に関しても諸外国の大使館に劣るものではありませんよ』

その時点で初めてノマは相手が年配の女性だとわかった。

「承知しています」

『その権利を受けるだけの働きが求められるのです』

「はい」

ノマがそう告げると相手は彼女の氏名、連絡先を確認し、ある住所と日時を告げた。

電話を終えたノマは箱から出た。胸がドキドキした。自分が嘘(うそ)を吐(つ)き、それが思わぬ効果を発揮してしまったことへの昂揚(こうよう)と不安がないまぜになっていた。

「やるしかない……これしかないもの……」

楔(くさび)のように打ち込まれた相手の言葉から既に逃れられなくなっている自分を感じた——外国の大使館に劣らぬ待遇——彼女と彼女の息子に最も必要で絶対に逃してはならない宝くじ(チャンス)。駄目なら素直に謝ってしまおう。彼女は何度も自分に云い聴かせた。

漸(ようや)くアパートへ戻る決心が付いた頃、ノマは相手が告げた言葉を口にした。

「……オテル・ドゥ・エスカルゴ」

指定された日はあの公衆電話での嘘から三日後だった。その間、ノマは受け取るはずだった賃金の支払いがどうにかされるよう必死で動いた。かけたこともない相手に電話し、相談し、助言や助力を求め、方策を尋ね、云われるがままに相手先にも出向いた。アパートの大家にも掛け合い、胃が潰れるような嫌味を云われても微笑(ほほえ)みを崩さぬよう、爪先に力を込めてそれを受け止めた。退去期限はひと月だけ延びた。しかし、ただそれだけのことでしかなかった。コウはお腹(なか)が減ったとは云わなかった。ノマが外出している間は横になって腹が減らぬようにしていた。深夜、ノマはへとへとになった軀（からだ）を落ち着かせようと珈琲（コーヒー）を作った。瓶の粉ミルクが大きく減っていた。コウが掬（すく）って空腹を紛らわせたのだとわかった。

面接当日、ノマは自分で背中まで伸びていた髪を肩までに切った。コウに今日は良い事があるって神様に祈っていてねと云うと、彼は彼女に向かい手を合わせ、笑った。それだけで母の覚悟は決まった。

エスカルゴの場所は容易に見つからなかった。一時間前に到着したはずなのに場所がわからず、あちこち訊（き）いて回っているうちに約束の時間が迫ってきた。焦っていると不意に濡（ぬ）れたような焦げ茶の煉瓦（れんが）でできた建物が現れた。傍らに急な長い階段があり、建物の手前には近代的なガラス張りのビルが並んでいたので陰になっていたのだろう。しかも建物の周囲はバスほどの高さの塀で囲まれており、中を窺（うかが）い知ることはできない。まるで小さな刑務所のようだとノマは思った。壁には立ち入り禁止であることを英語と図で示された金属のプレートが間隔を置いて塡（は）め込まれ、尋常でない雰囲気を伝えていた。正面にもおよそホテルとは云い難い高い鉄扉があり、外界と内部とを隔絶させていた。暗い緑色に塗られた鉄扉の脇に筆記体で〈hôtel de escargot〉と書かれた大きさの違う少し明るめの煉瓦があり、その下に赤い釦（ボタン）が付いていた。

ノマは一度振り返り、町の風景を眺め直してから釦を押した。すると返答の代わりに頭上でモーター音がした。監視カメラが自分に向くのがわかった。まともに見上げないように俯き加減で待っていると、錠の外れる音に合わせ鉄扉が潜り戸のように開いた。

「……さん？」目の前に海外ドラマに出てくるようなメイド姿の女がいた。顔も何処か日本人離れしている。気を呑まれたノマが立ち竦んでいると相手は短く「面接のかた？」と重ねて云った。

慌てて頷くノマに対し、相手は入るよう扉を開け、通り道を作った。失礼しますと口にしたがそれが届いたかどうか定かではない。

再び錠を掛けた女は何も云わず当然のように先へ進んでいく。辺りを見回したノマは絶句した。玄関へと続く前庭は正に英国庭園そのものだった。ミリ単位で整えたと思われるような完璧に剪定された生け垣、水をいま吸ったかのように鮮やかな芝生。が、それらを全て吹き飛ばしてしまうほど見事な花の饗宴にノマは胸が潰れそうになり、思わず息が苦しくなった。こんな凄まじいものがこの都会の片隅に存在していたなんて。しかもそれらが壁一枚隔てて存在しているのだ。ノマは胸の中で溜息を吐くと同時に、手に届くモノ、届かぬモノの違いは距離ではないのだと感じて寂しくなった。たとえ数ミリという近さにあっても〈触れられないモノは永遠に触れることができないのだ〉。

もっともっと見回したい衝動を抑えながらノマは懸命に先を行くメイドに付いて行く。

大理石のような白く低い階段を上ると正面に外壁と調和させたであろう玄関の扉。中に一歩足を踏み入れるとそこは完璧に外国だった。日本語の表示は一切なく、英語で全てが案内されている。人のざわめきが遠くから聞こえていた。が、先を行くメイド以外に人影は一切なかった。正面の受付を右に折れると廊下があり、突き当たりにエレベーターホールがあった。メイドはホールの壁を手で押した。すると隠し扉なのだろう、壁に裂け目が生まれ、暗い奥が覗いた。

「エレベーターは全てお客様のものです」メイドはノマの顔を見ずにそう呟いた。それは自分に説明をしているというよりも、そこを通る度、口にする呪文のようだと彼女は感じた。

壁の裏は薄暗く螺旋階段が上へ延びていた。メイドはたっぷり三階分を上ると再び、壁を押した。また別の空間が現れた。厚いカーペットを敷いた廊下が延びている。部屋は両サイドにあるのだが前庭の華やかさとは裏腹に廊下は薄暗く、毛足の長いカーペットによって靴音が完全に吸収されてしまうので居心地が悪いほど静かであった。ノマは幼い頃、深夜、若い婦警と座っていた病院の待合室を思い出した。あの時、婦警は彼女の手をずっと握ってくれていた。医師がやってきて両親と兄の死を告げた時、ノマは思わずその手を振り払った。その時のハッとした婦警の顔を彼女は今も思い出す。家族が全滅した事を告げられた時のショックよりもノマはそれを忘れられずにいた。

いくつもの角を曲がった末にメイドが突然、立ち止まった。廊下の突き当たりを左に折れた先に部屋があった。廊下を曲がった所からその部屋の内部までは、壁紙の色がオレンジと臙脂の中間色に変わっていた。部屋を横切るように長いデスクが奥にあった。その向こうに窓を背にして大きな男が座っていた。牛乳らしい白い液体の入ったマグを机に置くと男が口を開いた。「ノマさん、ですか」

「はい」

男はハッキリとした笑顔を見せ、立ち上がると彼女に座るよう勧めた。そして案内してきたメイドに人を呼びに行かせた。

男のデスク上のネームタグには〈支配人　閨間〉とあった。

「ウルマと読みます。母がウクライナ系でしてね」付け足すように両手を重ねてから幅を測るように拡げた。「縦も横もデカいでしょう」

彼の言葉を待つまでもなく、ノマはウルマの巨大さに圧倒されていた。自分の周りの日本人の誰よりも背が高く、単にデカいというよりも頑丈な生きた金庫を思わせた。

「この通りの体格なので普段、私はあまり表に出ません。ホテルの雰囲気を壊してしまう怖れがあるのでね」ウルマは、ふふと苦笑した。するとそこへ歳嵩の女が、ノマを案内してきたメイドと一緒に現れた。女は殆ど黒にしか見えない赤いスーツに身を包んでいた。髪は結い上げで金髪、顔は白く彼女もウルマ同様、西洋人の血が混じっているのだろう。彼女が入室した途端、部屋の中の空気がピンッと張り詰めた。

「ルシーフ、どうかね？」

女は手にしたバインダーを前に持ち直し、椅子に座ったノマを見下ろした。先程、ウルマが醸し出していた和やかな雰囲気は吹き消され、ノマはルシーフの瞳と目が合った瞬間、自分が虚偽の応募者とバレたのを確信した。

ノマが視線を逸らすと、その頭上で声がした。

「結構です」

驚いて顔を上げたのはノマだった。

待ち望んでいた答えを耳にしたかのようにウルマが頷いた。「結構」状況が呑み込めないノマは犬のように追い出されるか、警察を呼ばれるのを覚悟し、椅子の上で身を固めていた。

ウルマは彼女に向き直ると静かな声で告げた。

「試用期間なしの週給十万からではどうかね？　但し、休みは週に一度だけ。その他にも様々な規約が会員制ホテルという性質上あるのだが、細かな条件はルシーフに説明させよう。充分に理解した上で契約し給え」

ルシーフと自分を連れてきたメイドが、先程までの硬質さが嘘だったかのように微笑んでいた。

「わたし……雇って戴けるんですか……」

「勿論。君さえ良ければ」

ウルマは両手を拡げて云った。

「ありがとうございます」

ノマは泪がこみ上げそうになるのを必死で抑えた。

「では、此方へ」

ルシーフがノマを促した。

契約の日〈Closing day〉

「ハンバーグとチョコレートパフェ……良い？」コウが上目遣いにノマを見た。

「勿論よ。ママもパフェを貰うから」

しっかりとした表紙の付いたメニューの店で夕食を摂るのは何年ぶりだろう。もしかすると、この子は初めての経験かもしれない。此所はファミレスではない、少し上等なレストランなのだ。全てが静かに動き、子供のはしゃぐ声もしない。ドリンクバーから飲み物を取ってくるのではなくウェイターに頼むのだ。

昨日ノマはウルマから直接、エスカルゴで貰う最初の封筒を受け取った。給与は振り込みだと思い込んでいた彼女は不意の幸運に動揺を隠せなかった。

『此所は何もかもがオールドスタイルでね。これも、そのひとつなんだ。慣れてくれるのを期待しますよ』

暫くして運ばれてきた料理にコウは目を見張り、直ぐさまフォークで削るようにして切った一部を口に入れた途端、むーっと呻きながら目をまん丸に見開いた。

『おいしい？』と尋ねる間もなく、何度も頷く。頬に小さな笑窪が浮かんでいた。コウは美しい子だった。しかし、普段の彼は些か沈鬱で、なにか哀しんでいるような顔をしていた。それが今はすっかり子供の顔になっている。ノマは胸の奥にずっと呑み込んでいた氷の塊が溶けていくような安堵を感じ、気持ちが温かくなった。


『……この建物内で見聞したことは一切、外部に漏らしてはいけません』

あの日、ノマを自室に連れてきたルシーフは開口一番、こう告げた。

『また当館では原則として電気器機は使用しません。所謂、掃除機、クリーナーなどですが、更に客室以外、館内電話もありません。代用品の説明、使用に関しては実地で教えます。重要なのは、このホテル全体がひとつの舞台であるということです。オテル・ドゥ・エスカルゴは外界とは隔絶した空間と時間を提供することを旨としています。無論、その他のサービスも絶品でなくてはなりませんが、取り分け他社との差別化を謳い、誇りとしているのは滞在期間内に於ける味わいなのです』

ノマが頷くと、ルシーフが今度は彼女の目をはっきりと見て宣言するように云った。

『勤務中、もしくはこの建物内での携帯電話の使用は禁止です。従業員用クロークに預けるのです。緊急の連絡があればホテルに直接、かけて貰いなさい。みなさん、そうしているのです。良いですね』

ノマが記入した履歴書を見たルシーフが云った。

『息子さんがお小さいのね。あなたの勤務中、誰が看ていてくれるのかしら』

ノマは咄嗟に〈母が〉と嘘を吐いていた。実質的に放置に近い状態にするしかないと知られたら契約を取り消されると思ったからだった。

ルシーフは細く長い指の間で万年筆を転がすようにしてから云った。

『もし良ければ、ホテル内のチャイルドケアを利用することもできます。ホテル内で息子さんを預かります。担当するのは経験豊かな資格を持った人達ですよ』

ノマは我が耳を疑った。そしてノマの顔に浮かんだ答えを見てルシーフは頷き、あの案内をしてきたメイドに〈サリ、空いているか確認してください〉と走り書きしたメモを渡した。

その後、ノマは給与と勤務時間、保険関連などの説明を受け、翌日から勤務に就くということを約束した。

『それでは契約書にサインを』ルシーフは書面を取り出すとノマに署名を求めた。
書面を確認したルシーフは、それまでの硬い表情を緩め、微笑んだ。
『ようこそ。オテル・ドゥ・エスカルゴへ』

一ヶ月後〈A month later〉

あれからひと月が経った。自分が、まだこの場所に居ることがノマは信じられない思いだった。公衆電話の偶然、たった一度の嘘。元からそうなるよう設計されたパズルのように彼女は採用され、何食わぬ顔で働いている。それに彼女にとって重要なことのふたつが果たされていた。ひとつは給料が約束通り払われること、そしてコウの生活が安全であること――。今、四階フロアにいる彼女は、コウがホテル別館のプレイルームで児童ケアの資格を持ったスタッフと過ごしているのを知っている。有り難いことにホテルはコウに多少の熱があっても連れて来れば引き受けてくれるし、医者にも診せてくれた。勿論それは偶然、他の利用者が少なかったからかもしれないが、今迄のノマの経験ではあり得ないことだった。だからと云って全てが順調なわけではなかった。初めてのホテル業務は不慣れな事ばかりで全てに面食らうばかりだった。
ルシーフが彼女に先輩として付けたメイドはあの案内をしてくれたサリだった。訊けばサリは自分とあまり歳も変わりがなかった。エスカルゴに勤めて五年になると云う。

『このホテルは奇妙な規則が多いけれど、別に慣れれば何と云うこともないから』

　面接時からそうだったがノマは自分がえり好みできる立場にないことを了解していた。なのである程度の心構えはしてきたつもりだったが、それでもエスカルゴは別格というくらい変わっていた。まず制服は午前と午後の二種類が用意された。午前中のものは館内の掃除や庭の手入れなどの体を使う作業用のもので、これは動きやすく汚れても洗いやすい生地で仕立てられていた。午後は足首まである真っ黒なロングワンピース、白いカラーとカフス、胸元の全面までを覆うロングエプロンが用意された。

『ホテル(ウチ)は本格英国方式でのサービスを行っているの。この衣装もヴィクトリアン・メイドと云って古くからある様式なのよ』

　サリはノマの髪を〈編み込み〉しながらそう云った。丁寧にサイドから編まれたそれは互いに結ばれ、残った髪は三つ編みにして毛束はヘアピンで留められた。襟足から額に掛けて髪のロープが生まれていた。それを白いメイドキャップで隠すと本式のメイド姿の自分が登場した。始めてから完了するまで三分もかからない。

『凄(すご)いですね。こんなに素早く……わたしには絶対にできない』

『コツは髪留め(ヘアピン)の使い方。とても似合うわよ』

　サリはそう云うとノマを朝礼に連れ出した。朝礼ではウルマから当日の行事予定の発表や各担当部門への連絡、夜勤者からの引き継ぎが行われた。そして最後にノマが新人として紹介された。メイドは全部で二十人ほど。全員がノマよりも歳上のように落ち着いて見え、殆ど私語を話す者はいなかった。

『それ持って』サリは手箒と塵取り、雑巾の入ったバケツをノマに持たせると歩き出した。既にホテルは全館で活動を始めており、部屋内外、建物の庭などに人が散らばっていた。

『此処からします』

最上階の五階までやってくるとサリは宣言するように云い、階段の手摺りを薄桃色のワックスで磨きにかかる。ノマもそれに倣う。すると傍らを通るメイド達が声を掛けてくる。その度にサリは履歴書に記載した内容を適宜、必要なだけ話す。その間も手は止めず、視線を合わせない時もある。それはたまたま水場に居合わせた鳥達が束の間、囀りあっては去って行く姿を連想させた。またメイド以外に庭の管理や各所の営繕をしている男もいたが彼らは全員、ベージュ色の作業着で彼女たちには話し掛けてこなかった。

五階から一階まで丁寧に仕上げるとサリは腕時計を確認し、少し休憩しましょうと立ち上がった。大きな厨房の隣に木製のテーブルとベンチの置かれた従業員用の食堂があった。ノマが座って待っていると、ポットの載った盆を手にしたサリが『出ましょう』と庭へ誘った。男達の邪魔にならぬよう隅の四阿で石造りの椅子に座る。注ごうと腰を浮かせたノマをサリが『入れるわ』と制す。保温用カバーを外すと白地に花柄の陶器が姿を現す。派手ではないが年代を感じさせるもので、注ぎ口と蓋に金の縁取りがあり、ティーカップに描かれた花とマッチするように作られたらしい、枝風の把手の細工も際立っていた。

『どうしたの?』

『なんだか凄く高そうなカップですね』

ノマの言葉にサリは満足したように頷いた。『そう。この建物の中にあるものは全てが高価なのよ。このティーセットも市場に出れば数十万という値でしょうし、このメイドの衣装も高級品なの。花も内装も調度品も全て値段を聞いたら触る気が失せるようなものばかり……だからサービスに躯が順応するまでは聞かない方が良いわ。臆してしまうと作業が完璧にできなくなる』サリは茶漉しを取り出し、ポットを持ち上げる。

ノマはサリが注ぐ紅茶を見つめていた。色がとても明るい。

『水色が透明感のあるオレンジ色なのがわかる?』

『すいしょく?』

『お茶の色。ダージリン、セイロン、アールグレイ、中国のキーマン、ケニアのアーリーモーニングには陶器のポットを。逆にイングリッシュブレンドやファイブ・オクロック、オレンジペコにはステンレス製のものを使って』
『はい』

『それとお客様にサーヴする場合、絶対に六十五度を超えては駄目。熱過ぎると飲む時に啜らせることになる。それはとても失礼なことなの』

『考えたこともなかったです』

『教えるわ。教えたら憶えて。そして決して忘れずに。付け加えるならばステンレス製ポットは水色の暗いものに使います。そしてそれらはミルクティー向きでもあるのよ』

『はい』そう答えながらノマはこれからどれだけの事を憶えなければならないのだろうと胸の奥で溜息を吐いた。

『慣れるわ。召し上がれ』

ティーカップに口を付け、傾けると、今迄味わったことのない薫りが口いっぱいに広がった。不思議なことに豊か過ぎる香りを不意に味わうと頭の芯が痺れた。

『静かでしょう』ノマの反応に満足したサリが庭園に視線を巡らせる。『全てが平穏、安全、快適。これが最も重要なことなの。この平穏さは電気器機を意図的に使わないことで初めて実現できるものなのよ』

サリの言葉通り、まるで何世紀も前の絵画にあるような光景が広がっていた。陽光を背に受け、黙々と働く男達。静かだが勤勉さと誠実さの詰まった気配は、ノマがかつていた職場とは隔世の感があった。

『騒音を最も嫌うのよ。ここは』

サリはエプロンのポケットから取り出したものをノマの前に置いた。

『これはあなたのもの。此所にいる時は決して外してはならないわ』

大理石のテーブルの上に置かれたのは黒い革ベルトの小さな腕時計だった。

『建物には壁掛け、柱、その他、時間を表すものが一切ないの。客室にも存在しない』

そう云われれば建物に入って時計を見た憶えがなかった。何かずっと不思議な感覚に纏(まと)わり付かれていたのは単なる緊張だけではなかったのかもしれないとノマは思った。

『時間と俗世からの解放。大袈裟(おおげさ)に云えばお客様には門を潜った瞬間から過去と決別して貰い、今を存分に楽しんで貰うのがエスカルゴの哲学だと云えるわ』

サリに促され、腕時計を手にすると渦巻き模様の文字盤に〈coclea〉とあった。

『コクレアよ。このホテルもそこの完全子会社なの。この建物は前世紀までは米軍の所有物だったのだけれど、コクレアが買収したの。米軍はここを幹部たちのくつろぎの場として使っていたのね。彼らは楽しむことにかけては天才的だわ。躊躇(ためら)いがないし、限界もない。そうした時間的積み重ねが建物の隅々にまで染み渡っていて、この独特の雰囲気を醸し出すことに一役買っている……』

腕時計は軽やかで着けているのを忘れてしまいそうだった。ベルトを留めるとぷつりと軀の中で何かが痺れるような気がした。

『結構ね』サリは微笑むと立ち上がった。

それからノマはサリに付いて館内の設備の把握と各担当への挨拶に回った。

ノマの希望はフルタイムでの勤務だったので日勤と夜勤が交互に組まれた。夜勤時のコウの預け場所に悩んでいるとサリがウルマに掛け合い、空いている部屋を使って良い事になった。ノマは仕事に没頭した。無理矢理、箱の中に我が身を埋め込むようにして。

それは、ある日突然、本来やってくるはずの人物が実際に登場し、根こそぎ失うという身の毛もよだつ不安から目を逸らす為であり、手摺りのひと拭き、箒のひと掃きごとに任された事を全力で行う以外、自分たち母子が助かる道はないと云い聞かせた。もし、そうなった場合でも働きぶりが認められていれば叩き出されることはないだろう。何の根拠もない虚仮のような祈りにすがる以外、できることはなかった。

そして実際にそれからの二週間は館内至る所を〈掃除婦〉として拭き、磨き、掃き、汚物を捨てて回った。勤務が明けるとコウを引き取り、アパートに戻るとベッドへ倒れ込む日々が続いた。

火曜日〈Tuesday〉

「今日からリネン係になります」ルシーフはノマにそう告げた。「Ｏ棟です。ふたりで行います。ソーニャとペアを組みなさい」

するとノマの後ろから同じ歳頃の女が現れた。色白で目が青みがかっている。

「よろしく御願いします」と、ノマは微笑んだ。

ソーニャはただ見ていた。

Ｏ棟はホテルの裏側に当たり、今迄いた東棟や西棟よりも暗く静かだった。ソーニャは各階にあるリネン室で、交換用のシーツや掃除用具をノマに指示しながらカートに詰め込んだ。そして二階から各部屋を回るのだが、部屋は各階に六つと圧倒的に数が少なく、またその分、内部は広かった。ノマはまるで王様の部屋だと胸の中で思った。ソーニャの仕事ぶりは完璧だった。室内に入った時から流れるように作業を進めていく。ノマはその後を必死に付いて行くので精一杯だった。二階を終えると洗濯するリネンを袋に詰め、廊下に出しておく。それから三階へ。汚れ物は男達が回収するのだ。男達はリネンを回収し、洗濯し、戻す。そして掃除用のモップや液体洗剤などの消耗品の補充も彼らの仕事だった。

こうしてノマはＯ棟専属の日々を更に十日ほど続けた。

火曜日、その日は二階から五階まで行った処で昼休みになった。するとソーニャは「ちょっと」と声を掛け、ノマを六階の部屋に連れて行った。メイドキーで鍵を開け、室内に入るとベッドに倒れ込み、伸びをした。そして立ったままのノマに「楽にして良いのよ。どうせ、自分たちで片付けるんだから」と笑った。それから腕時計を見、「あと三十分ある」と告げた。そこにはいつも黙々と作業を進めていた人とは思えない姿があった。

彼女は立ち上がると備え付けの冷蔵庫〈普通の家庭用サイズ〉を開け、中から飲み物とサンドイッチを出した。戸惑うノマに「食品や果物はどうせ廃棄されるものだし、飲み物は男達が目をつぶってくれるの」と皿を押しつけ、更に「この建物には監視カメラも隠しカメラもないの。でしょ？」と付け加えた。

ノマは一瞬、躊躇ったが、ソーニャの理屈も理解できた。何よりも自分たちは仕事はちゃんとしていると云い聞かせ、三角に切られたボリュームのあるエッグサンドを手に取った。口に含むとまずマシュマロのように柔らかでモチモチした噛み応えとパン生地の香りが鼻を通り、次にスクランブルエッグの柔らかさ、適度な塩味が黄身の甘さをぐっと引き立てながら口いっぱいに広がった。

「おいしい……」思わずそう声を漏らすとソーニャが満足そうに頷いた。それを見てノマは、今迄胸の中で育っていたある疑問を口にした。

「あの……ひとつ訊いても良いですか？」

「なあに」

「わたし……まだ一度もお客様の姿を見たことがないんです。多分シフトの関係か、チェックアウト後の清掃ばかりだからかもしれないんですけれど……でも連泊される方もいらっしゃるはずですよね。全然、見ないのは何か不思議だなあって……」

「気になる?」

ソーニャの目が暗く光った。

「いいえ、別に。なんとなくそんな風に思っただけなので……。ここはプライバシー重視ですから、何か特別な工夫でもあるんでしょうね」

「ないわ」

「え」

「そんなものない。だって私も見たことないもの」

ノマは言葉を失った。「そんな……」

「でも、泊まっているのは確実ね。毎日、たくさんの汚れ物は出るし、深夜には客室担当がルーム・サービスも運んでいるから……でも、見たことはないわ」

「そうですか」

「でもお客の姿が見えなくたって、お金はちゃんと払ってくれるし、雨の日にずぶ濡れになりながら街角で立ってたりしなくて済むし、何の問題もないじゃない」

「確かに、そうですね」

「あなたも、そのうち慣れるわよ」

そう云ったソーニャの唇が震えているのにノマは気づき、緊張した。

「此所は別世界なのよ……本当に……全てが私が今迄いた世界とは別格。でも、私はもう駄目かもしんない」

「どうして？」

「わかんない。わかんないけど、わかる」ソーニャは顔を上げた。「私。嘘を吐いて雇われたの」

その言葉にノマは前腕の毛が逆立った。

「私、売春婦（コールガール）だったの……でもそんな生活に厭気（いやけ）が差して死に場所を探していたら、目の前にいた真面目そうな女が紙切れを落としたの。することもないし、興味半分でメモにあった番号にかけてみたら、ここだったわけ。なんとかバレても雇って貰えるように頑張ったけど……限界」

「そんな……あんなに立派に……」

「あなたも組合（ユニオン）に誘われれば私の気持ちが判（わか）るわ」

「ユニオン？」

「そう。従業員とウルマ達、幹部も同じ立場になって運営している組織よ。普通の組合みたいなものだと思っていたら、もっと密度が濃いの。聖書の旧約部分を読み合ったり、休みの日にも互いの家を行き来してるの。わたしも表面上は付き合ってるふりをしてるけど。なんだかちょっと気味が悪いのよ。あなたが来てくれてホッとした。真面っぽいもん」

「どういうことですか」

「誰かを捜しているのよ」

「え？」

「よくわからないんだけど……このホテルの全員が誰かを必死になって捜している感じなの。救世主とか……あと……莫迦みたいだけど」そこでソーニャは一旦、言葉を切って「悪魔とか」と云って苦笑した。

ノマは何と返事をして良いのか判らず黙りこくっていた。

ソーニャはそんな雰囲気を掻き消すように「うっそ！」と声を上げ「あはは」と笑った。

ノマも同調しようと微笑んだ。

勤務明け、コウと共に駅へ急いでいると黒い高級外車が傍らに並んだ。顔を上げるとフィルムを貼った後部座側の窓が下がり、小熊のようなウルマの笑顔が見えた。

「やあ。家まで送るよ、ノマ」

ウルマの隣にはルシーフが座っていたが、彼女は手元の資料に目を落としていた。

「ありがとうございます。でも結構です。買い物もあるので……」

「息子さんだね」

「コウです。いつもプレイルームで預かって戴いて感謝しています」

「可愛らしい。実に可愛らしい」ウルマは笑顔の皺をより深く刻んでコウを見つめた。そして「あ、そうだ」とポケットからふわふわした白い熊のキーホルダーを取り出すと窓から手を突きだした。「母の故郷の縁起物だ。子供を魔物から守る力があるそうだ」

ノマが躊躇っているとコウが先にウルマの手からそれを受け取った。

「結構。実に結構」

「そんな大切なもの。コウ、お返ししなさい」

ウルマが「フフフ」と笑い背広を拡げると、内側に同じキーホルダーがいくつも勲章のようにぶら下がっていた。「君がとてもよく働いてくれるからだよ、ノマ。私はいつも報告を受けているのだ。そうだ。ノマ、君もユニオンに加入し給え。家族ぐるみで互いに支え合うことができるぞ。シングルマザーには打って付けだ。君は特別だよ、ノマ」

「はい。考えておきます」

「ユニオンなどと云っても堅苦しく考えることはない。一緒に働く者同士の親睦組織。

つまりは互助会のようなものだ」

「ソーニャには気を付けて」不意にルシーフが云った。「直にあなたが代わりになるわ」

ノマが驚いているとウルマは何も聞かなかったかのように『さようなら(グッバイ)』と軽く手を振った。車はスピードを上げて街の灯(あか)りの中に紛れて行く。

コウが貰った熊を頰に付け「くすぐったい」と笑った。

土曜日〈Saturday〉

ソーニャが交通事故に遭ったと聞いた時、ノマは頭の中が真っ白になった。たった数日だけの短い間だったが、彼女がエスカルゴに辿り着いた経緯が自分とよく似たものであったため、特別な感情を何処かで抱いていたからだ。

「警察の話では酔って歩いていて車道に出た処を脇見運転のトラックにやられたらしい……運転手は逮捕され、既に留置場だ」ウルマは首を振ると太い溜息を吐いた。「彼女には歳の離れた弟さんがいるだけだったが、彼も軀が不自由で施設から容易には出られないらしい。我々としては一日も早い回復を祈りたい」

着替えを終えたノマを呼びに来たのはサリだった。

今、彼女は他の同僚と共に従業員用食堂にいた。

「作業開始までの短い時間になるが、我らが同胞ソーニャへささやかな祈りを贈ろう」
ウルマの言葉を合図に、他のメイドや男達が赤や黒の火の点いた蠟燭を手にやってきた。そしてウルマの前にあるテーブルの上へ四角く囲むように置いていく。真ん中には白い布のかけられた人を思わせるものが横たわっていて、それがノマの胃をざわつかせていた。

突然、ウルマが聞いたことのない〈謳い〉を始めた。堂々とした体軀に相応しく、彼の声は朗として響いた。周囲の者も倣って唱和を始めたが、北欧やイヌイットの民謡を思わせる曲調と馴染みのない言葉に、目隠しのまま放置されたような居心地の悪さだけが募った。照明を落とされた食堂の中は窓の周辺を除いて薄暗い。

するとそんなノマの気持ちを察したかのようにサリが「ユニオンの歌なの」と囁いた。

ウルマの謳いが終わると、それを引き取るかのように壁に近い場所に居た作業服の男達が祝詞のようなものを低く続ける。

やがてウルマが「十字架は私の栄え、行く道をお守り下さい」そう告げると、全員が最後に『アーゴン』と声を合わせた。

次いでメイド達がテーブルの布を取り去った時、ノマは「あっ」と声を漏らした。

ソーニャがいた——ように錯覚した。正しくは等身大のソーニャそっくりに焼かれた麺麭だった。

「彼女の思い出に」ウルマが云うと、並んでいたルシーフが一歩前に出てメイド達に向き直り「ソーニャの献身に」と胸の前で逆さ十字を切った。それから彼女は手にナイフとフォークを持つと麺麭を切り分け始めた。いつの間にかサリが横に立ち、切り分けた麺麭の載った皿をメイド達に配っていた。

　呆然と見つめているノマに向かいウルマが〈遠慮しないで〉という風に笑顔で手招きした。彼女も列に並ぶ。そしてルシーフの前に来た時、今迄機械的に手を動かしていた彼女はノマを一瞥すると「あなたはここね」と、今迄無傷だったソーニャの眉間にナイフを突き刺し、そのまま上唇までを切り裂いた。顔が大きく歪んで割れ、瞼の裏から眼球を模したホワイトチョコが飛び出し、口元が開いて歪み、断末魔の悲鳴を上げているようになった。

　ノマはあの日、暗い目をしていたソーニャを思い出した。

　麺麭の内部は黒く、赤いジャムソースが溢れ滴った。皿にたっぷりと載せられたソーニャの部分を手にノマは元の場所に戻る。

「戴きなさい」全員に配り終えるとルシーフが宣言するように告げた。

　ウルマが口に運び、満足そうにマグのミルクでそれを胃に流し込む。ノマは皿の上で自分を見ているような麺麭から出た義眼が気味悪かったが、何故かこの会場に居る全員が自分の一挙手一投足を盗み見ているような気がし、フォークで適当な部分を掬うと思い切って口に入れた。ガリッと石を噛んだような衝撃がし、彼女は反射的に「うっ」と中身を皿に吐き戻した。

肩にぶつかるようにノマの皿を覗き込んだ男が「当たった！」と叫んだ。すると他のメイドや男達もノマの皿を覗き込み、吐き出されたのが小さな渦巻きを持つ貝殻だったことを確認すると感嘆の声を上げた。

満面の笑みを浮かべたサリが、呆然としているノマの手を引いてウルマの横に立たせる。

「ソーニャはこれで癒やされた。ノマがそれを為した！」

ウルマが拍手し、全員もそれに続いた。

「ノマ、君はやはり特別な人だ。これでグレードがアップしたよ。おめでとう」

ウルマがノマにそう囁いた。

その後、解散となるとノマはウルマの事務所に連れて来られた。

「今日で終わりだよ」席に着いたウルマはそう云った。「明日から君は客室係になる。夜勤だが大丈夫かね。給与は手当が付くから今より二十パーセントほどアップするが」

給与アップは嬉しかったが、コウの事が頭を過る。

「夜勤中、息子さんが心配だろうね。良かったら週末に此所へ引っ越してきたらどうかな？　使っていない旧棟の一部が従業員用宿舎も兼ねているんだ。その方が家賃も助かるだろうし、ユニオンに加入すれば住宅補助が出る。それを利用すれば今迄の家賃の半額で済むはずだよ」

ノマの中で、ひとり寂しげに遊んでいるコウの姿が思い出され、それと共に帰宅した途端、笑顔で駆け寄ってくる息子の姿も浮かんだ。

「……ありがとうございます」ノマはウルマに頭を下げた。

「いやいや、感謝しているのはこっちの方だ。君は非常によく働いてくれる」ウルマはミルクが入ったマグに口を付けた。唇に白い筋が残る。「本当に君はよくやった」


ウルマの部屋を辞去したノマはO棟のリネン交換に向かった。が、汚れたリネンを大きな袋に一度に詰め、抱えたまま階段を下りようとして足を踏み外してしまった。幸い大事には至らなかったが、腰と腕を踊り場の床に勢いよく叩き付けてしまった。頭の芯まで響く激痛が抜ける。

「痛った～い」

身を起こすと壁にでも打ち付けてしまったのかベルトが切れ、腕時計が落ちていた。仕方なくポケットにしまい、立ち上がると、袋の口が開いていて中身が飛び出している。

「もお～」思わず悪態を吐いたノマの手が止まる。袋から出ている汚れ物が全く別物になっていた。彼女が交換したのはシーツに枕カバー、そしてバスタオルなどだった。が、今目の前にあるのは、そういったものに混じって半分ほどが包帯やガーゼ、三角巾などだ。そしてどれもが赤や黄色の血膿のようなもので酷く汚れている。中には焼け焦げたように黒く変色しているものもある。

「え？　どういうこと……」彼女がそう呟いた途端、遠くのほうから悲鳴のようなものと啜り泣きが聞こえた。ノマは軀の痛みも忘れて立ち上がっていた。そして踊り場を上がると聞き耳を立てた。

「たすけてぇ……おねがい……おねがいします……」

　確かに暗い廊下の奥から若い女の声がした。そしてそれが一体何なのか、確証が得られぬ間に、突然激しい息づかいに変わると谺のように響き渡る絶叫で終わった。

　ノマは階段を駆け下りようとして、踊り場で荷物を拾っている処でサリと出会した。

「気分でも悪いの？　顔が真っ青よ」

「サリさん、大変です。誰かが酷い目に遭っています」

「え？」

「本当です！　物凄い悲鳴が今、聞こえたんです。若い女の人の声で助けてって……どうすれば良いんでしょう」

「何処から？」

ノマが「廊下……」と云い終わらないうちにサリは駆け上って行く。そして廊下の真ん中に立つと全身で聞き耳を立てた……が、声はしない。

サリが腕時計を指で示す。十秒、二十秒、三十秒、一分。

「もういいです……すみません」

ノマが落胆と気まずさの溜息を吐くのと、サリが苦笑するのと同時だった。

「気が済んだ？」

「でも確かにしたんです……」

「うん。それは疑ってない。でも、それが事件かどうかはわからない。中には気味の悪い映画を大音量で楽しみたい人もいるかもしれないから」

「はあ」

「この事は私から支配人に報告しておくわ」

「はい」

「それとね……」サリはノマの顔を覗き込むようにして云った。「彼女の事なんだけれど」

「彼女？」

「ソーニャよ。あんなことになってしまったけれど。いずれにせよ、彼女は退職させられる筈（はず）だったの。彼女、ホテルの備品を勝手に持ち出して転売していたのよ」

「え？」

「かなり高額な物まで含まれていたからルシーフは賠償請求すると主張したんだけど、支配人が止めたのよ。それではホテルの信用に傷が付いてしまうから。それにどうやら虚偽の申告で入社した疑いもあるらしいの。本当に何処まで厚かましいのか……」

サリはそう云って目を伏せる。長い睫が廊下のライトに照らされ、頬に小さな影法師を作った。

「あら？　ないわ」サリはノマを見た。「ねえ？　ないわよねえ……時計」

「あ！　さっき転んだ時にベルトが切れてしまって。でも、ここにあります」ノマはポケットから時計を取り出した。サリは小さく頷いた。

「私達のサービスには、とても大切なものよ。来なさい」

彼女はノマの先を歩き出した。踊り場に戻ると、汚れ物がリネンの袋ごと消えていた。

「あ、わたし、袋を置きっ放しにしてしまっていて……」

「知ってるわ。一緒だったでしょ。きっと男達が片付けてくれたのね」

月曜日〈Monday〉

「ボク、ひとりでも良いんだ」

引っ越しの相談をするとコウはそう告げた。

「でも、ママが働きに行ってる間はひとりになってしまうのよ」

「今迄もそうでしょ。ボク、あそこあんまり好きじゃないんだ」コウは壁にスプレー缶を向けるとボタンを押した。忽(たちま)ち、ピンク色の細い糸のようなものが噴き出した。

「ちょっと止(や)めなさい！　汚れるでしょ！」

「へへへ。大丈夫だよ。ほら！」

コウが手で揉(も)むと糸はボロボロとウレタンのように乾いて消えた。ノマは、昔流行(はや)った〈パーティースプレー〉だと気がついた。

「そんなの誰に貰ったの？」

「プレイルームのおばさん。まだいっぱいあるよ」コウは部屋の隅から更に二缶を手にして母親の前に並べた。「いつもこれで遊んでるんだよ」

「でも家の中ではしないでね。大家さんに叱られちゃうから」

「うん」

　その夜、珍しくノマの布団に潜り込んできたコウがポツリと呟いた。

「ボク、ママが良いなら……あそこに住んでもいいよ」

「ほんと？　でもイヤなんでしょ」

コウは返事をしなかった。しかし、コウをひとり部屋に残したまま夜勤をするわけにもいかなかった。

「コウ……そしたら、ママがお泊まりの時だけホテルに来て、寝ててくれると助かるなあ」

するとコウはパッと顔を輝かせて頷いた。「うん。それならボク、いいよ！　さんせー」

ウルマはノマの話を興味深そうに聴いた上で頷いた。事務所にはふたりの他にサリとルシーフも居た。

「そういうことなら、いつでも歓迎だよ。おちびちゃんの気持ちが最優先だからね。暫くは夜勤の時だけ部屋を使って貰う事にしよう」

「すみません」

ウルマはウィンクをしてみせ、それから改まった口調で云った。

「ノマさん、あなたを今日から２３７号室の客室担当に命じます」

サリとルシーフが満面の笑みを浮かべてノマに向かって頷いた。

「おめでとう、ノマ。２３７号室は会長の特別室なのよ。そこを担当するという事はとても名誉なことなの」ルシーフが云う。

「そうよ。これであなたも幹部候補ということね。コウ君のためにも頑張ってね」サリが拍手をした。「衣装を客室係のものに交換しなさい」

　戸惑うばかりだったが、ノマはしっかりと頷き返す自分を感じた。

　２３７号室はＯ棟の七階にあり、そこは最上階でもあった。

「七階ということが素晴らしいのよ。最高なのね」案内するサリが溜息交じりに呟く。

床には他の階とは違い、六角形の模様をしたカーペットが敷き詰められていた。

　廊下の正面、突き当たりが２３７号室だった。そこだけ他の部屋とは違った重々しい扉が付いている。

「二階じゃないんですね」

「ふふふ。単なる部屋番号ではないの。謂わば、シンボルね」

　サリは把手のように大きな鍵を取り出すと鍵穴に入れ、回転させる。廊下に響くほど大きな解錠音がした。

「どうぞ」サリが樫でできているような重々しい木製の扉を開けた。その途端、白檀のような香の匂いが鼻を撲つ。内部は西洋絵画に登場する王の居室そのものだった。窓に沿って暖炉があり、その上に三人の金色のとんがり帽を被った女達が裸の男と共に浮遊している画があった。浮遊する者達の下ではベールを被った老婆が踊っている。

「不思議な画」

「ゴヤよ」サリが云う。「魔女たちの飛翔」

サリは厚いカーテンを開け、室内を明るくすると隣の寝室に向かった。豪奢な模様の付いた絹の天蓋の下に馬でも横たわる事ができそうな巨大な寝台が設置してある。

「居間、書斎、寝室、客間があるの。面積で云うと百八十平米近く」

と、その時、ノマは軀をポンッと押されたのを感じた。反射的に振り向くが勿論、誰かが居るはずもない。しかし、サリの顔色がサッと変わったのを見た。

「どうしたの？」何事もなかったかのようにサリは微笑んだ。

「いえ」ノマはもう一度、確認するかのように周囲を見回した。「なんでもないわ」

それから部屋を出、廊下を戻るとサリはノマを一人用の狭いブースに連れて行った。真っ赤に塗られた板で組み立てられたブースを見てノマは、その狭さから、あの日の電話ボックスを思い出した。小机と椅子が添えられている。机に昔のドラマで見るような送話器と受話器が別々になった卓上電話があった。但し、台座にはダイヤル盤の代わりに小さな赤と白の釦が付いていた。

「あなたは此処で会長やこの階にある部屋のオーダーを受けるの。注文を聞き終えたら、一度切って、それから受話器を取って白い釦を押せば、担当が出るわ。注文を伝えて」

「赤い釦は？」

「それは会長以外に使用しないわ。此処に詰める時間は二十二時から三十時まで。237のオーダー以外は伝えるだけで良いわ。237に関しては掃除もリネンの交換も三十時以降、掃除用に着替えてから行う」

「三十時……明け方の六時だわ。そんな時間に清掃するんですか?」

「勿論、すぐに行う必要はないのよ。仮眠を取ってから退勤までの間、遅くとも午前の早い時間に済ませてくれれば構わない。ただそうなると拘束時間が長くなってしまうわ。実はそこが237号室の問題点であり、矛盾でもあるの。他の部屋のように数人で担当できれば良いんだけれど会長はそれを嫌うの。担当以外で出入りを許されるのは私とルシーフ、それと支配人だけ」

「責任重大だわ」

「そうなの。237号室に関しては全てあなたの仕事、あなたの責任になる。けれど見返りは想像以上のものがあるから期待して良いわ」サリはそう云って強く頷いた。


翌晩、コウをプレイルームのスタッフに預けた後、着替え終えたノマはO棟七階にある待機ブースに詰めた。今回だけ特別にリネンの交換、清掃、飲料補充等はサリが済ませてくれていた。ブースの先にはエレベーターと階段。BGMらしいものは一切ない館内には空調の音だけが小さく静かに響く。また時折、階下から人の声やエレベーターが開閉する気配がした。ノマは机上にあるメモを眺める他なかった。

午前零時――不意に目の前の電話が短く鳴った。受話器を取り上げ、教えられた通りに応答する。「担当ノマでございます」

すると一瞬、空電のような雑音がし、その向こうから声が聞こえてきた。

『237……ダ』

「はい」

『……プリッンキピアノセがケガれた』

「え？　なんでしょうか？　もう一度、御願い致します」

『赤イ釦ヲオス』

通話は終わった。

ノマは暫(しば)し、呆然とした。メモには慌てて書き取った〈ぷりんき、ぴあの、せがけが〉という文字があった。

「どうしよう……」相手にもう一度、聞き直す勇気はなかった。なによりも声の主の得体の知れなさがシーツに零(こぼ)した洋墨(インク)のようにノマの気持ちを動揺させていた。取り敢(あ)えず、受話器を架台に戻すと再び取り上げ、白い釦を押した。

『はい。O担(オーたん)』機械が作ったような聞いた事のない若い女の声が返ってきた。『注文(オーダー)をどうぞ』

「今、237から注文があったんだけれど聞き取れなくて」

『何と云っていましたか？』

ノマは手元のメモを読み上げた。

返事の代わりに、相手が保留にしたのが背後の音が途絶した事で判った。まるで耳を塞がれたような無音が続き、不意にそれがまた元に戻る。

『書棚の最下段。右から十四番目にある本の背表紙を退勤までに綺麗（きれい）に拭いて下さい。稀覯本（きこうぼん）ですからくれぐれも慎重に』

「赤い釦を押せとも云われました」

相手はそれの何が問題なんだと云わんばかりに『押しなさい』と告げた。


O棟での勤務は三勤一休で続けられた。自分が休みの時にはサリが入っているようだった。あの日はそれ以上、電話は鳴らず、云われたように赤い釦を押した後は朝まで手持ち無沙汰で過ごした。六時にO棟の勤務を終え、コウが寝ているのを確認してからノマも二時間ほど仮眠をした。その後、着替えてから237号室に向かった。書斎に入ると窓に向かって両側の壁が備え付けの書棚になっていた。最上段はノマの手の届かない高さまであり、並べられているのは全て外国の書で、いずれも年代を感じさせるものだった。O担が説明した場所には『Philosophia Naturalis Principia Mathematica』という分厚い襤褸襤褸の本が確かにあり、その背には赤黒い染みが飛び散っていた。ノマは持ってきたガーゼで汚れを丁寧に拭き取った。すると脇で椅子がガタリと大きく動いた。思わず「誰？」と声を上げたが、誰もいない。しかし、ノマは自身の心臓の鼓動が収まらないのを感じていた。目には見えない何かは〈まだ立ち去っていない〉と全身の感覚が彼女に告げていたからだ。

　ノマは緊張しながら部屋のリネンを交換し、清掃を済ませた。部屋を出ようとした時、不意に黒い影が天井から飛び出してきたので悲鳴を上げそうになった。が、すぐに笑い声が漏れた。照明の陰から一匹の大きな蜘蛛(くも)が下がっていた。それは尻から吐いた糸に身を委ねながら、酔ったパーティー客のようにくるくると回転し、頭部にある赤い二つの目をノマに向けていた。

「覗き屋はあんただったのね」ノマはそう呟くと部屋を後にした。

　翌晩も２３７号室から連絡はあった。が、それは指示と云うよりも感想を述べたものだった。〈掃除が行き届いている〉〈好みの飲料が入っていた〉〈シーツが心地よい〉いずれも褒めてはいるのだが会長がわざわざ電話を通してまでメイドに伝えることではないように思えた。電話は最後に必ず〈赤イ釦ヲオス〉と云って切れた。有り難い事に枕元には必ず高額のチップが差し込まれ、サリに尋ねると「それは受け取っておきなさい」と囁かれた。それでもノマは会長がいつ部屋から出ているのか見た事がなかった。

不審に思ったが、今の自分の立場であれこれ詮索することは危険だと感じていた。時には喉元まで訊きたい事が上がってくる事があったが、ソーニャの顔が浮かんだ。自分は彼女と同じだ。サリやルシーフは疎か、他のどのメイドや男達とさえも違う。一瞬で全てを失う立場なのだ。

また他の部屋からも飲み物やルーム・サービスの連絡が入る。こちらは難なくO担に取り次ぐ事ができた。連絡すると十分と経たず、メイドが注文の品を手に当該の部屋を訪れるのが見えた。全員が彼女のいるブースの前を通る際、腰を屈めるように挨拶をしていく。

「え？」ノマはサリの言葉に驚いた。「ユニオン？」

「そうよ。プレイルームのスタッフも利用者も全員がユニオンの加盟員なの。つまり、あなたもね。自動的にそうなっているのよ」

「知らなかった」

「コウ君は知っているわよ。彼はユニオンでも人気者だから」

サリは戸惑うノマに向かいウィンクをしてみせた。

「ボクは神なんだって。世界の誰よりも強くてなんでもできるんだって」

休みの晩、寝物語に絵本を読もうとしたノマにコウは云った。

「神なんて、ちょっと大袈裟ね」

「そんなことないよ。ボクは人だって殺せるんだよ。殺しても全然、平気なんだよ。悪い奴らなんだから。敵はミナゴロシにしてやるんだ！」

「ちょっと！　そんなこと云っちゃいけません！　誰がそんなこと云ったの！」

母親の剣幕にコウは怯え、毛布に顔を埋めた。

「ごめんなさい」

「コウ……人を殺すなんて事は絶対に駄目なのよ。良くない事なの。わかる？」

ノマはコウの顔を毛布から出すと、優しく云い聞かせるように云った。

「うん」子供は素直に頷くと母親の胸に顔を埋め、目を閉じた。

何処かで鳥の鳴く声がした。

その夜、昼夜逆転のせいでなかなか寝付けなかったノマはコウが確かに――「レッドボタン」と寝言で呟くのを聞いた。

次の勤務日、プレイルームにコウを連れて行くと年配のメイドが不意に云った。

「ルシーフから噂は聞いてますのよ。あなたが救世主なんですってね」

「え？　なんですか？」ノマは思わず問い直した。

その瞬間、部屋中のメイドが振り向き、射るような視線を年配メイドに送った。

「あ、私……なに云ってんだろ……あは。ごめんなさいね」

その女はあからさまに狼狽（ろうばい）しながら部屋から出て行った。

「あのおばさんだよ」コウがノマを見上げて云う。「いつも、スプレーで遊んでくれる人」

勤務に就くと、その夜はエレベーターが何度も開いた。突然、ガコンッと重い音がするとモーターが動き、七階に到着すると軽くベルが鳴る。するするとドアが自動的に開き、やがて閉まっては降りていく、を何度も繰り返すのだ。故障なのではないかと一度、O担に連絡するも『問題ありません』と、取り付く島もないトーンの声が返ってきた。

が、午前二時を回った頃、急にノマは寒気を感じた。思わず肩の辺りを擦（さす）っていると、再びエレベーターが動き出す音がした。彼女は何故か緊張し、箱が到着するのを待った。やがてモーター音が停止するとドアが開く。ノマは息を詰めている。ドアはなかなか閉まらない。まるで誰かが中にいる客のために釦を押しているようだ。目の前のカーペットが確かに小さな楕円（だえん）に沈むのをノマは見た。そしてそれは廊下の奥に向かって始まっては消え、また始まっては消えした。気づくと楕円の凹（へこ）みが増えていた。と、その中の幾つかが目を見張っているノマ自身に先端を向けた。それは確実に座っているノマのブースに向かって〈凹んで〉来ると停（と）まった。もう楕円の凹みは消えない。カーペットを静かに凹ませたまま動かない。今や廊下中が濃密な〈静寂〉に侵され、凹みは夥しく存在し、ノマを中心に半円形に拡がっていた。

見られている。そう確信した途端、顎に柔らかなものが触れ、クイッと持ち上げられ、猛烈な刺激臭が鼻に飛び込んできた。

——遠くから自分を呼ぶ声がしていた。

突然、潜水から浮き上がったように、まず音がクリアになった。それは意味を成さず、ただ〈聞こえる〉という程度だったが、すぐにその状態を破ると自分の名前だとノマは認識した。そして胸が苦しく、口の中が臭い。煙草の脂と加齢臭……蛋白質の腐敗した臭い。生臭さを伴った温かみ。口の中を動く別の舌。

〈!!〉目を開けた途端、暗い影が覆い被さっていたのでノマは悲鳴交じりにもがき、押し退け、身を弾いた。

人の足が並び、顔が自分を覗き込んでいた。ウルマがいた、ルシーフにサリも。そのほかにも何人かの見覚えのあるメイドが彼女を覗き込んでいた。

ノマの強い反応に驚いたようにウルマが云った。

「良かった！　気がついた。私がわかるかい？　ノマ」

半身を起こしてノマは辺りを見回し、自分がブースの前にいることを知る。

「倒れていた君を偶然、サリが発見して私を呼びに来たのだ」

「ウルマさんが人工呼吸（マウス・ツー・マウス）をしてくれたのよ。彼は軍隊経験があるから」

サリが言葉を添え、ウルマが照れたように苦笑する。

「おふくろの故郷で二年ばかりね」

ノマは自分の胸元が大きく広げられ、乳首が剝（む）き出しになっているのに気づき、身を屈め、隠した。

「なによぅ、緊急事態じゃない。誰も変に思ったりしないわ」サリが苦笑した。

が、周囲の目には安堵より好奇の光がはっきり宿っているのを彼女は見逃さなかった。

「でも、良かった。大事に至らなくて」

ウルマは自分の唇を横殴りに拭く。ノマの口紅が血のように伸びた。

「今日はもう帰りなさい。早退にはしないから」

ルシーフが静かに告げた。

それを合図に、鎮火した火事場から野次馬が離れるように、あからさまに興味を失った顔のメイドや男達がばらばらに去って行った。

「プレイルームへ行く気なら、その前にシャワーを浴びると良いわね」

ルシーフの言葉にサリがバスタオルをノマに押しつけた。

「あなた、失禁（おもらし）してるわ」

サリがノマの耳元で囁くとウルマがウィンクをして肩を竦めた。
手で触れるとサリの云った通りだった。

水曜日〈Wednesday〉

あの事があった週、ノマは仕事を休んだ。ウルマは、コウが居るとゆっくり休めないだろうからホテルで預かろうと申し出たが、ノマは実家に暫く帰すことにしたと嘘を吐いた。翌日、漸くショックから立ち直りかけたノマはコウに部屋で遊んでいるように告げ、外に出ることにした。口の中で時折蘇る〈ウルマの口臭〉に耐えられず、部屋に居ると気持ちがどんどん沈んでしまうからだった。
公園のベンチに座って煙草を吹かしていると、あの公衆電話ボックスが目に付いた。全てはあの日、あそこから電話してしまったことで始まったのだ。辞めてしまうことも考えたが、それにはまず〈生活の継ぎ目〉を何とかしなくてはならない。それを断ち切ってやるということは母子で漂流する事になる。ノマには今、受け取っている賃金や待遇を互換できる職場など思いつかなかった。ウルマ、ルシーフ、サリや他の同僚らに感じる違和感はなんだろう……それとあのホテルの不可解さ。あれら一切合切が単に世渡り上のアクだと自分では割り切れないのがノマには辛かった。まるで自分だけ何のルールも知らされないまま試合に出されているようだ。何が良くて、何が悪いのか……そして何が実際、行われているのか……。

ノマは膝に肘をのせ、芝生で遊ぶ親子や寛いで見える人々を眺めた。何故、自分はいつも彼処に行けないんだろう……。何故、自分もああして当たり前のように安心できないんだろう。いっそ耳も目も口も閉じて彼らの流儀に取り込まれてしまおう、ノマはそう思った。サリのようにルシーフのように何の違和感も感じず、お金が貯まるまで数年、あそこで見ざる聞かざる言わざるで過ごす。それが今できるおまえの最善の手だ。なによりもコウのためじゃないか。息子のために我慢や辛抱、自分の心を折って働いているシングルマザーなんて星の数ほど居る。自分がそのひとつになったって何の罪もない筈だ。逆にそうなれないのは甘えだ。甘えるな、ノマ！

が、ノマは立ち上がっていた。そして学生時代以来、足を向けたことのない古書店街へ向かった。

「これはモデナの地獄だね」八十をとうに過ぎているであろう古書店主はノマの描いたイラストを見て頷いた。「そしてこっちはフュースリーのマクベス」

ノマはゴヤの「魔女たちの飛翔」以外にも237号室に飾られていた画を探した。ホテルの姿を掴むのに、何かヒントはないか藁にも縋る思いだった。五軒目に辿り着いたこの店の主(あるじ)だけがノマの話に付き合ってくれた。狭い店内には洋書を含め、大量の芸術書が鮨詰(すしづ)めになっており、床にも横積みされていた。

「このモデナの悪魔は地獄で裏切り者や罪人を口から喰(く)っては、また尻から出す。尻から出た罪人を喰うという罰の無限ループを表すとも云われとる。尻から喰うとも云われとるがね。マクベスの方は三人の魔女に操られた生首が未来の予言をしとる処。作者のフュースリーは他にも夢魔と云う有名な作品がある」店主はそう云うと画集を広げた。

そこにはベッドに横たわる女の上に天邪鬼(あまのじゃく)のようなモノが乗っている画が載っていた。

「だが、あんたみたいな女の人がこんな画に興味を持つなんて珍だの」

「ちょっと知り合いの家で見たのが気になって調べてたんです。その方の家にはゴヤの魔女たちの飛翔っていうのが大きく飾ってあって……」

「魔女たちの飛翔……けっ。全く変わった御仁じゃの。ゴヤは他にもこんなのがある」

先程よりも更に大判の画集を店主は帳場に広げて見せた。それを見てノマは息を呑んだ。

「女に囲まれている角の生えた黒山羊(くろやぎ)が悪魔じゃ。周囲にいる若いのも年寄りも、みんな魔女での。右に居る婆(ばあ)さんは痩せた赤ん坊を差し出しとるだろう。これが生贄(いけにえ)だ。悪魔は子供が大好物じゃから」

ノマは背中に冷水を浴びせられたように身震いした。

「この画は、あんたが見たという飛翔も含む魔女六連作の一枚なんじゃ」店主は顔を上げた。「魔女の宴。もし、あんたがこんな画を好きな男と付き合おうと思っているなら止めるね」

ノマはそれから図書館に行くと魔女関連の、特にサバトについて調べた。そして次の一文に突き当たった時、全身に電流が走った。

——此の様に魔女も悪魔も姿を消すことができる。小麦粉などを用意し、憶えのある場所に撒けば実体化し、見ることもできる。

丁度一週間後、ノマは復帰した。ウルマは歓迎し、欠勤中はサリが代役を務めてくれたと云った。サリの姿はなかった。

「今日は会長は不在なんだ。だから君は連絡係に徹してくれればいい。休養明けには都合が良かったじゃないか」

ウルマの言葉通り、その夜は237号室からの連絡はなかった。深夜二時、一旦、各部屋からの連絡が途絶える頃、ノマはまたアレが始まるのではないかと緊張していた。手提げバッグの中にはコウが持ち帰った未使用のパーティースプレーがあった。再びやってきたらそれを使って正体を見極めてやるつもりだった。そしてその時は辞める覚悟だった。

ノマは家に残してきたコウに、明日もしかすると旅に出るかもしれないと云った。コウは〈うん〉と大きく頷き、すきっ歯をニッと見せて笑った。

『ボク、ママがいれば、どこにいくのも、へーきだよ』

本当？　と訊くとコウは『ほんとうの、ハンコ』と云って頬にキスをして送り出してくれた。……あの子だけは守らなければ……私と同じ人生を歩ませてはならない。それだけは絶対に。それにはもっとまともで温かで、世界を信じて好きでいられるような人生を歩ませたい。それにはエスカルゴ（あそこ）は不健全過ぎる。

更にノマにはもうひとつ試そうと決めていたことがあった。彼女はベルトに手を掛けると腕時計を外した。すると一瞬、視界がぶれるように壁がぐにゃりと歪んで見えた。

軽い耳鳴りが少しの間、続いた。

時計を外したことがバレたりしないだろうかとドキドキしていたが、やがてそんな心配はなさそうだと安心した頃、隙間風のような音がした。が、それはすぐに人の声、しかも若い女の声だとわかった。廊下をノマの右から左へと悲鳴は吹き抜けていく。その始まりは237号室だった。と、他の部屋から別の、今度は明らかに男の声がした。酷く暴れながら喚（わめ）いている。相手へ怒鳴り、罵声を浴びせ、「殺してやる！」と叫んでいた。そしてその声に重なって命乞いするような女の悲鳴が響く。そしてまたそこに別の男の声、女の声……二重三重の悲鳴と怒号、命乞いと罵声が今や轟音（ごうおん）となって廊下に響き渡っていた。本能が逃げろ！　と命ずるような身の毛もよだつ声に耐えられなくなったノマは思わず時計をはめ直す――と、いつもの静寂が戻ってきた。ノマは信じられずまた外した。悲鳴が戻ってくる。すると廊下の奥から「助けて！　開けて！」と声がした。思わずスプレー缶を手に立ち上がったノマは、音のする廊下の奥――２３７号室へと歩いて行く。

木の厚い扉に触れると声と同時に振動が伝わってきた。が、あまりに向こう側から響く声が恐ろしく、開ける勇気が出ない。一旦、ブースに戻りかけたが、ノマは踏み留（とど）まった。そして恐ろしい悲鳴の谺の中、腕時計をはめ直す。すると完璧と云っても良いほどの静寂が戻ってきた。が、扉に触れると確実に振動だけは伝わってきた。腕時計は世界ではなく、単にノマの聴覚を制御しているのだと判った。音が消えると〈あの子を助けなくちゃ〉という思いが湧き上がってきた。誰かは知らないが少女が酷い目に遭っているのなら助けなくては。もしコウが酷い目に遭っていた時、周りに誰も救い手がいなかったなんて考えるだにおぞましい。

ノマは鍵を差し込むと扉を開けた。暗い室内に入ると蠟燭に燐寸（マッチ）で火を点けた。合計八箇所に点けると室内は明るくなった。と、彼女の軀に何かが触れた。が、それはすぐに離れていった。

「誰？　誰がいるの？」ノマは声を掛けたが反応はなかった。

不意に抱きつかれノマは仰向けに倒れた。手を振り回したが相手の軀はない。

もう一度立ち上がるとノマは声を上げた。

「あなたを助けるわ！　どこ？」

すると書棚の脇で本が重い音を立てて床に落ちた。彼女はそこに向かうと書棚の側板とカーテンの間に向かってパーティースプレーを噴射した。するとみるみるそれは人の形を作った。そして、それはひとりではなくふたりであり、床に倒れ揉み合っている姿を浮き上がらせた。愕然としていると、ふいにパチリと青白い火花が咲いて、バンッと一気に燃え上がった。

白衣を着て押し倒されノマに向かって手を伸ばしている十代の少女と、その上にのしかかるガスマスクと防護服の人間。少女は全身が焼け爛れ、肉団子のような異様な軀をしていた。ノマは防護服を背後から引き剝がしにかかった。硬いゴムのスーツを蹴りつけると相手は仰向けに転がった。

少女がノマにしがみつくと、泪を一杯浮かべて何かを叫んだ。

「なに？　わからないの！」

ノマが腕時計を捨て、音が戻った途端、立ち上がった防護服の人間が彼女の首を絞めにかかった。首に指が食い込むのを感じた。

少女は怯えきった様子でただ立ち竦み、泣いている。

視界が暗くなる……死ぬ。ノマがそう悟った瞬間、コウの顔が浮かんだ。

ノマはガスマスクの横に付いている吸収缶を摑むと力任せに引き毟った。その弾みでマスク全体がすっぽ抜け、相手の顔が露わになった。

ノマは愕然とした——サリだった。

「サリ……」

「おまえ！　なにやってんだよ！」凄まじい形相のサリがノマを殴り倒した。

「イヤ！　もうイヤ！」少女が叫ぶ。

「そうはいかない！」

そう叫んだ途端、少女がサリに向かって飛び込んだ。

「げぇぇ」サリが膝を突いた。「ぐぅぅ」

ノマは今、自分が目にしたものが理解できなかった。肉の塊のような少女はサリに向かって両手を揃え、ダイブする格好のまま口中に呑み込まれるようにして消えた。

顔面蒼白でサリは白目を剝いて痙攣していた。防護服がキュキュッと鳴る。

「サリ！　サリ！」

途端にサリがゲラゲラと嗤いだした。それは完全に正気を失った人間の嗤い声だった。

背後で声がした。

「嗚呼(ああ)……ノマ……残念だよ」

「ウルマさん」

ノマは顔にスプレーを吹き付けられ、悲鳴を上げると頭に強い衝撃を受け、失神した。

午後四時〈4:00pm〉

目を覚ますとノマは自分が両手両足を縛られて食料庫に閉じ込められているのに気づいた。近くには懐中電灯があり、それが仄暗(ほのぐら)く一本の光の筋を作っている。目は痛みと刺激で泪が止まらなかった。突然、頭上のスピーカーから野獣の唸(うな)り声が聞こえると奥の棚から黒い塊が突進してきた。それは熊を思わせる小さな獣だった。体当たりされるととんでもない痛みにノマは転げ回ったが、すぐさま相手を蹴り飛ばした。皮膚がざっくりと裂け、忽ち出血した。俯(うつぶ)せていると獣が背中にのしかかり横腹を抉(えぐ)りにきた。獣は一旦しがみつくと、いくら身を揺すっても容易には離れず、その間ずっと、鋭い爪で軀を抉り取っていた。

暴れ回るうちに懐中電灯が床に落下した。するとそれは偶然にもふたつのものを照らした。ひとつは工具箱であり、ひとつは壁に描かれたメッセージだった。

〈ノマは救世主。その子はサタン〉

赤いペンキで殴り書きされたそれを目にした途端、ノマの中でスイッチが入った。自分でも信じられない力で腕の縛めを外すと彼女は工具箱に駆け寄った。獣もノマに追いすがる。その時、ノマの軀にペットフードらしきものが塗りたくられているのに気づいた。……こいつはこれを齧りに来てるんだ。

どすんと強い力で押し倒され、臍の中に潜り込んだ爪が周囲の肉を引き千切った。ノマは悲鳴を上げると工具箱の中に投げ込んであった手斧を咄嗟に摑み、振り向きざま獣の頭を薙いだ。ガツッという手応えがあったが、尚も獣は彼女に齧り付いてくる。二度三度四度……数え切れないほど切りつけたが、相手は攻撃を止めない。

「いい加減にしろ！　ばけもの！」

ノマはそう叫ぶと獣を蹴り上げ、馬乗りになって手斧を叩き込み続けた。

気がつくと相手は死んでいた。

ノマは立ち上がるとぼやける視界の中、手探りで出口を探した。押込式のレバーを見つけ力を込めるとドアが開いた。

廊下に人気はなかった。ノマは心の中で〈コウ！〉と叫びながら自宅に向かった。

夜の町を傷ついた軀で裸足で駆けた。通り過ぎる車がその異様な姿に驚いたのかスピードを落とし、また上げて去った。揶揄するようにクラクションを鳴らす者までいたが、乗せてやろうという者は皆無だった。

「コウ！」

やっとの思いで部屋に飛び込む。

コウが寝ている寝室のドアに取り付き、ノブを回したが開かなかった。

「コウ！　開けて！　起きなさい！」

——その時、部屋の照明が点いた。

「おめでとう」満面に笑みを湛えたウルマが頷いた。「ノマ、君は救世主だ。やはり君は特別だった」

ノマは唸り声を上げ、ウルマに飛びかかり、顔に爪を立てた。が、即座に男達によって床に押しつけられた。

部屋にはウルマとその仲間達、正確にはルシーフ、他のメイド、三人の男がいた。

「鍵が掛かっている」ウルマは冷たく云い放ち、キーリングに人差し指を掛けた鍵を前に出した。「説明をしたい、全ての。静かに聴いて貰えるのであれば、コウ君と一緒に寝室に居る者は静かに部屋を出ることができる。そして我々も此所を去る」

ノマは混乱していた。

「コウ！」ノマは叫んだ。

ドアの向こうから「ママ」と、くぐもった声が返ってきた。

「絶対にあの子に傷は付けさせないわよ。それだけは絶対に」

「勿論だ。我々は彼に掠り傷一つ負わせないことを約束する。但し、君が話を真剣に聴くというのが条件だ」

「いいわ」ノマが頷いた。

男達の力が緩み、ノマは立ち上がった。

「手荒な真似をしてすまない。君はそのような扱いを受けるべきではないのだ。これは所謂、不可抗力だ。わかってくれ給え」ウルマが哀しげに呟いた。

男のひとりが椅子を勧めたが、痙攣したように頭を振った。「わたしは立ってる」ノマは手斧を全員に見えるように握り直した。

「そうかね」ウルマはテーブルの椅子に腰を掛けた。「いろいろな事が一気に起きてしまったんだ。君にも予想外だったろうが、私達にも想定外のことがあまりにも急にやってきて対応がスムーズにいかなかった。それをまず謝りたい」

「あんた達はあそこで悪魔を招喚していたんでしょ。あそこは薄汚い魔女のサバトだわ。とても邪悪なものを、あなたたちは探し出して利用しようとしていた。違う？」

ウルマは下唇を噛んで頷いた。「その通りだ。君の今のその表現が我々の云わんとしている事に最も近いかもしれん。だが、正確ではない」

「どういうことよ」

「君が云うように確かに我々は悪魔を探していたが、あそこは魔女の集会場ではない」

「私も魔女ではないわ」ルシーフが付け加えるとメイドがくすくすと笑った。

「信じられないわ」

するとウルマがポケットからメイド用の腕時計を取り出した。

「これは何かね？」

「変な機械！　なんだか可怪しなものを見せたり、隠したりするものでしょ」

ウルマは頷いた。「その通り。我々はこれをビザリンウォッチと呼んでいる。ビジュアルとヒアリングに作用させる機械という意味だ。これを巻くことで蚊の口吻よりも細い針が体内に差し込まれ、ヘモグロビンと同サイズのナノマシンが送り込まれる。それによって視覚と聴覚を操作する。私の説明が虚偽でない事は既に体験済みだと思うがね」

呆気に取られたノマの表情にウルマは〈結構〉と満足そうに頷いた。

「我々は魔女や悪魔ではない。君と同じ人間だよ、ノマ」

「じゃあ、あそこに居た拷問された女子達はなによ！　あれは生贄でしょ」

ウルマが助力を求めるようにルシーフを見上げた。

「あれは患者よ。救命に準ずる治療を受けていたの。傷だらけだったのはそのせい」

「は？　そんな莫迦なこと誰が信じるって云うのよ」

「あなたの御陰でサリは大きなダメージを受けたわ。もう前線復帰は見込めない」

「有能なメンバーだった。この戦争で何百人もの人間を救ってきた辣腕者だったのに」ウルマが俯いた。「君を信頼し過ぎた私のミスだ」

「サリは女の子を呑み込んだのよ！」

「あれは単なる脱走だ。君にはそう見えたのだろう。いいかね、ノマ。君は考え違いをしている。我々を悪魔崇拝者と思っているようだが逆だ。我々は正義の集団だ。現に今も人のために命懸けで活動を続けている。まあエスカルゴが完全な意味でホテルだというのは嘘に違いないが、君の云うような宗教カルトではないよ。あそこは病院なんだ。正確に云えば野戦病院だ。多くの人があそこで命を救われている」

「O棟は処置室なの」バインダーを胸に持ち替えたルシーフが再び云う。「サリは看護師。あなたが救おうとしたのは酷いトラウマを負って錯乱状態にあった患者だわ」

「信じない！　でたらめだわ！」

「では、あの腕時計はなんだ」ウルマが強い口調で云った。「君の視覚と聴覚を完全にコントロールできたあの時計は？　あんなのものが存在する理由を考えてみ給え」

ウルマが内ポケットからスキットルを出して、一口飲んだ。ウィスキーの微香が漂った。「この世界は今から七十年後に壊滅する。我々はそこからやってきた。ひとつは壊滅させせない方策を探すため。もうひとつは時空間内に安全地帯を確保し、戦力の補強と再生を目指すためだ」

ノマが噴き出すとルシーフが爪先をキュッと鳴らして前に出た。瞳が蒼味(あおみ)がかって光る。「光の研究から時間の可塑性が実現したの。勿論、軍事運用でしかないけど。この宇宙の時空の最前線になる地球上では今、支配人が云ったように第四次世界大戦が起こってる。人間対人間だけじゃない。人間対否人間(アンチ・ヒユーマン)も死闘を繰り広げている。しかも自由社会の勝ち目は絶望的になりつつある」

「過去？　今が過去だって云うの？」

「そうだ。今から五十年後、あるひとりの男が世界を地獄に変える。その二十年後、光子研究から時間を巻き戻す方法が開発されるんだ。だから我々は此所にいる」

「そんな……こと。じゃ、じゃあ、あの会長って云うのはなによ？　赤い釦を押せ押せって何度も……」

「あれはリーダーだ。今は脳だけでバイオAIの中に浮いているが」

「書棚全体の大きさがあるわ。転送にも限界があるの。この時代の代替品ではダウンサイズできなかったの。赤い釦は安楽死のスイッチ。負傷者全員を救えるわけじゃないから」

「安楽死のスイッチ……」

「そうなんだ。事情を知っている我々には辛い行為だが、君なら何の躊躇(ちゆうちよ)もなくできた筈だ。勿論、このような事態にならなければ説明することもなかったよ。君は毎夜、数人をあの世に送り込み、日が昇ると帰宅し、平凡な生活を満喫する」

ノマは思わず血の付いた手斧を床に落とした。「ほんとなの？」自分の声が震えているのに気づいた。「あなたたちの云ってることは本当？」

ウルマが頷き、ルシーフもそれに倣う。

「もうたくさん……わたしをそんなことに巻き込まないでよ……酷いよ……」

「すまない。我々もそんなつもりじゃなかったんだ。君は単なるいつもの応募者だと思っていたからね」

「いつもの？」

「公衆電話の紙切れ、偶然前にいた人間が落としたメモ、喫茶店のテーブルに置き忘れられた連絡帳、図書館の貸し出し本に挟まれた電話番号……形は様々だが我々はそうした場所に、この時代の働き手への網を張っているのだ。そうしたモノに連絡をしてくる人は大抵が切羽詰まっているし、彼らの多くは経済的な救いを心から求めているものだ。そしてそれは我々が解決できる」

ノマは床にずるずると座り込んだ。

「帰してよ。もうたくさん……お金も要りません、わたしはコウとふたりで暮らしたいだけなんです。御願いします……もう関わらないで下さい……お金も何も要りません」

「何を云うんだ。お金はキチンと支払うよ。それも一生掛かっても使い切れない程ね。

我々の持つ特許技術の極々単純なモノでも、この時代では引く手数多(あまた)の価値がある筈だ」

　ノマは顔を上げてそれを聴いた。

　ウルマが嘘を云っているのではない事は目を見て判った。

「子供に……コウに……逢(あ)わせて……」

　ウルマは頷いた。が、話を続けた。「ルシーフが説明したように我々の任務はふたつ。ひとつは戦闘員の治療。もうひとつが大殲滅(グレート・アナイアレイション)の原因を取り除くことだ。だが過去を変えることは未来に予測の付かない変化を及ぼすことがある。所謂、タイム・パラドックスの問題だ。何度か試験的に進められたことも計画通りには進まず、結果、我々自由世界側は多大な被害を被ることにもなった。しかし、最近の研究で打開策が見つかった。それが時空間自死(タイム・アトポーシス)だった」

「何の話よ」

「つまり、果樹が自ら果実を落下させ、間引く場合においてのみタイム・パラドックスは回避できるんだ」

「もうたくさん！　コウに逢わせて！」ノマは立ち上がった。

　それを阻止しようとルシーフが立ちはだかる。

「止め給え」

ウルマが指に掛けた鍵をノマに差し出した。

「君は救世主だ」

ノマは無言で引ったくると鍵穴に差し込み、ドアを開けた。スタンドの明かりだけの薄暗い寝室で、ベッドでコウは静かに目を閉じていた。

「コウ……」

近づこうとした時、扉の陰に白衣の裾が見えた。

「ままあ」子猫のような歪んだ甘え声がした。顔を真っ白に塗ったサリが胸に子供を抱いていた。が――子どもの首から上には、あの倉庫にいた獣の頭部があった。

「あっはははは」サリが嗤った。

ハッとしてベッドに触れると重みでマットレスが傾ぎ、コウの首がノマの手元に転がっていってからゴツンと鈍い音をさせて床に落ちた。

ノマは細く長い人の悲鳴のようなものを聴いた――自分の口から出ていた。

「些か刺激的だね」ウルマが云った。

ノマはウルマに飛びかかった。

「人殺しども！　コウを返せ！　やっぱり生贄にしやがって！　悪魔！」

「これは心外だな。コウ君を部屋に帰してやったのは我々だし、殺したのは君だよ」

ウルマが嗤いながら、彼女に指を突きつけた。

「倉庫に居たのはぬいぐるみだ。中に入ってたのはコウ君じゃないか」

呆けたように口を開けているノマを無視してウルマは続けた。

「全てはタイム・アトポーシスなんだよ、ノマ！　君こそ、最も近しい人物なんだ。君しかいないんだよ。世界を地獄に叩き込むのは彼なんだ」ウルマはノマが抱きしめている首を指差した。「君の息子コウ君こそが未来の悪魔なんだ」

「わかんないこと云わないでよ！」

ノマは自分が気が違ってしまったのじゃないかと思った。それほど聴いた言葉が信じられなかった。

「あははは！　あんたらやっぱり頭がどうかしてるんだ！　何を云ってるんだよ！」

ノマはコウの首を抱きかかえ叫んだ。

「畜生！　おまえら死んじまえ！　関係ない！　こんな酷いことするなんて！　おまえらこそ悪魔だろ！　その狂った大悪党と同じだ！」

「我々は過去に戻り、奴の抹殺を計画した。が、やはり巧くはいかなかった。タイム・パラドックスの問題だ」

「わかんない！　わかんない！」

ルシーフがノマの眼前で云い放つ。

「え？」

「過去に於いてターゲットの殺害をその母が実行するならば矛盾は生じないという事よ」

　ノマは頭が真っ白になった。「そんな……わたし……」

「そうなんだ。君は百億人の命、いや、その子孫までをを救った。大救世主なんだ」

「嘘よ！　この子がそんな事するはずがない！　この子は天使なんだ！　優しくて母親思いで、賢い子なんだ！」

「あなたは我が子を失って絶望しているだろうけど、此所に居る者は私も含めほぼ全員が最愛の人をこいつのせいで殺されている。この世はなんとかしないと終わってしまうの。過去の人間も未来の人間も関係ないのよ」

「我々はコウ君を殺すことはできなかった。それをすれば元の木阿弥になってしまうからね。あくまでもコウ君は母親に殺されなければならなかったんだ！」

「げぇ」ノマはコウの首を掴んだまま床に仰向けに倒れた。

……何も見たくない……何も聴きたくない……もう生きていたくない……。

　ぼける視界の中、ルシーフが見下ろして云った——。

「あなたが望むのならすっかり平和になった世界へ同行する事も可能よ。こちらでの惨めな生活に比べれば、天国のような暮らしが期待できるわ」

「ノマ。たったひとりのちっぽけな命より百億人の愛を受け取り給え。私と一緒に行こう」

ウルマが笑った。

「そうよ。あなたは人類を戦争という災禍から救ったの。ダムの大崩壊を息子の命と引き換えにして。誇って良いのよ。世界の母だもの。羨ましいわ」ルシーフが微笑んだ。

「もう傷を癒やしたのなら、向こうに飽きたら。また此所に戻ってコウ君との生活を交互に楽しめば良い。最も彼はこれ以上年は取れないが」

ウルマの言葉に周囲から笑い声が起きた。

腕に抱いたコウの目から涙が零れていた。口にはテープで塞がれた痕が残っている。

「つまりはループってことね」

「螺旋と云った方が正しいね。蝸牛(エスカルゴ)だよ、ノマ」

その言葉をウルマが云い終わらないうちにノマは傍らにあった手斧を摑むと跳ね起き、その脳天を打ち砕き、返す刀でルシーフの首を切断し、飛びかかってくる男達の腹を胸を顔を叩き砕き、逃げ惑う女達の背を割り、サリの臓物を吐き出させた。

気がつくと室内で生きているのは自分だけだった。

手斧を捨てるとノマは改めてぬいぐるみを見下ろした。その爪には小型のナイフが幾つも取り付けられ、ノマの血で汚れているのがわかった。

ノマはコウの胴体をベッドに運ぶと首を置き、外れないように包帯で縛った。

それから手を洗うと部屋を出た。

いつもの光景が広がっていて、室内の惨劇に気づいた者はいないようだった。

ノマは呆然と歩いた。

escargot

我に返ると公園のベンチにいた。

緑の絵の具をずっと先まで拡げたような鮮やかな芝生と、その上に絵筆を濯いだ残り水にも似た濁った空がのしかかっていた。左に公園の駐車場。

——今では珍しいボックス型の公衆電話があり、誰かが使っていた。

本文デザイン／高橋健二（テラエンジン）

本書は、「ｗｅｂ集英社文庫」二〇二一年七月～九月に配信された作品を加筆・修正して編んだオリジナル文庫です。

集英社文庫 目録（日本文学）

吉村龍一 真夏のバディ
よしもとばなな 鳥たち
吉行あぐり 吉行和子 あぐり白寿の旅
吉行淳之介 子供の領分
與那覇潤 日本人はなぜ存在するか
米澤穂信 追想五断章
米澤穂信 本と鍵の季節
米原万里 オリガ・モリソヴナの反語法
米山公啓 医者の上にも3年
米山公啓 命の値段が決まる時
リービ英雄 模範郷
隆慶一郎 一夢庵風流記
隆慶一郎 かぶいて候
連城三紀彦 美女
連城三紀彦 隠れ菊(上)(下)
わかぎゑふ 秘密の花園

わかぎゑふ ばかちらし
わかぎゑふ 大阪の神々
わかぎゑふ 花咲くばか娘
わかぎゑふ 大阪弁の秘密
わかぎゑふ 大阪人の掟
わかぎゑふ 大阪人、地球に迷う
わかぎゑふ 正しい大阪人の作り方
若桑みどり クアトロ・ラガッツィ(上)(下) 天正少年使節と世界帝国
若竹七海 サンタクロースのせいにしよう
若竹七海 スクランブル
和久峻三 夢の浮橋殺人事件 あんみつ検事の捜査ファイル
和久峻三 女検事の涙は乾く あんみつ検事の捜査ファイル
和田秀樹 痛快！心理学 入門編 —なぜ僕らの心は壊れてしまうのか
和田秀樹 痛快！心理学 実践編 —どうしたら私たちはハッピーになれるのか
渡辺淳一 白き狩人
渡辺淳一 麗（うるわ）しき白骨

渡辺淳一 遠き落日(上)(下)
渡辺淳一 わたしの女神たち
渡辺淳一 新釈・からだ事典
渡辺淳一 シネマティク恋愛論
渡辺淳一 夜に忍びこむもの
渡辺淳一 これを食べなきゃ
渡辺淳一 新釈・びょうき事典
渡辺淳一 源氏に愛された女たち
渡辺淳一 マイ センチメンタルジャーニイ
渡辺淳一 ラヴレターの研究
渡辺淳一 夫というもの
渡辺淳一 流氷への旅
渡辺淳一 うたかた
渡辺淳一 くれなゐ
渡辺淳一 野わけ
渡辺淳一 化身(上)(下)

集英社文庫　目録（日本文学）

集英社文庫

短編ホテル

2021年9月25日　第1刷　　定価はカバーに表示してあります。

編　者　集英社文庫編集部
著　者　大沢在昌　桜木紫乃　下村敦史　真藤順丈
　　　　東山彰良　平山夢明　柚月裕子
発行者　徳永　真
発行所　株式会社　集英社
東京都千代田区一ツ橋2-5-10　〒101-8050
電話　【編集部】03-3230-6095
　　　【読者係】03-3230-6080
　　　【販売部】03-3230-6393（書店専用）
印　刷　大日本印刷株式会社
製　本　大日本印刷株式会社

フォーマットデザイン　アリヤマデザインストア　　マークデザイン　居山浩二

ISBN978-4-08-744294-6 C0193